DEBBIE MACOMBER
Lo mejor de la vida

Editado por Harlequin Ibérica.
Una división de HarperCollins Ibérica, S.A.
Núñez de Balboa, 56
28001 Madrid

© 2002 Debbie Macomber. Todos los derechos reservados.
LO MEJOR DE LA VIDA, N° 61 - 1.5.08
Título original: 204 Rosewood Lane
Publicada originalmente por Mira Books, Ontario, Canadá.
Traducido por María Perea Peña

Todos los derechos están reservados incluidos los de reproducción, total o parcial. Esta edición ha sido publicada con permiso de Harlequin Enterprises II BV.
Todos los personajes de este libro son ficticios. Cualquier parecido con alguna persona, viva o muerta, es pura coincidencia.
™TOP NOVEL es marca registrada por Harlequin Enterprises Ltd.

® y ™ son marcas registradas por Harlequin Enterprises Limited y sus filiales, utilizadas con licencia. Las marcas que lleven ® están registradas en la Oficina Española de Patentes y Marcas y en otros países.

I.S.B.N.: 978-84-671-6220-2

Imágenes de cubierta:
Mujer: JOHN FOXX/GETTY IMAGES
Paisaje: JEFFERY KOH/DREAMSTIME.COM
Cielo: IOFOTO/DREAMSTIME.COM

Para Nina Lyman y sus increíbles gatos.
Tu amistad ha sido una bendición.

Septiembre 2002

Grace Sherman miró fijamente el impreso legal que daría comienzo al proceso de su divorcio. Estaba en el despacho de abogados con su hija mayor, Maryellen, que la había acompañado para darle apoyo. Grace tuvo que repetirse que debía hacerlo, que ya había tomado la decisión. Estaba dispuesta a acabar con su matrimonio, preparada para rehacer su vida. Para comenzar de nuevo… Sin embargo, la mano le temblaba cuando tomó el bolígrafo.

La verdad innegable era que no quería hacerlo, pero Dan no le había dejado otra salida.

En abril, cinco meses antes, el que había sido su marido durante treinta y seis años había desaparecido sin dejar rastro. Un día, todo era perfectamente normal, y al día siguiente, se había marchado. Parecía que se había ido por propia voluntad y sin dar explicaciones. Incluso en aquel momento, a Grace le resultaba difícil creer que el hombre con el que había vivido, el hombre al que había querido y con el que había tenido dos hijas, hubiera podido hacer algo tan cruel.

Grace habría podido aceptar que él ya no la quería; habría hecho acopio de generosidad y valor y lo hubiera liberado sin amargura. Si Dan era tan infeliz en su matrimonio, ella lo hubiera dejado marchar para que encontrara la felicidad con otra persona. Lo que no podía perdonarle era la tristeza que le había causado a su familia, lo que les había hecho a sus hijas. Sobre todo a Kelly.

Dan había desaparecido poco después de que Kelly y Paul les hubieran anunciado que, después de años de intentos, por fin iban a tener un hijo. Dan había sentido entusiasmo, y Grace también. Aquél iba a ser su primer nieto, y habían esperado mucho.

Kelly siempre había tenido una relación muy cercana con su padre, y su desaparición en aquel momento tan importante de su vida la había dejado devastada. Le había pedido a Grace que pospusiera el proceso de divorcio, porque estaba segura de que su padre volvería antes de que naciera Tyler, y de que tendría una explicación satisfactoria de lo que había pasado.

Sin embargo, Dan no había vuelto. Cuando Grace ya no podía soportar más la incertidumbre, la preocupación y la ira, había contratado a un detective privado, Roy McAfee. Lo que había descubierto Roy había sido un gran golpe para Grace.

Un año antes, Dan había comprado una autocaravana y la había pagado con dinero en efectivo. Grace no tenía idea de dónde había sacado tanto dinero, ni sabía nada de la autocaravana. Él nunca la había mencionado, y ella no la había visto. No sabía dónde la había estado guardando durante aquellos meses, ni dónde estaba en aquel momento, ni por qué la había comprado.

Grace creía que Dan había usado aquella autocaravana para fugarse con otra mujer. Alguien lo había visto en mayo. Era como si su marido hubiera orquestado aquella breve reaparición para provocar a Grace, para desafiarla a que lo encontrara.

Un compañero de trabajo de Dan lo había visto en el puerto y Maryellen había ido corriendo a la biblioteca a avisar a su madre. Sin embargo, cuando

Grace había llegado al puerto deportivo, Dan había desaparecido. Una mujer se acercó a la acera con el coche, él subió al vehículo y se alejaron. Desde aquel día, nada se había sabido de él.

Claramente, su marido no tenía el valor de decirle que estaba con otra mujer. En vez de hablar con ella, había elegido un modo mucho más cruel de comunicárselo: la había humillado ante toda la comunidad, apareciendo en un lugar donde todo el mundo había podido verlo y reconocerlo. Grace sabía que todo Cedar Cove la compadecía.

Aquel día, todo el amor que ella hubiera sentido por su marido había muerto.

—¿Estás bien, mamá? —le preguntó Maryellen, tocándole el brazo.

Grace asintió.

—Sí —dijo, y se concentró en los papeles del divorcio. Titubeó un instante y después, apresuradamente, firmó.

—Lo presentaré enseguida en el juzgado —dijo Mark Spellman.

Grace se apoyó en el respaldo de la silla. ¿Era tan fácil terminar con un matrimonio de treinta y cinco años?

—¿Esto es todo?

—Sí. Como no has sabido nada de Daniel durante cinco meses, no creo que haya complicaciones legales. El proceso terminará en pocas semanas.

Casi cuatro décadas tiradas por la ventana como si fueran basura. Los años buenos, los malos, los años de estrecheces, los años en los que habían tenido que escatimar y ahorrar... como todas las parejas, habían tenido problemas, pero se las habían arreglado para seguir adelante juntos. Hasta aquel momento, hasta que...

—¿Mamá? —susurró Maryellen.

Grace asintió bruscamente, asombrada por el nudo de emoción que se le había formado en la garganta. Su situación legal era una cosa, y ya se había enfrentado a ella, pero el impacto emocional la había dejado muy afectada. Pese a su determinación, la pena no se había mitigado. Y la humillación que le causaba lo que había hecho Dan la acompañaba constantemente.

Lentamente, dejó el bolígrafo en la mesa.

—Bien, entonces, esperaré a que me llames —le dijo a Mark mientras se levantaba de la silla. Maryellen la imitó.

En la calle, el cielo había tomado un color gris plomizo. Grace sintió una pena abrumadora. Había previsto que aquella reunión no sería precisamente fácil, pero no esperaba que fuera un golpe tan fuerte.

Maryellen miró el reloj.

—Tengo que volver a la galería.

—Lo sé —respondió Grace.

Su hija se había ofrecido a acompañarla al despacho del abogado para darle apoyo moral. Aunque se lo agradecía, a Grace le había parecido innecesario. Sin embargo, Maryellen tenía razón.

Maryellen se había casado demasiado joven, con cierta impulsividad, y el matrimonio se había roto en menos de un año. Aquella experiencia le había dejado un fuerte rechazo hacia los hombres; desde entonces, Maryellen evitaba cualquier relación sentimental.

Grace había intentado convencerla de que algún día aparecería el hombre adecuado para ella. Maryellen consideraba que aquello era una ingenuidad, y se había negado a hacerle caso. Grace acababa de entender el motivo: el divorcio era algo muy doloroso, provocaba un dolor agudo que alcanzaba el interior de una persona.

Grace se sentía desconcertada y culpable, como si hubiera fallado en algo. Como si todo fuera culpa suya. Maryellen sabía cómo eran las cosas porque había pasado por ello cuando era mucho más joven, y sin la sabiduría ni la perspectiva que proporcionaba la madurez.

—¿Estarás bien? —preguntó Maryellen, que no quería dejarla.

—Claro —respondió Grace con una sonrisa forzada.

—¿Vas a volver a trabajar?

—No, voy a ir a comer.

—¿A comer? Son más de las cuatro. ¿No has comido todavía?

—No. No te preocupes, Maryellen. Estaré bien.

Maryellen miró hacia abajo; la empinada colina se deslizaba hacia el muelle, donde los barcos se mecían suavemente en las protegidas aguas de la bahía.

—Estoy tan furiosa con papá que no sé qué voy a hacer si vuelvo a verlo —dijo Maryellen entre dientes.

Grace, sin embargo, sí lo sabía. Estaba convencida de que Maryellen se sentiría agradecida, convencida de que no le importaría lo que hubiera hecho su padre con tal de saber que volvía a casa. Y Kelly, su hija menor, gritaría de alegría y les diría a todos lo equivocados que estaban. Recibiría a su padre con los brazos abiertos y esperaría la explicación perfecta para todo lo que había ocurrido.

—Estoy bien —insistió Grace—. De verdad.

Sin embargo, Maryellen vaciló.

—No me gusta nada tener que dejarte sola.

—Lo superaré —le dijo Grace, aunque no estuviera segura—. Tengo muchas cosas por las que sentir gratitud con la vida. Kelly y tú, y ahora un nieto. Siento muchísimo que las cosas hayan terminado así entre tu padre y yo, pero voy a superarlo.

Y, mientras decía aquellas palabras, Grace sabía que eran ciertas. El sentimiento de pérdida era muy profundo, pero recuperaría el equilibrio y la alegría de vivir.

Era la hora de la comida de Justine Gunderson, y lo único que quería hacer era irse corriendo a casa a comprobar si tenía carta. No había tenido noticias de Seth en toda la semana. Bueno, en cinco días, pero cada uno de aquellos días le había parecido un año.

El que era su marido desde hacía un mes estaba en Alaska, pescando cangrejos en el mar de Bering. Seth le había dicho, mientras ella lo llevaba al aeropuerto, que tendría jornadas de trabajo de dieciséis horas. Le había asegurado que estaba locamente enamorado de ella y que volvería antes de que hubiera tenido tiempo para echarlo de menos.

Pero Seth se equivocaba. Justine estaba muy triste. Se habían casado impulsivamente, sin decírselo a sus padres. Se habían marchado a Reno, habían conseguido la licencia, habían encontrado a un predicador que ofició la ceremonia y después habían ido directamente a un hotel. Eran jóvenes y estaban muy enamorados.

Pese a que Seth y Justine habían estado en la misma clase del instituto, después no habían vuelto a verse en diez años.

Cuando habían retomado el contacto, Justine estaba saliendo con Warren Sagent, un constructor del pueblo, que tenía casi la misma edad que el padre de Justine. Olivia Lockhart, su madre, no estaba de acuerdo con aquella relación, y tampoco su abuela, Charlotte. Sin duda, para distraerla de Warren, su madre había animado a Justine para que saliera con Seth, aunque después se hubiera quedado estupefacta ante la noticia de que se habían casado en secreto.

Después de la boda, sólo habían estado juntos durante un fin de semana antes de que Seth hubiera tenido que volver a Alaska. Desde entonces, ella había tenido algunas noticias intermitentes de él, pero él no podía llamar ni recibir llamadas mientras estaba en alta mar, así que se comunicaban muy poco.

Justine miró el reloj e intentó decidir si iba a casa a mirar en el buzón. Necesitaba algo, una carta, una llamada, algo que le recordara que había hecho lo correcto casándose con él. Casarse repentinamente era lo único impulsivo que había hecho en sus veintiocho años de vida. Le gustaba la vida ordenada y precisa. Aquella necesidad de control siempre había regido sus elecciones, hasta que se había enamorado de Seth.

Aquel compromiso con el orden era una de las razones por las que se había adaptado tan bien al First National Bank y había ascendido rápidamente hasta el puesto de directora. Para ella, los números tenían sentido y coherencia. No tenían ambigüedad. Y aquél era el modo en que Justine vivía su vida: con convicciones fuertes y con exactitud, sin frivolidad ni impulsividad.

Por costumbre, alzó la vista cuando las puertas de cristal del banco se abrieron, y vio entrar a Warren Saget, atrevido como sólo él podía serlo. Se acercó directamente a ella con una actitud de seguridad. Justine no lo había visto desde su boda, y por desgracia, ellos no se habían separado en los mejores términos. Warren se había enfadado mucho al saber que ella se había casado con Seth, y le había hecho algunos comentarios feos y despreciativos. Francamente, Justine no quería tener una segunda confrontación.

Se levantó de la silla, y al hacerlo, le envió el mensaje de que no iba a permitir que la intimidara y de que iba a mantener una reunión corta con él. No estaba dispuesta a permitir que él montara una escena ante sus empleados y sus clientes. En aquel momento, Zach Cox, un contable de la ciudad, la saludó con un asentimiento mientras salía del banco. Justine le devolvió el saludo y volvió a concentrarse en Warren.

—Hola, Warren —le dijo.

—Justine —respondió él—. He venido a disculparme. Te lo debo.

—Sí, me lo debes —dijo ella, cruzándose de brazos.

—¿Puedo invitarte a cenar? —le preguntó él, y después se apresuró a añadir—: Es lo menos que puedo hacer. Dije unas cuantas cosas que no debía decir, y desde entonces me he estado arrepintiendo.

—No creo que sea buena idea que nos vean juntos.

En los ojos castaños de Warren se reflejó la decepción que sentía.

—Lo entiendo —dijo, aceptando con amabilidad su rechazo. Y, para asombro de Justine, se sentó frente a ella.

Sin saber qué esperarse de aquella conversación, Justine también se sentó en su butaca.

—¿Cómo está Seth? —le preguntó Warren—. ¿Sigue en Alaska?

Ella asintió.

—No volverá hasta dentro de algunas semanas.

—Tienes muy buen aspecto —dijo Warren, en tono admirativo.

—Gracias —respondió Justine, sin sonreír.

Él suspiró.

—Sé que no me crees, pero lo único que quiero es que seas feliz.

Warren se había casado tres veces y divorciado otras tantas, y le había pedido en varias ocasiones que se casara con él. Justine siempre le había respondido que no. Nunca había tenido interés en casarse con Warren. Sabía que a él le hubiera gustado que fuera de su exclusiva propiedad. Sin embargo, en aquel momento, Warren estaba dolido y arrepentido, y le estaba pidiendo perdón por haber tenido aquella reacción tan colérica ante su boda con Seth.

—Bueno, quizá pudiéramos salir a comer —dijo Justine.

Y supo que había tomado una buena decisión cuando vio que Warren se entusiasmaba al instante. Ella se rió al verlo saltar de la silla con alegría, sin molestarse en disimular lo contento que se había puesto. A Seth no le importaría que ella viera a Warren como amigo de vez en cuando. Justine estaba segura de ello.

—¿Adónde te gustaría ir? —le preguntó él.

—A D.D's —sugirió Justine, sabiendo que aquél era el restaurante favorito de Warren.

—Perfecto —dijo él con una sonrisa de aprobación.

Justine tomó su bolso y los dos salieron del banco.

—¿Vamos caminando? —le preguntó ella.

—Claro —respondió Warren.

En pocos minutos llegaron al restaurante, que estaba a unas manzanas de la sucursal, y se sentaron en la terraza. Aunque ya casi había llegado el otoño, era muy agradable comer al sol.

—Espero que podamos ser amigos —le dijo Warren sonriendo, mientras la camarera les entregaba las cartas.

—Eso estaría muy bien —respondió Justine, y volvió a decirse que el hecho de que comiera con Warren de vez en cuando no molestaría a su marido. Seth no era celoso.

Justine y Warren tenían un interés común en el mundo financiero, así que hubo muchos temas de conversación.

Fue una comida agradable, y cuando terminaron, Justine se encontraba mucho más animada que al principio del día. Warren no le pidió que volvieran a verse, ni la presionó en absoluto. Al final, se despidieron a las puertas del banco, y ella le dio las gracias por la invitación. Warren se marchó.

Aquella tarde, mientras recorría el trayecto hasta su casa, Justine estaba contenta. Sin embargo, al mirar en su buzón no encontró ninguna carta de Seth, y volvió a sentirse embargada por una sensación de derrota. Entró en su apartamento y dejó el resto del correo sobre la encimera de la cocina al tiempo que se quitaba los zapatos de tacón.

El hecho de sentirse triste no iba a ayudarla. Si echaba de menos a Seth, debía hacer algo al respecto, al menos para estar más cerca de él.

Pensó inmediatamente en el barco de Seth. La Silver Belle estaba amarrada en el puerto deportivo, y Seth le había dado la llave a Justine. Cuando él no estaba pescando en Alaska, vivía en aquel barco. Al menos, hasta su matrimonio. Ni siquiera habían tenido tiempo suficiente para hablar de dónde iban a establecerse cuando volviera... Aquello podía esperar.

En aquel momento, Justine necesitaba el consuelo de estar en casa de Seth, entre sus cosas. Si pasaba allí la noche, podría taparse con su manta, dormir con ropa suya, inhalar su esencia. Había dormido en el barco varias veces y siempre se había sentido mejor.

Agradada con la idea, se cambió el traje de oficina por unos pantalones vaqueros y un jersey. Después tomó una novela, música y una muda de ropa limpia para el día siguiente. Compraría algo de cenar de camino al puerto.

Acababa de llegar al aparcamiento para coger el coche cuando se dio cuenta de que se había dejado el teléfono móvil en el apartamento. Si Seth llamaba, lo haría a aquel número. Justine volvió a casa y abrió la puerta; en aquel instante, oyó el sonido de su teléfono. Se apresuró a cogerlo y apretó el botón para responder con ansiedad.

—¿Diga? ¿Sí? —gritó—. ¿Seth? Seth, ¿eres tú?

Sin embargo, sólo oyó el tono del teléfono. Rápidamente, consultó las llamadas perdidas y vio un número que no le resultaba familiar, cuyo prefijo era el de la zona de Alaska. Hizo una llamada a aquel número, y dejó que el teléfono sonara diez veces antes de rendirse.

Con los dientes apretados de frustración, Justine se dejó caer en el sofá y se pasó la mano por el pelo. Era Seth. Tenía que serlo. Debía de haberla llamado desde una cabina telefónica del puerto.

Un minuto alejada del teléfono móvil y se había perdido la llamada de Seth.

—¡Ya estoy aquí! —dijo Zach Cox mientras entraba por la puerta trasera del garaje y pasaba a la cocina.

Al ver el desorden, apretó la mandíbula. El fregadero estaba lleno de platos y la leche del desayuno aún estaba sobre la encimera.

—¿Quién se ha dejado la leche fuera de la nevera? —preguntó.

Por supuesto, ninguno de sus dos hijos lo oyó. Allison, de quince años, estaba sentada al ordenador, navegando por Internet, y Eddie, de nueve años, estaba tumbado boca arriba en el suelo, viendo la televisión.

—¿Dónde está mamá? —preguntó Zach, acercándose a su hijo.

Eddie levantó un brazo y señaló, sin decir una palabra, hacia el cuarto de costura.

Zach se dirigió hacia allí de camino al baño.

—Hola, Rosie, ya he llegado —le dijo a la que era su esposa desde hacía diecisiete años—. ¿Qué hay de cenar?

—Oh, hola, cariño —respondió Rosie, levantando la vista de la labor que estaba cosiendo con la máquina—. ¿Qué hora es?

—Las seis —murmuró. No recordaba la última vez que había llegado a casa y había encontrado la cena en el horno—. La leche se ha quedado fuera otra vez —añadió, pensando que habría que tirarla después de haber estado diez horas a temperatura ambiente.

—Eddie se ha preparado una merienda de cereales después del colegio.

Entonces, quizá la leche pudiera salvarse.

Ella colocó la tela negra y brillante bajo la aguja de la máquina y la cosió rápidamente.

—¿Qué estás haciendo? —preguntó Zach.

—Un disfraz para Halloween —respondió ella—. A propósito, hoy hay una jornada de puertas abiertas en el colegio de Eddie. ¿Puedes ir?

—¿Jornada de puertas abiertas? ¿Y no puedes ir tú?

—No. Tengo ensayo del coro.

—Ah.

Zach había tenido un día difícil y extenuante en la oficina, y quería descansar aquella noche. Sin embargo, tendría que acudir al evento de la escuela de su hijo.

—¿Qué hay de cenar? —preguntó.

Rosie se encogió de hombros.

—Pide pizza.

Era la tercera vez en las últimas dos semanas que comían pizza.

—Estoy harto de comer pizza.

—¿Y ese restaurante chino nuevo no tiene comida para llevar?

—No —respondió él. Lo sabía porque había tomado comida china aquel día. Janice Lamond, una empleada a la que habían contratado recientemente, había ido a recoger un pedido de gambas agridulces para él.

—Entonces, ¿qué quieres?

—Carne asada, puré de patatas, mazorca de maíz y ensalada.

Rosie frunció el ceño.

—Lo siento, esta noche no.

—¿Cuándo? —preguntó él, de mal humor.

No creía que fuera demasiado pedir el hecho de

que su esposa tuviera la cena preparada cuando él llegaba a casa del trabajo. Zach era contable, y ganaba lo suficiente como para que Rosie pudiera quedarse en casa con los niños. Aquel era el acuerdo al que habían llegado cuando habían formado una familia.

En aquel momento, Zach pensaba que, cuando Allison y Eddie comenzaran la escuela, Rosie volvería a trabajar. Sin embargo, pronto se habían dado cuenta de que Rosie no tendría que dedicar menos tiempo a los niños cuando crecieran; quizá al contrario. Y como Zach y Rosie pensaban que las necesidades de los niños eran lo primero, habían decidido que ella no volviera a trabajar.

—Estoy cansado —le dijo a su mujer—, y tengo hambre. ¿Es que te parece poco razonable que quiera cenar con mi familia?

Rosie respiró profundamente, como si no quisiera perder la paciencia.

—Eddie tiene la jornada de puertas abiertas en la escuela hoy, y Allison va a venir conmigo a practicar en el coro, y yo tengo que terminar este disfraz antes del viernes. Eddie lo necesita para la fiesta de su equipo de fútbol. Es lo máximo que puedo hacer.

Zach percibió un tono de irritación en la voz de

su esposa, y contuvo el impulso de preguntarle qué había estado haciendo durante todo el día mientras él trabajaba.

Rosie lo miró fijamente.

—Si quieres que lo deje todo para hacerte la cena, está bien, pero tengo que decirte que me parece que no eres razonable.

Él pensó en aquello, y después se sintió derrotado y un poco culpable.

—Está bien. Pediré pizza.

—Que no le echen pimiento verde —le dijo ella, concentrándose nuevamente en la costura.

—A mí me gusta —murmuró él, sin darse cuenta de que su mujer lo oía.

—Eddie y Allison los odian. Prefieren las aceitunas negras. Lo sabes. Deja de ponerte difícil.

—Está bien, pediré salchichas y aceitunas en una mitad de la pizza y pimiento verde en la otra.

Su mujer miró al cielo con resignación.

—A mí tampoco me gusta el pimiento verde, ¿sabes?

Así que, además de ser poco razonable, era egoísta.

—Está bien. Salchichas y aceitunas negras —dijo.

—Estupendo.

Zach se acercó al teléfono y marcó de memoria

el número de Pizza Pete's. Hizo el pedido y se dirigió hacia su habitación.

—¿Adónde vas ahora? —le preguntó Rosie cuando pasó por delante de la puerta del cuarto de costura.

—A ducharme y a cambiarme.

—Creo que es mejor que vayas de traje al colegio de Eddie —dijo ella mientras se levantaba de su sitio.

—¿Por qué? —preguntó él. Llevaba toda la tarde queriendo quitarse la corbata.

—La profesora de Eddie se llevará mejor impresión si llevas traje. La señora Vetter sabrá que tienes una buena profesión —respondió Rosie, y sonrió para convencerlo—. Estás muy guapo con traje. Aunque quizá deberías afeitarte.

Zach se pasó la mano por la cara y sintió la aspereza de la barba. Ella tenía razón.

—Si me ducho y me afeito, me cambiaré de ropa.

Rosie frunció nuevamente el ceño.

—No sé por qué tienes que ser tan difícil.

—Si tuviera una cena decente de vez en cuando, quizá estuviera más dispuesto a hacer lo que me pides —replicó él, y se dirigió al dormitorio de nuevo.

Sin poder evitarlo, recordó lo agradable que había sido la comida con Janice. Había entrado a trabajar en la empresa a primeros de mes, y Zach había comprobado que aprendía rápidamente y que era competente y colaboradora.

Zach se desabotonó los puños de la camisa y se remangó. Estaba a punto de afeitarse cuando Rosie entró en el cuarto.

—¿Tienes dinero en efectivo para pagar al repartidor de pizza?

—Creo que sí —dijo él—. Mira en mi cartera.

Sus miradas se cruzaron en el espejo.

—Siento lo de la cena.

—Estás ocupada.

—Hoy ha sido un día de locos —dijo ella mientras se sentaba en el borde de la bañera. Entonces, comenzó a hablarle de su jornada, de las reuniones del comité, del dentista de Allison y de algunos eventos que había aceptado dirigir en la biblioteca.

—No sé cómo se las arreglan las madres que trabajan fuera de casa.

—Yo tampoco —dijo Zach, aunque pensaba que las esposas de sus socios hacían la cena por las noches y además trabajaban cuarenta horas a la semana. También sospechaba que las demás esposas eran más organizadas que Rosie.

—Mañana por la noche haré la cena —le prometió ella.

Zach se extendió espuma de afeitar por la cara.

—¿Carne asada y puré de patatas? —preguntó. No tenía demasiadas esperanzas, pero le sentó bien oír la promesa.

—Lo que quieras, muchachote.

Pese a la irritación que sentía, sonrió. Quizá estuviera siendo difícil.

La tarjeta de crédito debía de pertenecerle a aquella mujer que estaba sentada frente a él en el restaurante el lunes anterior, pensó Cliff Harding. Él se había fijado en ella. Eran las dos únicas personas que había en el Palacio de las Crepes aquella tarde. Era demasiado pronto para la cena.

Era una mujer atractiva y debía de tener aproximadamente su misma edad, aunque parecía que estaba muy distraída, absorta en sus pensamientos. Cliff se hubiera sorprendido si ella recordara que él también estaba en el restaurante. Habían pagado al mismo tiempo, y debía de haber ocurrido entonces: la cuenta de Cliff era correcta, pero se había metido a la cartera la tarjeta de crédito de Grace

Sherman. Y parecía que ella se había quedado con la de Cliff.

Durante toda la semana había seguido con su vida normal, sin darse cuenta de que llevaba la Visa de otra persona. Si no se lo hubiera dicho el dependiente de una farmacia, él no lo habría sabido hasta mucho tiempo después.

En cuanto llegó a casa, Cliff buscó el número de teléfono de Grace Sherman en la guía, y averiguó que vivía en el doscientos cuatro de Rosewood Lane, en Cedar Cove. No respondió a su llamada, así que él dejó un mensaje en el contestador y esperó a que ella respondiera. Hasta el momento, nadie lo había hecho, y Cliff pensó que quizá no fuera aquélla la Grace Sherman que buscaba. Seguramente, debía hacerle caso a la camarera del Palacio de las Crepes y pedir una nueva tarjeta en su banco.

Últimamente, Cliff tenía varios motivos para ir a Cedar Cove. Charlotte Jefferson lo había llamado en junio para hablarle de su abuelo, a quien nunca había conocido. Cliff no sentía ningún aprecio por Tom Harding, aunque fuera El Vaquero Audaz, que había sido famoso desde finales de los años treinta hasta los cincuenta.

Tom Harding había abandonado a su padre y a

su abuela para ir en busca de la fama. Hacia el final de su vida, debía de haber lamentado el dolor que le había inflingido a su familia, pero para entonces era demasiado tarde. Cliff era su único nieto y, de acuerdo con Charlotte Jefferson, Tom había intentado ponerse en contacto con él.

Charlotte debía de tener más de setenta años, pero era una mujer vital, llena de energía. Se había hecho amiga de su abuelo mientras hacía trabajo voluntario en el Centro de Convalecencia de Cedar Cove. Parecía que su abuelo había perdido el habla a causa de un derrame cerebral, pero Charlotte había conseguido comunicarse con él.

Charlotte le dijo a Cliff que Tom le había dado una llave poco antes de morir, y que ella había encontrado sus efectos personales en un trastero alquilado. Entonces, había llegado a la conclusión de que Tom Harding había sido una estrella de televisión. Como Cliff era el único descendiente con vida de Tom, era quien debía heredar aquellos recuerdos.

Al principio, Cliff no había querido nada de aquel hombre, pero Charlotte no le había hecho caso. Se había asegurado de que Cliff recibiera las cosas de Tom, que eran carteles, guiones y su revólver.

Cuando conoció a Charlotte, Cliff comprendió por qué su abuelo se había sentido tan cómodo con aquella mujer, y por qué se habían hecho amigos.

Cliff se acostumbró a pasar a verla o llamarla cada quince días. Parecía que a ella le gustaban aquellas visitas. Alardeaba sin reparos de sus dos hijos y sus nietos. Su hijo, William, vivía en el sur, y su hija, Olivia, era jueza de familia allí, en Cedar Cove. Cliff aún no la conocía, pero se preguntaba si era posible que una mujer de carne y hueso estuviera a la altura de todas las alabanzas que su madre le dedicaba.

Cuando Cliff había tenido el tiempo suficiente para estudiar las cosas que le había enviado Charlotte, había sentido gratitud hacia la anciana.

Decidió demostrárselo regalándole uno de los carteles de las películas de su abuelo, enmarcado. Charlotte había querido de verdad a Tom Harding, y eso era antes de saber que era El Vaquero Audaz.

Cliff aparcó su furgoneta junto a la acera, en la empinada colina que descendía hacia la bahía, y bajó del vehículo. Sacó la caja de cartón donde había empaquetado el cartel y se dirigió hacia la casa de Charlotte. Antes de que él llamara al timbre, ella ya estaba descorriendo los cerrojos.

Cliff nunca había contado todos los cerrojos de la puerta de la anciana, pero sospechaba que ni el gran escapista Houdini habría sido capaz de entrar.

—Cliff —dijo ella alegremente al abrir—. Qué sorpresa más agradable. Ojalá me hubieras avisado de que ibas a venir. Te habría hecho unas galletas.

—Te he traído un regalo —respondió él.

—Siéntate y haré un té para los dos —le dijo Charlotte—. Tengo bizcocho.

—No te molestes —dijo Cliff.

Sabía que no serviría de nada protestar, pero de todos modos lo intentó. Sólo iba a quedarse unos minutos. Después de salir de casa de Charlotte, iría a dejar la tarjeta de crédito de Grace Sherman en el Palacio de las Crepes. Quizá le preguntara a Charlotte si conocía a Grace, ya que parecía que la anciana conocía a todos los habitantes de Cedar Cove.

—Debes de tener hambre —dijo Charlotte, que no aceptaba un no por respuesta.

—Charlotte —insistió él—. Abre tu regalo.

Charlotte lo miró con desconcierto.

—¿Eso es para mí?

Él sonrió y asintió, disfrutando de su reacción aturullada. Charlotte era del tipo de personas que siempre estaba dándoles cosas a los demás, pero que se sentía incómoda cuando recibía algo.

Ella abrió la caja, y él la ayudó a sacar el cartel enmarcado. Al darse cuenta de lo que era, Charlotte se cubrió la boca con una mano, mientras los ojos se le llenaban de lágrimas.

–Oh, Cliff, no debías haber hecho esto –dijo, parpadeando furiosamente–. Es demasiado valioso como para que me lo des.

–Tonterías. Estoy seguro de que mi abuelo querría que lo tuvieras tú. Si no hubiera sido por ti, yo nunca habría sabido nada de todo esto.

Tampoco habría sabido Cliff nada de su abuelo, aparte de lo que le había dicho su padre. Gracias a lo que Charlotte le había contado, sabía que Tom era algo más que un hombre egoísta y obsesionado con la fama; era un hombre anciano y arrepentido que hubiera querido volver atrás y tomar decisiones distintas.

Charlotte se sacó un pañuelo del bolsillo del delantal y se sonó la nariz.

–No sé qué decir –murmuró.

–¿Te gustaría que te lo colgara en alguna pared?

–Oh, por favor. ¿Crees que sería inapropiado que lo colgara en mi dormitorio?

–Me parece una buena elección –le aseguró él.

Después la siguió por el largo pasillo que conducía a la habitación principal, que estaba en el otro extremo de la casa.

—¿Qué te parece allí? —le preguntó Charlotte, señalando un lugar vacío en la pared que había frente a la cama.

En la parte superior de la cómoda había varias fotografías, pero Cliff no tuvo la oportunidad de estudiarlas. Sin embargo, una de ella le llamó la atención. Charlotte se dio cuenta de que la estaba mirando y tomó el marco.

—Es Olivia, cuando tenía seis meses —dijo—. Era una niña excepcional, incluso entonces.

Cliff contuvo una sonrisa. Aquella Olivia de seis meses se estaba chupando el dedo gordo del pie con una sonrisa de alegría; Cliff se imaginaba lo que diría la jueza si supiera que él había visto aquella foto.

—¿Mamá?

Como si la fotografía hubiera conjurado a la hija de Charlotte, Cliff oyó la voz de una mujer que se acercaba desde el salón.

—¿Estás bien? La puerta principal está abierta y...

—Oh, querida —dijo Charlotte, y salió de la habitación—. ¿Olivia?

—La puerta estaba abierta, y tú nunca... —dijo Olivia, al encontrarse con su madre en el pasillo. Cuando vio a Cliff saliendo del dormitorio, se detuvo en seco.

Olivia se quedó mirando a su madre y después a Cliff.

—Hola —dijo él, divertido por la mirada de perplejidad de la hija de Charlotte.

Olivia era una mujer muy atractiva. Probablemente, aquél no era el mejor momento para preguntarle si aún era lo suficientemente flexible como para chuparse el dedo gordo del pie. Sin embargo, Cliff sonrió sin poder evitarlo.

—Me llamo Cliff Harding —le dijo. Dio un paso adelante y le tendió la mano.

—Es el nieto de Tom —explicó Charlotte—. Me ha regalado un cartel enmarcado de El Vaquero Audaz, y me lo iba a colgar en el dormitorio.

Olivia frunció el ceño mientras le estrechaba la mano a Cliff.

—Oh, vaya, ¡eres Cliff Harding!

—Eso es lo que acabo de decir —murmuró Charlotte.

—Tiene la tarjeta de crédito de Grace —le dijo Olivia a su madre.

En realidad, Cliff consideraba que era Grace la que tenía su tarjeta de crédito.

—¿Conoces a Grace Sherman?

Olivia asintió.

—Somos amigas. Ella pensaba devolverte la llamada esta noche.

Charlotte miró al uno y al otro sin comprender nada. Cliff le explicó la situación lo mejor que pudo.

—Pues será mejor que lo resolváis cuanto antes —le aconsejó Charlotte—. Yo nunca uso tarjetas de crédito. Es como llevar dinero del Monopoly.

—Yo quisiera recuperar la mía —dijo Cliff—. ¿Creéis que podría ir a ver a Grace?

—Trabaja en la biblioteca —le dijo Charlotte—. Puedes dejar aquí aparcada la furgoneta e ir caminando. Está a poca distancia.

—Sí —dijo Olivia—. Creo que deberías conocer a Grace.

—Oh, sí —convino Charlotte—. Olivia tiene razón. Deberías conocer a Grace. Le vendría bien tener algún amigo, después de lo que le ha hecho Dan.

—Dan —explicó Olivia—, era su marido. Desapareció a principios de año.

Las dos mujeres comenzaron una conversación sobre el posible paradero de Dan y sus sospechas de que había dejado a Grace por otra mujer.

—Grace presentó la demanda de divorcio el lunes —le dijo Olivia a Cliff.

El mismo día en que habían intercambiado inadvertidamente las tarjetas de crédito. No era de extrañar que aquella mujer pareciera preocupada y distraída. No era de extrañar que estuviera sola. De todos modos, Cliff se habría fijado en ella aunque estuvieran en medio de una multitud.

Grace Sherman era muy atractiva. Hacía mucho tiempo que él no había mirado a una mujer como había mirado a Grace.

—Creo que daré un paseo hasta la biblioteca —dijo.

—Buena idea —respondió Olivia alegremente.

Después de despedirse de Charlotte y de su hija, Cliff comenzó a descender por la ladera de la colina hacia el puerto. A los pocos minutos estaba en la biblioteca.

Cuando entró, vio a Grace Sherman en el mostrador principal.

Ella alzó la vista cuando él se acercó.

—¿En qué puedo ayudarle?

—Soy Cliff Harding —dijo él.

Obviamente, Grace tardó unos instantes en atar cabos.

–Oh, hola… Eres el que tiene mi tarjeta de crédito. Yo tengo la tuya. Lo siento, debería haberte reconocido. Si esperas un minuto, iré a buscar mi bolso –dijo–. Iba a llamarte esta noche.

–Eso es lo que me ha dicho Olivia.

–¿Conoces a Olivia?

–Nos hemos conocido hace un rato, en casa de Charlotte.

De nuevo, ella titubeó, como si necesitara un momento para encajar todas las piezas.

–Eres el nieto de Tom Harding. Charlotte te menciona a menudo. Discúlpame por no haberme dado cuenta enseguida de quién eras. Ahora mismo vuelvo.

–Claro.

Ella entró en una pequeña oficina que había detrás del mostrador y volvió con su bolso. Llevaba la tarjeta de crédito metida en un sobre blanco.

Intercambiaron las tarjetas, se rieron de lo que había ocurrido y después se quedaron mirándose el uno al otro, un poco azorados.

«Ahora o nunca», pensó Cliff.

–Estaba pensando que podríamos reírnos de todo esto cenando alguna noche.

—¿Cenar? —repitió Grace con asombro—. ¿Nosotros dos?

Cliff respondió rápidamente.

—Llevo divorciado cinco años. No he vuelto a salir con nadie desde que mi esposa me dejó y... bueno, he pensado que ya era hora de que lo hiciera.

—Entiendo —dijo ella—. Es decir... gracias. Me siento muy halagada por tu oferta, pero aún no estoy lista.

Aquélla era una respuesta lógica.

—¿Y cuándo crees que lo estarás?

—No... no lo sé. Acabo de pedir el divorcio en el juzgado. No creo que esté bien que salga con alguien hasta que no sea legalmente libre para hacerlo —dijo ella, y apartó la mirada—. Supongo que te habrás enterado de lo de mi marido.

Cliff asintió lentamente.

—Estaré esperando, Grace, y soy un hombre paciente.

Ella lo miró, y Cliff vio el comienzo de una sonrisa. Aquello era algo que esperaba volver a ver. Pronto.

★ ★ ★

—Será mejor que me cuentes lo que te pasa —dijo Jack.

Estaba sentado con Olivia en el sofá, frente a la televisión. Los martes por la noche era su noche de cita. Olivia lo había invitado a ver un documental interesante en un canal de pago. Últimamente, hacían turnos para hacerse cargo de la cena. Olivia cocinaba como si fuera chef, y él siempre llevaba comida preparada.

—¿A qué te refieres? —preguntó ella.

—Apenas has dicho nada en toda la noche.

Olivia suspiró y apoyó la cabeza en su hombro. El día que había conocido a aquella mujer había sido su día de suerte, pensó Jack. Acababa de llegar a Cedar Cove y de empezar a trabajar en el periódico. Tenía que escribir un artículo sobre el juzgado de familia. Después de ver el trabajo de Olivia, Jack había escrito una columna dedicada a ella.

Olivia no le había agradecido aquella atención, pero le había perdonado que escribiera sobre ella. Y en los meses que habían transcurrido desde entonces, él había llegado a conocerla. Habían comenzado a forjar lazos, y él estaba empezando a pensar que aquella relación tenía futuro.

—¿No vas a contármelo? —insistió Jack.

—Estoy preocupada por Justine —dijo Olivia después de unos instantes.

—¿Por qué?

Según sabía él, la hija de Olivia estaba muy enamorada de su nuevo marido, el pescador.

—La han visto comiendo con Warren Sagent el viernes pasado.

—¿Con Warren? —preguntó Jack. Nunca había entendido qué veía Justine en aquel constructor.

—¿Te lo ha contado Justine o lo has oído por ahí?

—Lo he oído. Justine no me cuenta muchas cosas últimamente. Creo que... se arrepiente de haberse casado con Seth.

Jack bajó los pies de la mesa de centro y se inclinó hacia delante. Aquello era serio. Frunció el ceño, intentando pensar algo que pudiera reconfortarla. Sin embargo, él no era un experto en aquellos asuntos. Su relación con su propio hijo, Eric, era difícil, y el muchacho tenía buenas razones.

De niño, Eric había sufrido leucemia. Jack se había dado a la bebida para poder soportarlo, y durante años había abandonado emocionalmente a su mujer y a su hijo. Después del divorcio, Eric no quería saber nada de su padre. Jack no culpaba al chico; sin embargo, aquello le dolía.

En aquel momento, después de algunos años de no probar ni una gota de alcohol, y con el apoyo de Olivia, había hecho un gran esfuerzo por recuperar el contacto.

Olivia y su hija también estaban luchando por reconstruir su relación, aunque de diferente manera.

—Pregúntale a ella —le aconsejó Jack a Olivia—. Seguro que está deseando contártelo.

Ella negó rápidamente con la cabeza para descartar aquella idea.

—No puedo. Justine se enfadaría por mi intromisión. Además, no quiero que sepa que me he enterado de que ha comido con Warren por cotilleos. ¿Cómo es posible que emita juicios que afectan a nuestra comunidad en un tribunal si no soy capaz de hablar abiertamente con mi propia hija?

Era la misma pregunta que Jack se había hecho muchas veces con respecto a su hijo. Todas las semanas, Jack escribía el editorial del *Cedar Cove Chronicle*. Nunca tenía dificultades para expresar su opinión. Sin embargo, cuando tenía que hablar con Eric... perdía la confianza en sí mismo. Tenía miedo de decir demasiado o de no decir nada, de parecer enjuiciador o indiferente.

—Eric me ha llamado por teléfono esta tarde

—dijo Jack—. Estaba disgustado, y no he sabido qué decirle. Soy su padre, viene a mí con un problema y no puedo ayudarle.

—¿Y cuál es el problema?

—La chica con la que vive Eric está embarazada.

—¿No usaban anticonceptivos?

—No. Eric no creía que pudiera ocurrir.

Olivia se rió suavemente.

—No entiendo cómo una pareja puede arriesgarse a no usar anticonceptivos.

Jack miró a Olivia.

—Como Eric tuvo leucemia de pequeño, los medicamentos y los tratamientos para curarlo lo dejaron estéril. Los médicos nos lo dijeron hace años.

Olivia frunció el ceño.

—¿Quieres decir que el niño no es suyo?

Jack se pasó la mano por los ojos.

—No puede serlo, y Eric lo sabe.

—Oh, vaya.

Jack quería decirle algo útil a su hijo, pero no tenía palabras de consuelo ni de consejo.

Había colgado el teléfono con la sensación de que, una vez más, le había fallado a Eric.

★ ★ ★

La Harbor Street Gallery estaba tranquila por el momento. Aprovechando aquel respiro, Maryellen pasó a la sala adjunta a la galería a tomar un café. Entre semana, los días eran lentos, sobre todo en otoño. Durante el verano, la galería atraía a muchos turistas y estaba constantemente abarrotada.

Maryellen era la encargada, y siempre agradecía el cambio de ritmo que suponía el otoño, sobre todo teniendo en cuenta que la temporada alta de Navidad estaba a la vuelta de la esquina. Ya se estaban preparando.

En algún momento de aquel día, Jon Bowman pasaría por allí. Lo había visto por última vez en junio, y aún recordaba su encuentro con vergüenza. Jon era un hombre reservado y quizá tímido, a quien no le resultaba fácil mantener charlas superficiales. Ella había querido entablar una conversación con él, pero sólo había conseguido hablar de todo tipo de cosas irrelevantes.

Cuando él se marchó, ella tuvo ganas de patearse a sí misma por caer víctima de su propia ansia.

Acababa de servirse la taza de café cuando oyó pasos en la galería. Tomó un sorbo rápido, reconfortante, dejó la taza sobre la mesa y salió para saludar al cliente.

—Bienvenido —dijo ella, y al ver de quién se trataba, se alegró—. Jon, justamente estaba pensando en ti.

De todas las obras de arte que se vendían en la galería, sus fotografías eran el trabajo preferido de Maryellen.

Eran imágenes en blanco y negro, de paisajes y detalles de la naturaleza. A veces se centraban en elementos humanos, como un bote desgastado por el tiempo o la caseta de un pescador; sin embargo, nunca fotografiaba a gente. Era capaz de revelar la complejidad de las cosas con los detalles más pequeños y sencillos. Era un artista con una visión genuina, una visión que transmitía las cosas de un modo distinto.

Además, era un hombre atrayente. Era alto y ágil, de pelo largo y recogido en una coleta. No tenía un atractivo convencional: tenía lo rasgos afilados y la nariz demasiado larga para su cara delgada. Vestía informalmente, con pantalones vaqueros y camisas de algodón.

Había comenzado a llevar su obra a la galería tres años antes. Unas pocas fotografías cada vez, con largos lapsos de tiempo entre medias. Maryellen llevaba trabajando diez años en la galería, y conocía a la mayoría de los artistas que vivían en aquella zona. A menudo socializaba con ellos. Sin embargo, con Jon no había hablado mucho.

Le parecía extraño que su artista favorito se resistiera a sus intentos de trabar amistad.

—Te he traído algunas fotografías más —le dijo él.

—Las estaba esperando. He vendido todas las que me trajiste en junio.

Aquella noticia provocó una pequeña sonrisa. Las sonrisas de Jon eran tan escasas como su conversación.

—Tus fotografías son muy apreciadas.

Aquel halago hizo que él se sintiera incómodo.

—Voy a traer las fotos —dijo con brusquedad, y salió por la puerta trasera.

Cuando volvió, llevaba varias fotografías enmarcadas de distintos tamaños; las colocó sobre el escritorio de Maryellen.

—¿Te apetece una taza de café? —le preguntó ella.

—Si, gracias.

Ambos se sentaron en taburetes, uno frente al otro, con sendos cafés.

—Tu trabajo cada vez tiene más aceptación.

Él hizo caso omiso del comentario.

—¿Estás divorciada? —le preguntó sin rodeos.

Aquella pregunta tomó a Maryellen por sorpresa. Ella sabía que a Jon no se le daba bien la charla intrascendente, pero aquello rozaba la mala educación. Decidió responder cualquier cosa y volver a centrar la conversación en él.

—Desde hace trece años. ¿Y tú?

Sin embargo, parecía que Jon tenía sus propios planes, porque respondió a aquella pregunta con otra.

—No sales mucho, ¿verdad?

—No. ¿Y tú?

—No.

—¿Divorciado? —preguntó ella.

—No. ¿Por qué no sales?

Maryellen se encogió de hombros.

Jon le dio un sorbo a su café.

—¿Nadie te lo pide?

—Sí, claro —respondió ella.

Sin embargo, Maryellen prefería ir a fiestas y a reuniones sociales antes que acudir a una cita con un hombre.

—¿Y cuál es el motivo de este interés tan repentino? ¿Es que quieres pedirme una cita? —le preguntó atrevidamente.

Si lo hiciera, quizá ella sintiera la tentación de aceptar el ofrecimiento. Aunque quizá fuera mejor que no; los hombres oscuros, misteriosos, eran un gran peligro, y ella había aprendido aquella lección años antes.

—¿Qué te hizo? —le preguntó Jon.

Maryellen se levantó del taburete. Se sentía incómoda con aquel interrogatorio. Las preguntas iban cada vez más lejos, adentrándose en un territorio al que ella no quería ir.

—Dime algo que yo no sepa de ti —le desafió.

—Soy chef.

—¿Quieres decir que te gusta cocinar?

—No. Soy el chef de André's.

Era un restaurante de lujo que estaba en el la costa de Tacoma.

—Yo… no lo sabía.

—La mayoría de la gente no lo sabe. Así me gano la vida.

La voz de su hermana Kelly sonó por la galería.

—¿Hay alguien ahí? —preguntó.

Kelly no podía haber sido más inoportuna.

—Es mi hermana —le dijo Maryellen.

—Debería irme —dijo Jon. Tomó otro sorbo de café y dejó la taza en la mesa.

—No te marches todavía. Estoy segura de que sólo será un momento.

—Ven a André's una noche —respondió él—. Te haré algo especial.

Maryellen no estaba segura de si debía ir sola o con un acompañante. No le pareció apropiado preguntarlo, de todos modos.

—Lo haré —dijo, mientras Kelly entraba en la oficina trasera.

Kelly se quedó inmóvil, sorprendida y encantada de encontrar a su hermana con un hombre.

—Soy Jon Bowman —dijo él—. Os dejaré a solas. Me alegro de haberte visto de nuevo, Maryellen.

—Adiós —respondió ella, con una mezcla de sorpresa y pesar. Y también con impaciencia, admitió para sí. Algo que no había sentido durante años.

Kelly observó cómo se marchaba, y en cuanto Jon hubo salido por la puerta, le preguntó a Maryellen:

—¿Es alguien especial?

—No, sólo uno de nuestros artistas —respondió Maryellen, sin dar más explicaciones.

Kelly se sentó en el taburete que Jon acababa de dejar libre.

—¿Cómo está mamá?

—Mejor de lo que esperaba.

Aquella primera cita con el abogado había sido difícil, pero su madre tenía fortaleza y había conseguido superarlo.

—Papá va a volver —dijo Kelly. Y Maryellen no le dijo nada.

—No me crees, ¿verdad? —insistió Kelly.

Maryellen continuó en silencio.

—Papá volverá —repitió Kelly.

—Bien, el tiempo lo dirá, ¿no crees? —dijo Maryellen, y tomó su taza de café.

Debía de haberse vuelto loca, pensó Justine, mientras bajaba de la avioneta en King Cove, Alaska. Llevaba dos semanas sin tener noticias de Seth, y ya no lo soportaba más.

Se había puesto en contacto con la fábrica de conservas a la que Seth y su padre le vendían el pescado y el marisco, pero ellos no sabían cuál era su horario de trabajo.

Justine le había dejado un mensaje a la secretaria, aunque no había garantías de que Seth lo recibiera. Le había pedido a la mujer que avisara a Seth de su llegada, y esperaba que él hubiera sabido de su repentina visita.

Al bajar de la avioneta, el viento le azotó la cara

y el pelo, y el golpe de frío la dejó asombrada. Sólo era el último fin de semana de septiembre, y la temperatura ya era completamente invernal en Alaska.

Seth no había ido a buscarla. Tomó un taxi que la dejó ante la puerta de un motel que había frente al muelle. Ocupó una habitación pequeña y un poco desvencijada. El mobiliario era viejo y no estaba completamente limpio. Justine se sentó al borde del delgado colchón. Se sentía triste y perdida. Ir hasta allí había sido una locura.

Respiró profundamente y después suspiró. No podía pasarse todo el fin de semana en el motel, compadeciéndose de sí misma.

Decidió que encontraría a su marido. Se puso la ropa más abrigada que tenía y le pidió a Betty, la recepcionista, que le diera la dirección de la fábrica de conservas. Estaba a poca distancia del motel, así que fue a pie por el muelle. El amarradero estaba lleno de barcos, debido a que era plena temporada de pesca.

Justine habló con varios pescadores. Todos conocían a Seth y a su padre, pero ninguno pudo darle información. Desanimada, Justine se encaminó hacia el motel.

Mientras se marchaba, vio un gran velero de

pesca que estaba entrando en el puerto. En la cubierta había un hombre rubio, con una gorra azul, de espaldas a ella. Parecía Seth por el color de su pelo y por su estatura. ¿Sería él?

—¡Seth! —dijo ella, pero el viento se llevó su voz.

Sin embargo, el hombre de la cubierta debió de oír algo, porque se volvió. Era su marido. Cuando la vio, dio un salto gigante desde la cubierta a tierra y cayó con ambos pies en el muelle.

Justine corrió hacia él y, con un grito de alegría, se echó a sus brazos. Él la agarró con fuerza por la cintura y la elevó en el aire. Mientras la besaba frenéticamente, todas las dudas y las preguntas de Justine se desvanecieron.

—¿Qué estás haciendo aquí? —le preguntó Seth después de unos instantes, apartándole el pelo de la cara. Su mirada estaba llena de amor—. ¿Cómo sabías que íbamos a volver a puerto hoy?

—No lo sabía. Sólo recé por que estuvieras aquí.

Él la besó una vez más.

—Tengo una habitación en un motel —susurró Justine.

Seth miró hacia el barco.

—Espera aquí.

Fue corriendo hacia la embarcación, saltó a bordo y rápidamente desapareció bajo la cubierta.

Justine estaba empezando a preguntarse qué le había ocurrido cuando él reapareció con una gran bolsa colgada del hombro.

Aunque necesitaba darse una ducha y afeitarse, era el hombre más guapo, excitante e increíble que ella hubiera visto en su vida.

—¿Cuánto tiempo tenemos? —le preguntó.

—Dos días —respondió ella. Entrelazó su brazo en el de él y apoyó la cabeza en su hombro—. Tenemos que hablar, Seth.

—Hablaremos —dijo él.

Sin embargo, la conversación iba a ser postergada, si ella sabía interpretar correctamente el brillo de sus ojos.

—Veo que has encontrado a tu marido —comentó Betty cuando los vio aproximarse al motel.

—Sí —dijo ella con alegría.

En cuanto Justine abrió la puerta de la habitación, Seth la tomó en brazos y cruzó el umbral. Lo que a Justine le había parecido una habitación fea, en aquel momento le parecía una suite de luna de miel.

Su marido la dejó en el suelo y hundió las manos en su pelo mientras la besaba apasionadamente.

—Tengo que ducharme —dijo con impaciencia cuando terminó—. No te muevas de aquí.

—De acuerdo —murmuró ella con los ojos cerrados, aún consumida por su beso.

—¿Tienes hambre? —le preguntó él.

Justine abrió los ojos y lo miró. Seth se estaba quitando el abrigo y había empezado a desabotonarse la camisa.

—Me muero de hambre —le dijo Justine, pero los dos sabían que no estaba hablando de comida.

—Oh, Jussie, yo también.

Él era la única persona en el mundo que se atrevía a llamarla así.

—No puedo creerme que estés aquí —le dijo Seth.

Rápidamente, se quitó la ropa y caminó desnudo hacia el baño. La ducha debió de ser la más rápida del mundo, porque Justine no había terminado de desvestirse cuando él salió a la habitación. Seth la tendió en la cama junto a él, y pronto se vieron atrapados en un tumulto sensual que duró hasta que Justine estuvo sin aliento, agotada.

Quedaron inmóviles, abrazados y cubiertos sólo por la sábana; y ella apoyó la cabeza en el pecho de Seth y le rodeó la cintura con un brazo.

Seth le acarició el pelo. Justine tenía los ojos cerrados, pero no porque tuviera sueño: quería saborear aquellos momentos, sobre todo teniendo en cuenta que debían durarle varias semanas más.

—No sé qué es lo que te ha hecho venir —susurró Seth—, pero sea lo que sea, estoy agradecido.

—Tenía que saberlo —respondió Justine—. Tenía que preguntarte si lamentabas que nos hubiéramos casado.

—No —contestó Seth con rotundidad.

Hizo que ella lo mirara a los ojos y le preguntó:

—¿Y tú?

Justine sonrió suavemente.

—Estoy tan enamorada de ti que me estoy volviendo loca. Quiero que estemos juntos, Seth. Detesto que estés tan lejos de casa.

—Para mí también ha sido muy duro. Siempre me ha encantado pescar, pero mi corazón ha estado contigo desde el momento en que me marché.

Justine le acarició el hombro.

—No le dije a nadie lo que iba a hacer. Sabía que si les contaba a mi madre y a mi abuela que iba a venir aquí para buscarte, me habrían dicho que era imposible, que tenía muy pocas probabilidades de conseguir verte.

—Tú siempre has tenido un asombroso don de la oportunidad —bromeó Seth.

—¿A que sí? —respondió ella.

Le acarició con la mejilla los músculos del torso, disfrutando del tacto, de la visión y de la esencia de aquel hombre.

—¿Cuándo tienes que irte? —le preguntó él.

—El domingo por la tarde.

Él la besó de nuevo.

—En ese caso, será mejor que aprovechemos el tiempo, ¿no crees?

Justine estaba completamente de acuerdo.

Grace se despertó temprano el lunes por la mañana, sintiéndose más animada de lo que había estado en muchos meses. Buttercup, su perra, estaba tumbada en el suelo, junto a la cama, y al oírla se puso en pie meneando la cola.

—Buenos días, cariño —le dijo ella, tomando la bata.

Buttercup la siguió hasta la cocina y ella la dejó salir por la puerta trasera. Mientras la perra pululaba por el jardín, ella puso la cafetera al fuego canturreando suavemente. Después de desayunar, se duchó, se vistió y se marchó a trabajar.

Hacía sol, pero el pronóstico del tiempo era de lluvia; a Grace le encantaba el otoño. Recordó que Dan sentía lo mismo. Él había trabajado en el bosque talando árboles casi toda su vida, hasta que se empezó a prohibir la tala y entonces Dan comenzó a trabajar en el pueblo. Él nunca se quejó, pero Grace sabía que echaba mucho de menos el bosque.

Grace volvió a sentirse triste, y se obligó a apartar la mente de su ex marido. De todas formas, lo único que deseaba, estuviera donde estuviera, es que tuviera la felicidad que ella no le había dado. Se casaron muy jóvenes y ella estaba embarazada. Él se fue enseguida a Vietnam y el hombre que se marchó no fue el mismo que volvió. Después de cuarenta años, él todavía tenía pesadillas que se negaba a compartir con ella. Grace nunca había sabido lo que ocurrió en la jungla y Dan siempre dijo que era mejor que no lo supiera. Con un suspiro, volvió a la realidad y a su trabajo.

Como de costumbre, el lunes por la mañana era tranquilo en la biblioteca. Grace decidió cambiar el tablón de anuncios y estaba trabajando en ello cuando oyó una voz masculina por detrás.

–Me gustaría hacerme el carné de la biblioteca

—le estaba diciendo Cliff Harding a su ayudante, Loretta Bailey.

—Muy bien —dijo Loretta. Sacó un impreso y lo puso en el mostrador, frente a él. Cuando notó que Grace la estaba observando, se detuvo.

Cliff miró hacia el tablón de anuncios.

—Hola, Grace.

—Hola —respondió ella, con la esperanza de que su voz no delatara lo nerviosa que se sentía.

—He pensado que ya es hora de que tenga el carné de la biblioteca, ya que vengo tan a menudo a Cedar Cove.

—Tenemos el porcentaje más alto de socios per cápita de todo Washington —le dijo Loretta orgullosamente, mientras le tendía un bolígrafo.

—Estoy impresionado —dijo Cliff, mientras miraba de nuevo a Grace.

Ella intentó hacer caso omiso de aquella mirada de apreciación, pero no pudo. Al instante, se aturulló y dejó caer los carteles que estaba fijando en el tablón. Él se acercó para recogerlos y se agachó al mismo tiempo que ella.

—¿Te apetecería salir a cenar conmigo? —le preguntó en un aparte, mientras los dos estaban agachados.

Ella miró a Loretta. Su ayudante estaba muy

concentrada en uno u otro papel, pero Grace no se dejó engañar.

Sabía que estaba muy interesada en la respuesta de Grace, quizá más que el propio Cliff.

—No... no creo.

—Entonces, ¿te apetecería tomar un café conmigo? —dijo Cliff.

Antes de que Grace pudiera responder, Loretta dijo con una sonrisa:

—Puedes tomarte el descanso ahora, si te apetece.

Grace tuvo que resistirse para no gruñir en voz alta.

—¿Quieres que vayamos al Palacio de las Crepes? —le sugirió Cliff, con una sonrisa. Parecía muy agradecido por la ayuda de Loretta, aunque Grace no lo estuviera.

—Está bien. A las cinco de la tarde —dijo por fin.

—Allí estaré —contestó él, sonriendo todavía más mientras se incorporaba.

Grace lo imitó, y le lanzó a Loretta una mirada fulminante mientras Cliff se encaminaba hacia la puerta.

—¿Y el carné de la biblioteca? —le preguntó Grace.

Cliff no se detuvo.

—Rellenaré el impreso la próxima vez que venga.

A las cinco, Grace aún no estaba segura de si iba a reunirse con él; sin embargo, finalmente ganaron los buenos modales.

Quizá estuviera muy nerviosa por el hecho de verlo, pero le había dicho que iba a ir a la cita, y Grace cumplía su palabra.

Cliff se levantó de la silla en el restaurante cuando ella se acercaba.

—No estaba seguro de que vinieras —le dijo.

—Yo tampoco estaba segura de si iba a venir —admitió ella, mientras ambos se sentaban.

Después de que el camarero les sirviera un café, Cliff dijo:

—Tengo una ligera idea de cómo te sientes.

—¿De veras?

—Estás nerviosa y tienes un cosquilleo en el estómago. ¿No?

—Sí. ¿Cómo lo sabes?

—Porque yo me siento del mismo modo.

—Me dijiste que llevas cinco años divorciado.

—Sí.

—¿Quieres hablar de ello?

—No, no especialmente.

—¿Hijos?

—Tengo una hija. Está casada y vive en la Costa Este. Hablamos todas las semanas y yo voy a verla una o dos veces al año. Susan, mi mujer, se enamoró de un compañero de trabajo —le explicó Cliff—. Según lo que me dijo en aquel momento, nunca había sido feliz.

—¿Y lo es ahora?

—No lo sé. Después del divorcio me retiré y me fui a vivir a Olalla —respondió, mencionando un pueblo que estaba a diez kilómetros al sur de Cedar Cove.

—¿Y qué haces normalmente?

—Tengo un rancho y crío caballos.

—Suena muy bien.

—Está muy bien, salvo por una cosa —dijo él, y la miró a los ojos—. Me encuentro solo.

Aquello era algo que Grace entendía muy bien. Aunque su matrimonio nunca había sido completamente feliz, con el paso de los años, Dan y Grace se habían sentido contentos el uno con el otro. Las conversaciones durante la cena, alguna salida al cine, el repertorio de experiencias compartidas. Dan estaba normalmente en casa para recibirla cuando ella llegaba del trabajo. Ya sólo le quedaba Buttercup.

—Quiero tener una amiga —le dijo Cliff—. Alguien a quien le apetezca ir a un concierto conmigo de vez en cuando, eso es todo.

Aquella idea también era del agrado de Grace.

—Eso sería estupendo.

—Tenía la esperanza de que pensaras eso.

—Pero —añadió ella apresuradamente—, sólo después de que termine el proceso de divorcio.

—Está bien —dijo Cliff.

—Y una cosa más. Yo llamaré la próxima vez, ¿de acuerdo?

Él titubeó.

—De acuerdo, pero ¿significa eso que no quieres que vaya por la biblioteca?

—Siempre serás bienvenido —respondió Grace—, para asuntos relacionados con la biblioteca.

—Claro —dijo él.

Tomó la taza de café y se la llevó a los labios, pero no antes de que Grace viera su ligera sonrisa.

Ella tuvo la sospecha de que Cliff iba a convertirse en un asiduo de la biblioteca.

Las cosas habían estado tensas entre Rosie y Zach desde aquella noche de puertas abiertas en el colegio de Eddie. Rosie culpaba a su marido por ello. Parecía que Zach no se daba cuenta de lo mucho que ella hacía. Debía de pensar que ella estaba todo el día sentada viendo telenovelas en la televisión mientras él estaba en la oficina.

Zach no entendía lo complicada que era su vida. Estaba tan ocupada que algunas veces se marchaba de casa antes que él y no volvía hasta por la noche. Y además, él quería que cocinara una cena de cuatro platos, pensó con enfado.

Rosie le había pedido que asistiera al evento del colegio de Eddie y él había estado molesto con ella durante días. Eddie también era hijo de Zach, y reunirse con su profesora era algo normal. Sin embargo, Zach se había estado quejando toda la tarde, y después, aquella noche y pese a todos los esfuerzos de Rosie, habían discutido.

Aquella discusión no se había resuelto en los días siguientes.

Y después de dos semanas, uno de ellos tenía que hacer un gesto de conciliación. Pese al hecho de que había estado despierta hasta muy tarde, leyendo un informe del comité profesores y padres para la reunión de aquella noche, Rosie se levantó de madrugada para hacer el desayuno: huevos revueltos y beicon.

Allison fue la primera en levantarse, y rechazó el desayuno diciendo que nunca le habían gustado los huevos; en su lugar, tomó una lata de refresco de la nevera, pese a las protestas de su madre.

Rosie dejó pasar el asunto; todos los libros sobre

psicología adolescente que había leído recomendaban elegir bien las batallas para no convertir la convivencia en una pelea diaria; el hecho de desayunar un refresco no era tan importante como que quisiera hacerse un piercing en la nariz, por ejemplo.

Con resignación, Rosie subió las escaleras para despertar a Eddie. Su hijo le comunicó, mientras se levantaba, que tampoco quería huevos, y que prefería tomar cereales con leche.

Muy bien. Cuando fue a su habitación, encontró a Zach saliendo del vestidor, ya de traje y corbata.

–He hecho el desayuno –le dijo con cierta tirantez.

Él asintió como si lo aprobara.

–¿Vas a bajar a desayunar?

–Hoy no puedo –respondió Zach, mirando el reloj–. Tengo una reunión muy temprano.

¡Fantástico! Nadie agradecía sus esfuerzos, ni el hecho de que estuviera funcionando con menos de cinco horas de sueño. Rosie se dio la vuelta y volvió a la cocina, tiró el beicon y los huevos a la basura y comenzó a poner los platos en el lavavajillas.

Zach entró en la cocina.

–Me marcho.

—Que tengas un buen día —murmuró ella.

—Igualmente.

Cuando iba a salir por la puerta de la cocina hacia el garaje, su marido se detuvo.

—¿Te gustaría comer hoy conmigo?

Así que Zach sí se daba cuenta de lo que ella estaba haciendo y estaba intentando un acercamiento.

—Es muy buena idea —dijo ella con una sonrisa de agradecimiento. Él sonrió también.

—¿A las once y media?

Rosie asintió. Él se acercó y le besó la mejilla.

Una hora después, sus hijos se habían marchado al colegio, y Rosie recogió la cocina. Después se dirigió a su habitación para arreglarse. Cuando estaba en la ducha, recordó que tenía que estar a las doce en el colegio de Eddie, porque era su turno voluntario para ayudar en la comida de la clase de su hijo.

Soltó un gruñido; aquella noche tampoco podría estar en casa, porque tenía la reunión del comité de padres y profesores. Zach no estaba de acuerdo con que fuera la presidenta del comité; aquél era el segundo año en el que ocupaba el cargo, debido a que nadie se había presentado para reemplazarla.

Salió de la ducha y se vistió. Estaba a punto de llamar a la oficina de Zach para avisarle de que no podría ir a comer con él cuando recibió una llamada de la iglesia. Había una emergencia con las túnicas del coro. Alguien se había equivocado y les había enviado las túnicas de un coro de Florida, cuyos miembros, seguramente, habrían recibido las suyas.

Era muy importante que el coro tuviera las túnicas adecuadas antes de finales de mes, así que Rosie tuvo que ir a la iglesia, empaquetar de nuevo las túnicas, hacer media docena de llamadas telefónicas y llevar las cajas a la oficina de correos para devolvérselas a la empresa.

A las once y media, se dio cuenta de que no había llamado a Zach. Tomó su teléfono móvil y llamó a la oficina.

Respondió la llamada una agradable y desconocida voz femenina. Era Janice Lamond, una nueva empleada de la gestoría; Rosie le preguntó si podía hablar con su marido, pero Janice le dijo que el señor Cox ya había salido hacia el restaurante. Entonces, Rosie le pidió que lo llamara en su lugar y le dijera que no podría acudir a la cita.

Si Zach se había disgustado con ella por haberse saltado su cita, no lo demostró aquella noche. Rosie estaba descongelando carne picada en el microondas para hacer espaguetis, el plato favorito de Eddie, cuando llegó su marido. Como de costumbre, ella tenía mucha prisa por salir de casa.

Intentó averiguar de qué humor estaba Zach.

—Siento lo de la comida —le dijo.

Zach se encogió de hombros mientras miraba el correo.

—No pasa nada.

—Debería haber consultado la agenda. ¿Consiguió tu ayudante avisarte a tiempo?

—De hecho, comió conmigo.

—¿Has comido con tu secretaria? —preguntó Rosie, que no estaba segura de si le había gustado aquella noticia.

—No es mi secretaria, es mi ayudante —replicó él, de espaldas a ella—. Yo salí pronto de la oficina porque quería conseguir una mesa junto a la ventana. Cuando Janice me llamó para avisarme, comenté que era una pena desperdiciar una mesa tan buena. Sólo estaba bromeando cuando le dije que fuera al restaurante, ya que tú no podías, pero ella aceptó la sugerencia.

—Ah —dijo Rosie—. ¿Y ha sido una comida agradable? —preguntó. Ella había comido una barrita energética de la máquina del colegio.

—Sí, mucho —respondió él, y se dirigió a la habitación para darse una ducha. Sin embargo, Rosie se dio cuenta de que estaba silbando suavemente.

—Podemos quedar para comer cualquier día de la semana que viene —le dijo ella.

—Lo siento, cariño —respondió Zach mientras se alejaba por el pasillo—. Tengo una semana de locos.

Hacerse la manicura era un lujo que Maryellen se daba de vez en cuando. Aunque preocuparse por tener unas uñas perfectas le parecía una extravagancia, no podía evitarlo. Además, pasaba muy buenos ratos con las chicas de la peluquería. Tenían edades parecidas a la suya y estaban solteras, pero al contrario que Maryellen, querían tener a un hombre en su vida.

El tercer miércoles de octubre, Maryellen llegó puntual a su cita, y como de costumbre, Rachel la estaba esperando. En cuanto Maryellen se sentó, Rachel comenzó a quitarle la pintura de uñas con un algodón impregnado en acetona.

–¿Qué tal va todo? –le preguntó.

—Muy bien, ¿y tú? ¿Qué tal? ¿Conociste a alguien la semana pasada?

—Ojalá —respondió Rachel con un largo suspiro—. El tiempo pasa rápidamente.

Maryellen sabía que Rachel tenía el objetivo de casarse antes de los treinta años, y su cumpleaños sería dentro de poco.

—He leído algo interesante esta semana —le dijo Maryellen—. En Irlanda hay una ciudad llamada Lisdoonvarna. Durante septiembre y la primera semana de octubre, muchos hombres solteros van a ese pueblo en busca de esposa. Parece que es una tradición de hace años.

—¿Lo dices en serio? —preguntó Terri desde el otro extremo de la sala.

—Sí, te prometo que es cierto.

—¿Y de dónde son las mujeres? —preguntó Rachel.

—De todo el mundo. Según el artículo, una mujer fue a ese pueblo desde Australia, y encontró marido.

—Yo no puedo permitirme ir a Irlanda —murmuró Rachel.

—No, pero nosotras podríamos hacer nuestro propio festival —sugirió Terri.

—Podríais hacerlo —dijo Maryellen, con intención de animar a las otras mujeres.

—¿Un Festival del Matrimonio? —preguntó Terri con entusiasmo.

—Sí, pero, ¿quién iba a venir? —dijo Rachel—. Si los hombres se enteran de que damos una fiesta para encontrar marido, no vendrán.

—Quizá tengas razón —dijo Terri con un suspiro de desánimo.

—Yo creo que sí —intervino Jane, otra de las esteticistas—. Los hombres de Norteamérica no quieren compromisos —dijo, y todas le dieron la razón.

—Yo ya he dejado de buscar a mi príncipe azul. Me conformaría con su mozo de cuadra —dijo Rachel.

Maryellen sonrió.

—A mí me gustaría conocer a alguien que tuviera la cabeza sobre los hombros en cuanto al dinero —dijo Jane—. Todos los hombres con los que he salido querían que yo pagara la cuenta porque estaban siempre sin blanca.

—Yo conocí a un tipo muy rico una vez —dijo Jeannie, interviniendo en la conversación—. Salimos durante tres meses, pero rompí con él porque era muy aburrido. Me divertía más lavándome la cabeza.

—Pues yo me quedaría con un tipo aburrido mucho antes que con un aprovechado —respondió Jane.

—¿Y tú, Terri? —le preguntó Maryellen—. ¿Qué tipo de hombre te interesaría a ti?

—Yo quiero un hombre a quien le guste comer bien, y que no tenga miedo a que su mujer también quiera comer bien. Estoy harta de los hombres que prefieren a las mujeres muy delgadas. Mejor aún, me encantaría conocer a un hombre a quien le gustara cocinar —dijo Terri, y miró a su alrededor—. ¿Alguien conoce a un hombre así?

Hubo un silencio que cortó la animada conversación.

—Bueno, yo conozco a un cocinero —dijo Maryellen lentamente, pensando en Jon Bowman—. Jon es chef de un restaurante maravilloso.

—¿Y por qué rompiste con él? —le preguntó Rachel.

—En realidad, nunca hemos salido —respondió ella.

A Maryellen le encantaban las fotografías de Jon y se sentía atraída por su personalidad, pero no tenía interés romántico en él. No quería a ningún hombre en su vida, por muy atractivo que fuera. Aquélla era la regla número uno.

—Yo te lo presentaría si tú quisieras, Terri.

—¿De veras? —preguntaron las demás mujeres con entusiasmo.

—Podríamos hacer una fiesta —propuso Jeannie—, e invitar a los hombres con los que hemos salido para ver si los que nosotras hemos descartado cubren las expectativas de las demás.

—Un saldo de viejos amantes —sugirió Terri.

Su clienta se rió, y las demás mujeres jalearon la propuesta.

Jane miró el calendario.

—Podríamos dar una fiesta de Halloween. ¿Qué os parece?

Aquella idea tuvo la aceptación de todo el mundo.

—Así tendremos dos semanas para idear cosas divertidas. Vamos a organizarnos.

—Sí.

—Bien pensado.

—Contad conmigo.

Maryellen no estaba segura de cómo había ocurrido, pero pese a su renuencia inicial, pronto se encontró involucrada en la fiesta. Cuando salió del centro de manicura, le daba vueltas la cabeza. Realmente, no había querido formar parte de aquel plan, aunque ella misma hubiera comenzado la conversación. Lamentaba haber mencionado el nombre de Jon, además. No entendía por qué lo había hecho. Probablemente, era porque había estado pensando en él desde su último encuentro. Entre las últimas fotografías que había llevado a la galería estaban las mejores que había hecho hasta el momento, y ella casi había lamentado el hecho de que se hubieran vendido tan rápidamente.

Sin embargo, tenía que cumplir con lo que había dicho, así que esperó una semana y llamó a Jon. Él respondió enseguida.

—¿Diga?

—Hola, Jon, soy Maryellen Sherman —dijo ella, y titubeó. No obtuvo respuesta, así que continuó—: La directora de la Galería de Arte Harbor Street.

—Sí, lo sé.

A ella le pareció que su tono de voz era divertido, lo cual sólo contribuyó a que se sintiera más nerviosa.

—Me han invitado a una fiesta de Halloween —dijo ella, apresurándose a explicarle la razón de su llamada—. Se supone que todo el mundo debe ir con un acompañante, aunque no sea una cita. Nos han pedido que llevemos a alguien, a un hombre, para presentárselo a otra persona. Yo tengo una amiga encantadora que disfruta mucho con la comida. Le encanta comer y, bueno, desearía conocer a un hombre que cocine bien. Naturalmente, pensé en ti.

No hubo respuesta.

—¿Te interesaría ir a la fiesta? —preguntó finalmente—. No tienes obligación, claro. Me estarías haciendo un favor.

—Conociendo a esa amiga tuya.

—Sí.

—La que disfruta con la gastronomía.

—Sí. Se llama Terri, y es muy divertida. Creo que te caería muy bien.

—¿Y tú vas a estar allí?

—Claro. Te la presentaría yo. Bueno, ¿qué te parece?

—¿Te puedo dar la contestación más tarde?

—Claro.

—Entonces, te llamaré.

—Muy bien.

—Perdona, antes de colgar… ¿has tenido ocasión de mirar mis fotografías?

—¡Oh, sí, son fabulosas! Ya las he vendido todas. Esperaba que me trajeras más.

—Estoy trabajando en ello.

—Estupendo.

Aquélla era, con mucho, la conversación más larga que habían tenido en tres años de relación profesional.

—No has venido a André's —dijo Jon—. Estaba deseando cocinar para ti.

—Te agradezco mucho la invitación, de veras, pero no quiero darte una impresión equivocada. Como ya te he explicado, estoy divorciada y no quiero volver a casarme, y esta fiesta es sólo cosa de amigas... Si vienes, sería estupendo porque podrás conocer a Terri. Ah, ¿y te había dicho que va a celebrarse en el Galeón del Capitán, en el bar? Será la noche de Halloween.

—Te llamaré.

Maryellen pensó que aquello era razonable.

Después de dos días y dos noches gloriosos con su marido, Justine ya no tenía dudas sobre su matrimonio. Estaba más enamorada de lo que nunca había creído posible.

Ir a Alaska siguiendo un impulso, de aquella manera, sin preparativos, había sido absurdo, y aun así, había encontrado a Seth. Aquello tenía que ser una señal. Seth estaba destinado a ser su marido.

En pocas semanas él habría vuelto a casa, y podrían hablar del futuro y hacer los planes necesarios para poner en marcha su vida en común.

La noche del viernes siguiente, Justine se acercó a

casa de su madre, en Lighthouse Road. No había estado evitando a Olivia, pero tampoco había ido a buscarla. Cuando Justine subía las escaleras del porche de la casa, su madre la estaba esperando en la puerta.

—Hola, mamá.

—¡Justine! Me alegro tanto de verte... —le dijo Olivia, abrazándola con fuerza—. Hacía mucho tiempo que no venías a verme.

—He estado muy ocupada. De hecho, la semana pasada fui a Alaska a ver a Seth.

—¿A Alaska? Debías haberme avisado.

—Sí, debería haberlo hecho —respondió Justine suavemente. No había ido allí para discutir con su madre.

—Ven dentro —le dijo Olivia—. Esta noche ha refrescado.

Justine obedeció y siguió a su madre hasta la cocina, donde ambas se sirvieron una taza de té.

—¿Cómo está Seth? —le preguntó Olivia.

—Maravillosamente. Volverá pronto a casa. Lo echo mucho de menos. Ésa es la razón por la que fui a Alaska; no podía soportar no verlo durante tanto tiempo. Estoy muy enamorada de él, mamá.

Justine había pensado que aquélla era la noticia que su madre quería escuchar. Sin embargo, Olivia había fruncido el ceño.

—¿Qué? –le preguntó Justine.

Olivia sacó una silla y se sentó frente a ella.

—¿Sabe Seth que fuiste a comer con Warren?

Eso lo explicaba todo. Su madre lo sabía. También Seth lo sabía, porque ella misma se lo había contado. Y aunque él no le había pedido que no volviera a ver a Warren, Justine se había dado cuenta de que no le había gustado que ella aceptara la invitación a comer. Justine se había quedado un poco sorprendida, pero no lo haría más.

—Warren quiere volver contigo, ¿verdad? –le preguntó su madre.

—¿Te he contado que Maryellen Sherman y yo hemos quedado para comer esta semana? Quería felicitarme por mi boda con Seth.

—Así que prefieres no hablar de Warren.

—Exacto.

Olivia asintió.

—Entonces, no lo haremos. Hablemos de Seth. ¿Cuándo vuelve?

Justine le dio los detalles. Cuanto más hablaba, más se relajaba su madre, y Justine entendía por qué. Por fin, su madre tenía completa confianza en su amor por Seth.

—¿Cómo está Maryellen? –le preguntó Olivia mientras tomaban la segunda taza de té–. Veo a

Grace todas las semanas en la clase de aeróbic, pero no tenemos oportunidad de hablar –dijo, y se rió–. En realidad, necesitamos toda nuestra energía para respirar. ¿Te ha contado Maryellen que Grace ha pedido el divorcio?

Justine asintió.

–A propósito, ¿qué ocurrió en el matrimonio de Maryellen?

Su madre se encogió de hombros.

–No creo que nadie lo sepa, ni siquiera Grace. Recuerdo que, cuando se casó Maryellen, Grace me dijo que Clint Jorstad no le parecía un buen partido para su hija.

–Y parece que tenía razón –dijo Justine. De repente, tuvo una horrible idea–. ¿Qué piensas tú de Seth y de mí?

–Oh, Justine, yo tengo un magnífico concepto de Seth. Estoy encantada por vosotros dos. Seth es perfecto para ti.

Justine sonrió.

–Yo también lo pienso, mamá, de veras.

Por primera vez en un tiempo, pensó en Jordan, su hermano gemelo. Seth había sido el mejor amigo de Jordan durante la infancia, pero Jordan había muerto ahogado cuando tenían trece años. Seth estaba en Alaska con su padre y no había sabido del accidente hasta que había vuelto a casa.

Justine estaba con Jordan aquel horrible día de agosto. Se había quedado abrazando el cuerpo sin vida de su hermano hasta que habían llegado los médicos. Él era su gemelo, su mejor amigo y su hermano. El mundo de Justine había cambiado por completo aquel verano. Sólo pocos meses después de la muerte de Jordan, sus padres se habían divorciado, y en menos tiempo aún, su padre había vuelto a casarse. El hermano pequeño de Justine, James, parecía ajeno a la pérdida de su seguridad, pero Justine lo había sentido y vivido todo hasta las últimas consecuencias.

–¿En qué estás pensando? –le preguntó su madre con el ceño ligeramente fruncido.

Justine sacudió la cabeza.

–En nada importante –respondió.

No era cierto, pero no quería recordarle a su madre aquella desgracia, que siempre sería algo muy doloroso para ella. La muerte de la que su madre nunca se recuperaría. Justine terminó su taza de té, la dejó en el fregadero y dijo:

–Bueno, tengo que irme a casa.

–Gracias por venir a verme –le dijo Olivia a su hija, y le acarició la mejilla–. Estoy muy contenta por Seth y por ti. De veras.

—Soy feliz, mamá —respondió Justine, e impulsivamente, abrazó a su madre—. La próxima vez no esperaré tanto para visitarte.

—Muy bien, cariño.

Después de despedirse, Justine volvió a su apartamento pensando en la conversación con su madre y en su hermano Jordan. Poco después de que él muriera, Justine había decidido que no quería tener hijos. Sin embargo, se había casado y estaba profundamente enamorada de su marido. Durante aquel trayecto hacia su casa se dio cuenta de que había cambiado de opinión en cuanto a los niños. Esperaba que Seth sintiera lo mismo que ella.

Jack Griffin se echó colonia en las mejillas recién afeitadas y cerró los ojos a causa del picor. Se miró en el espejo cubierto de vaho y movió las cejas un par de veces.

—Esta noche —dijo en voz alta.

Aquélla podía ser la noche en que consiguiera atraer a Olivia a la cama. Su relación había progresado bien, muy bien. Eran adultos, y con los años, había llegado la paciencia. Una especie de precaución. No eran muchachos de veintiún años a merced de sus hormonas. Sin embargo, él era un hombre en todo el sentido de la palabra, y nada le gustaría más que llevar su relación un poco más allá... aparte de besarse y abrazarse. Estaba listo para dar el salto, y esperaba que ella también.

Grace Sherman le había contado que se acercaba el cumpleaños de Olivia, y él le agradecía la confidencia. Había estado buscando el regalo perfecto para ella, algo apropiado para una mujer sofisticada y sencilla a la vez, y lo había encontrado: una pulsera de diamantes.

Satisfecho con el regalo e imaginándose la reacción de Olivia cuando abriera el estuche de la pulsera, terminó de vestirse. Notó que el corazón se le aceleraba al pensar en abrazar a Olivia.

De repente, oyó un sonido que venía del salón y sacó la cabeza por la puerta.

—¿Hay alguien ahí?

Jack frunció el ceño, y después se miró en el espejo una vez más.

—¿Papá?

Jack se quedó helado. ¿Eric estaba allí? ¿En aquel momento?

—¿Eric? —Jack salió de la habitación y se encontró con su hijo de veintiséis años en mitad del salón, con una maleta en la mano.

—¿Ibas a salir? —le preguntó Eric.

—No me esperan hasta dentro de un rato —le dijo Jack. El chico tenía mal aspecto. Estaba muy pálido y tenía los hombros hundidos. Tenía una profunda tristeza reflejada en el rostro—. ¿Qué te ocurre?

Eric se encogió de hombros.

—¿Te has peleado con Shelly?

—Podría decirse así.

Jack observó la maleta que su hijo llevaba en la mano y supuso que aquélla debía de ser una discusión grave.

—¿Te ha echado?

Eric asintió. Después se sentó en el sofá y miró a Jack.

—¿Tienes un rato para hablar, papá?

—Claro que tengo tiempo. Dime lo que ha pasado —dijo Jack, y se sentó a su lado.

—Es el embarazo de Shelly —murmuró Eric.

Jack ya lo había pensado, pero no dijo nada.

—El bebé no puede ser mío. Se lo dije y ella se puso furiosa. Me dijo que si pensaba de verdad que estaba embarazada de otro, debía apartarme de ella.

—Estoy seguro de que no lo decía en serio —dijo Jack—. Las mujeres dicen cosas así cuando están disgustadas.

—Lo suficientemente en serio como para echarme

de casa –respondió Eric–. Me dijo que no quería volver a verme.

–No creo que quisiera decir eso, tampoco.

–Yo creo que sí.

–Quizá sí cuando lo dijo, pero después cambiará de opinión. Pronto te pedirá que vuelvas a casa.

–Eso espero –dijo Eric–. El alquiler del apartamento está a mi nombre –añadió–, pero no quiero que se mude. Puede quedarse con el piso si quiere.

–¿Y tú? ¿Adónde vas a ir?

Eric titubeó y después lo miró.

–¿Te importaría mucho que me quedara aquí contigo? Sólo por el momento.

–¿Conmigo? –preguntó Jack, y al instante se arrepintió–. Yo... bien, supongo que no nos molestaremos mucho el uno al otro si sólo son unos días –dijo, y pensó que aquello iba a dificultar mucho sus noches románticas con Olivia en el futuro cercano.

–Probablemente, no será mucho tiempo –dijo Eric esperanzadamente.

–Claro que no –dijo Jack, intentando infundirle toda la confianza que podía–. Estoy seguro de que Shelly te llamará mañana para pedirte que vuelvas a casa.

–¿Tú crees?

—Estoy seguro.

Eric sacudió la cabeza.

—Lo dudo, papá. Lo primero, no le dije que iba a venir aquí, y en segundo lugar... —hizo una pausa y se pasó la mano por la cara—. ¿Piensas que los médicos han podido cometer un error conmigo?

—¿Te refieres al hecho de poder tener hijos?

—Sí. ¿Hay alguna oportunidad?

Jack lo miró pensativamente.

—Fue hace muchos años. Y hay maneras de averiguar esas cosas.

—Sí, pero Shelly dice... —Eric suspiró largamente—. Yo nunca habría sospechado que hubiera estado con otro hombre, pero últimamente, mencionó a un nuevo compañero de trabajo con el que se lleva muy bien. Han estado haciendo horas extra a menudo, y... después de eso, resulta que está embarazada. ¿Qué debo creer?

Jack miró el reloj. Olivia estaría esperando que la recogiera en cinco minutos.

—Ibas a algún sitio, ¿verdad? —le preguntó Eric—. Debes marcharte —le dijo, pero su tono de voz era peor que el que tenía cuando había llegado.

—Voy a ver qué puedo hacer —dijo Jack, que también tenía el corazón encogido.

No podía dejar así a Eric. El chico estaba sufriendo, y necesitaba hablar. Durante muchos años, él no había conseguido ser un padre para su hijo, y no estaba dispuesto a fallarle nuevamente.

–Voy a llamar a Olivia –le dijo–. Lo entenderá.

–¿Seguro? –preguntó Eric.

–Claro.

Con tristeza, Jack entró en su habitación para hacer la llamada.

Ella respondió casi inmediatamente, y se quedó sorprendida al oír su voz.

–Tengo que cancelar nuestra cita.

–¿La de esta noche? –preguntó ella, desilusionada.

–Ha venido Eric –le explicó.

–Oh.

–Shelly lo ha echado de casa y ha venido aquí. Necesita hablar. Y quizá se quede aquí durante unos días –añadió con un suspiro–. Detesto hacerte eso, pero lo entiendes, ¿no?

–Claro –dijo ella suavemente–. Es tu hijo.

–Gracias. Lo siento muchísimo.

–Llamaré a mi madre para no perder la reserva del restaurante. Preferiría cenar contigo, pero lo entiendo. Los hijos, tengan la edad que tengan, son lo primero. Yo estoy convencida de ello. Gracias por decírmelo, Jack, y buena suerte.

Jack entendió que ella lo estaba animando a que continuara con aquel intento de comunicación con Eric.

—Te llamaré después —le dijo ella.

—Después —repitió Jack, y después, cuando casi lo había olvidado, le dijo—: ¿Olivia?

—¿Sí?

—Feliz cumpleaños.

—¿Tienes planes para esta noche? —le preguntó Grace a Olivia, el viernes por la noche de la semana siguiente.

Era un día claro y fresco de finales de octubre, y Olivia llevaba esperando una nueva llamada de Jack desde el día en que había cancelado la cena de su cumpleaños.

—¿Planes? Ojalá... —dijo—. ¿Tienes alguna sugerencia?

—¿Te apetecería ir a un partido de fútbol? —dijo Grace—. Después podríamos ir a cenar. Hace mucho tiempo que no charlamos tranquilamente.

Olivia se alegró mucho de que Grace la hubiera llamado para salir. Durante los meses que habían transcurrido desde la desaparición de Dan, Grace se había cerrado a casi todo el mundo. Siempre encontraba excusas para no acudir a las reuniones sociales y para no hacer visitas.

Olivia estaba preocupada, pero respetaba que su amiga necesitara privacidad. Pese a todo, la llamaba frecuentemente y le enviaba notas para que Grace supiera que estaba allí, disponible para cuando la necesitara. Aquélla era la primera vez en mucho tiempo que su amiga llamaba para sugerirle que salieran.

—Me encantaría ir al partido —le dijo Olivia a su amiga.

—Eso pensaba yo. ¿Qué has sabido de Jack últimamente?

—Nada.

—Demonios.

Sí. Demonios. Olivia estaba harta de buscar excusas para él. Él se había ausentado de su vida durante una semana entera. Ni siquiera la había llamado. Ella esperaba que al menos le dejara un mensaje en el teléfono, contándole qué tal estaba Eric y quizá diciéndole que la echaba de menos. Podría haber llamado para hacer un plan para la semana siguiente, o quizá la próxima. Pero no le había hecho ningún caso en siete días.

—Bueno. Nos vemos en el campo de fútbol a las siete —le dijo Grace.

—Allí estaré.

Olivia se sentía agradecida por tener algún sitio al que ir y algo que hacer. Sobre todo con su mejor amiga que, aparentemente, estaba saliendo de su estado de aislamiento.

A las siete en punto, Olivia y Grace se encontraron en la puerta del campo de fútbol del Instituto de Cedar Cove; el campo estaba iluminado y parecía que se estaba llenando rápidamente. Grace se había puesto unos pantalones grises de lana y una chaqueta verde, y se había cortado el pelo. A Dan le gustaba que llevara media melena, como cuando eran jóvenes, pero ahora Grace ya no tenía que hacer las cosas para complacer a Dan.

—Tienes un aspecto estupendo —le dijo Olivia cuando estaban en la fila para comprar las entradas.

—Claro que lo tengo. Estos días sólo me ves vestida con la ropa de aeróbic.

Olivia sonrió, porque era cierto.

Después de comprar las entradas, entraron en el campo y buscaron sus asientos.

—¡Olivia! ¡Grace! —dijo Charlotte desde algún lugar cercano.

Olivia miró a su alrededor hasta que encontró a su madre, que las estaba saludando desde su sitio. Junto a ella estaba Cliff Harding, que llevaba una chaqueta de ante con flecos y su sempiterno sombrero de vaquero.

—¿Te importa que vayamos a sentarnos con mi madre? —le preguntó Olivia a Grace, aunque en realidad la pregunta se la estaba formulando sobre Cliff Harding.

—No, está bien —respondió Grace. Estaba mirando a Cliff, y sonrió lentamente.

Aquello sí que era interesante, pensó Olivia mientras subían las escaleras.

Todos se saludaron y se sentaron cerca de las escaleras.

—Qué sorpresa más agradable encontrarnos con vosotros —dijo Charlotte, encantada—. Cliff nunca había estado en un partido de fútbol de Cedar Cove. Mi columna del periódico de esta semana es acerca del apoyo a la juventud, ¿sabías?

—La leí, mamá, y era estupenda.

Charlotte escribía en la página de la tercera edad de *The Chronicle*.

—Cliff también lo leyó, y yo le dije que nunca conseguiría formar parte de la comunidad hasta que no animara a nuestro equipo de fútbol.

Cliff estaba leyendo el programa, y se quedó impresionado con todos los anuncios publicitarios del pueblo que patrocinaban al equipo.

—La última vez que estuve en un partido de fútbol de un instituto fue cuando yo mismo estaba en el instituto.

—Este pueblo se toma muy en serio su fútbol —le dijo Olivia.

—Ya me doy cuenta —respondió Cliff.

El partido estaba a punto de empezar y apenas quedaban sitios libres en el estadio. Además del equipo de fútbol, estaban presentes la banda de la escuela y el grupo de animadoras. El partido fue reñido y emocionante. Olivia se quedó asombrada, una vez más, de la cantidad de gente que conocía su madre.

No pasó un minuto sin que saludara a alguien. Su columna semanal en el periódico la había hecho muy conocida, y era evidente que suscitaba mucho cariño en el pueblo por sus actividades caritativas, incluyendo el trabajo voluntario que realizaba en el centro de convalecientes donde había conocido a Tom Harding.

Cuando terminó el partido de fútbol, los cuatro decidieron ir a cenar a El Galeón del Capitán, en el pueblo. Cuando estuvieron sentados a la mesa, la conversación fue agradable y fluyó suavemente antes y después de que pidieran la cena.

Olivia, por mucho que intentara evitarlo, no podía dejar de pensar en Jack, y eso la tenía distraída. Sin que fuera demasiado evidente, lo había buscado con la mirada durante todo el partido.

Generalmente, él escribía los artículos de deportes en el periódico, y Olivia lo había acompañado a muchos eventos deportivos. Sin embargo, si él había estado aquel día en el partido, ella no lo había visto.

Podía llamarlo por teléfono. Al fin y al cabo, no estaban enfadados, aunque ella no entendía por qué no la llamaba. Quizá Eric todavía estuviera con él, pero no era posible que el chico ocupara todo el tiempo de Jack. Olivia estaba comenzando a irritarse.

Cuando la comida llegó a la mesa, la conversación cesó, y después comenzó de nuevo.

Hablaron del partido y de la economía local; Olivia hizo algún comentario disperso mientras jugueteaba con su ensalada de marisco. Sin embargo, no podía dejar de pensar en Jack. Aunque hubiera tenido algunas citas desde que se había divorciado, nunca había congeniado tanto con un hombre como con él. Jack no era convencional, era ingenioso, divertido y... demonios, lo echaba de menos.

Llegó la cuenta, y antes de que nadie pudiera discutir, Cliff la tomó.

—Yo invito, señoras —dijo.

Olivia puso objeciones. Ella nunca habría aceptado unirse a ellos si hubiera sabido que iba a invitar Cliff.

—No puedo dejarte que hagas eso —le dijo.

—Eh, ¿cuántas veces tiene un hombre la oportunidad de cenar con tres señoras tan bellas?

—Es todo un detalle por tu parte —dijo Charlotte, dándole palmaditas en la mano a Cliff.

Le lanzó una mirada de advertencia a Olivia, y Olivia se quedó callada con un suspiro. Después aceptó la invitación con gentileza y dio las gracias.

Grace se rió.

—¿Estás seguro de que no vas a usar mi tarjeta de crédito?

Todos estallaron en carcajadas y, después de saborear el café, dejaron el restaurante.

—¿Va todo bien? —le preguntó Grace mientras caminaban hacia el aparcamiento—. Has estado callada toda la noche.

Olivia había esperado tener unos minutos para

hablar en privado con su amiga, pero con su madre y Cliff presentes, había sido imposible.

—¿Quién puede meter baza con mi madre presente? —bromeó Olivia.

—¿Va todo bien entre Jack y tú?

—Eso creo —respondió Olivia, y después añadió—: Eso espero.

—Y yo.

Se separaron con promesas de hablar pronto, y Olivia volvió a casa.

Al entrar al vestíbulo, vio que la lucecita del contestador parpadeaba. Apretó el botón de los mensajes y escuchó la voz de Jack.

—Hola, Olivia. Siento no haberte llamado últimamente, pero he estado muy ocupado con Eric. Esperaba que estuvieras en casa para que pudiéramos hablar. No habrás salido con otro tipo, ¿no? —hubo una risa forzada—. Escucha, siento mucho lo de la otra noche, pero espero poder compensártelo. Llámame, ¿de acuerdo? Tengo un regalo de cumpleaños especial para ti. ¿Podemos vernos pronto?

Olivia miró la hora. Eran casi las once, demasiado tarde como para devolverle la llamada. De todos modos, él la había tenido esperando toda la semana, así que ella lo mantendría en su incertidumbre hasta el día siguiente.

Mientras se preparaba para acostarse, Olivia estaba sonriendo.

La noche de Halloween, Maryellen estaba en el rincón más oscuro y escalofriante de bar en el que se celebraba la fiesta. Sobre su cabeza colgaba una araña de plástico negra y grande. Maryellen estaba convencida de que todo aquello había sido un gran error. El establecimiento estaba abarrotado; había más de cien hombres y mujeres, algunos disfrazados, otros no.

Entonces, sin previo aviso, sin que ella lo hubiera visto llegar, Jon apareció a su lado. Tenía una jarra de cerveza fría en la mano.

—Hola —dijo, mirando en dirección a la multitud.

—Has venido —respondió Maryellen.

Vaya, era un comentario muy brillante, pensó. No había nada como señalar lo evidente.

—Quiero decir que... no me volviste a llamar, y al no saber nada de ti, pensé que no querías venir.

—Debería haberte telefoneado, pero antes quería saber con seguridad si tenía la noche libre.

—No pasa nada, no te disculpes...

—Entre el restaurante y la fotografía, he trabajado

muchas horas. Algunas veces pierdo la noción del tiempo.

Los hábitos de trabajo de un artista no eran algo desconocido para Maryellen.

—Lo entiendo.

Él tomó un sorbo de cerveza.

—¿Te apetece tomar algo?

—No, gracias —respondió ella, y miró a su alrededor para localizar a Terri, que iba disfrazada de Cleopatra, con una peluca y los ojos muy pintados—. Ahí está la mujer a la que quería que conocieras.

—Bien —respondió Jon, y la siguió mientras ella se abría paso entre la gente.

—Terri —le dijo Maryellen, interrumpiendo la conversación que su amiga mantenía con otra persona… ¿hombre o mujer? Iba vestido de hechicero, con una voluminosa túnica—. Te presento a Jon, el amigo del que te había hablado.

—Hola, Jon —respondió Terri arrastrando las palabras.

—Encantado de conocerte, Terri —respondió Jon.

—Tengo entendido que eres chef —dijo Terri, acercándose a él.

Maryellen se dio cuenta de que debía de haber bebido bastante. Se mordió el labio, con ganas de sugerir que quizá fuera mejor que hablaran en otro momento.

—Yo también sé lo que hacer en la cocina. ¿Te apetecería que preparáramos algo?

—Eso sería interesante —respondió Jon, y tomó otro sorbo de cerveza.

Maryellen notó que él estaba intentando reprimir una sonrisa.

—Maryellen me dijo que también haces fotografías.

—Sí, lo hago por afición.

—En realidad, Jon es un brillante fotógrafo —dijo Maryellen, mortificada por lo que él pudiera pensar.

Intentando pasar desapercibida, después de unos momentos de conversación, volvió a su rincón protector.

No pasó mucho tiempo antes de que Jon volviera a su lado.

—¿Así que Terri es la mujer con la que querías emparejarme?

—¿Nunca has hecho nada que hayas lamentado después? —le preguntó ella—. Me temo que ésta es una de esas situaciones.

Él asintió, pero no respondió, y ambos se quedaron en silencio durante unos minutos.

Alguien echó un montón de monedas en la máquina de música, y varias parejas comenzaron a bailar en el centro del bar. Jon hizo una leve reverencia.

—¿Quieres bailar? —le preguntó a Maryellen, pero no le dio la oportunidad de responder. Dejó la cerveza en una mesa y suavemente la atrajo hacia sí.

Maryellen intentó resistirse.

—No creo que debamos —dijo.

—Relájate —respondió él, murmurándole al oído.

—No puedo.

—¿Por qué no?

Ella suspiró.

—Es una larga historia, Jon. Lo digo en serio, esto no es una buena idea.

—Sólo un baile —le pidió él—. ¿De acuerdo? Piensa en que tienes que compensarme por intentar emparejarme con tu amiga.

Negarse no habría sido muy agradable.

—Está bien —convino ella, aunque de mala gana.

Intentó mantenerse a distancia, aunque le resultaba difícil porque Jon la rodeaba con sus brazos mientras bailaban. Si él no fuera tan considerado, gentil y cálido, hubiera sido más fácil mantenerse reservada; sin embargo, poco a poco comenzó a relajarse.

—Mejor, mucho mejor —susurró él, guiándola por la improvisada pista de baile.

Le acariciaba la espalda con suaves movimientos circulares, cosa que le estaba acelerando el pulso. La música terminó mucho antes de lo que ella hubiera querido.

—No ha estado tan mal, ¿no? —preguntó Jon.

Ella parpadeó sin darse cuenta de que había cerrado los ojos.

—No.

Era algo terrorífico y maravilloso a la vez. Maryellen no quería sentir nada de aquello. Las alarmas resonaban en su cabeza. Sin embargo, cuando comenzó la canción siguiente, incluso antes de que él se lo pidiera, ella le rodeó el cuello con los brazos y se inclinó hacia él.

Jon no dijo nada, pero ella vio su sonrisa. Y para su propio asombro, también Maryellen estaba sonriendo.

Bailaron durante un largo rato, canción tras canción. No hablaron, pero la comunicación que se estableció entre ellos era inconfundible. El modo en que él la mantenía abrazada le dio a entender a Maryellen que llevaba interesado en ella durante un tiempo; y el modo en que ella respondió a sus caricias le dio a entender a Jon que su trabajo le parecía bello y brillante, y que la tenía intrigada como artista y como hombre.

La fiesta fue terminando poco a poco. Jon le dijo a Maryellen que la acompañaría hasta su coche. Maryellen accedió.

Había aparcado en el callejón que había detrás de la galería de arte. Estaría oscuro y desierto, y se alegró de que Jon la acompañara.

—Lo he pasado muy bien —le dijo él cuando entraban en el callejón.

—Yo también —respondió Maryellen.

La oscuridad los envolvió en cuanto salieron de la calle principal.

—Te perdono por querer hacer de Celestina conmigo y con tu amiga.

Maryellen se ruborizó al instante.

—Eso sólo ha sido un malentendido.

Jon se rió suavemente.

—Si tú lo dices…

Mientras ella buscaba las llaves del coche en el bolso, Jon la detuvo.

—Llevo años queriendo conocerte mejor —le dijo en voz baja.

Maryellen no habría podido responder aunque la supervivencia del mundo hubiera dependido de ello. Se quedó clavada en el sitio, mirándolo fijamente. Iba a besarla.

Aquello no podía suceder; tenía que evitarlo. Sin embargo, mientras se le pasaban por la mente cientos de objeciones, se inclinó lentamente hacia él, sin poder evitarlo. Tenía la cabeza echada hacia atrás y los ojos medio cerrados.

Cuando sus labios se tocaron, no se produjo el beso lento y seductor que ella había esperado. Jon la levantó del suelo por la cintura hasta que ella se puso de puntillas. Su boca era hambrienta, necesitada, ardiente.

Ella saboreó su pasión y se bebió su gemido mientras aquel beso continuaba y continuaba hasta que Maryellen estuvo segura de que iba a desmayarse.

Ningún hombre, ni siquiera su marido, la había besado así. Cuando se separaron, Maryellen estaba sin aliento y sin habla.

—Oh, no —fue lo primero que pudo pronunciar.

—¿No? —repitió Jon.

—Oh... no.

—Mi ego se está sintiendo herido. ¿No se te ocurre nada mejor que eso?

—Jon —dijo ella, después de un momento para recuperar la compostura—. Ha sido...

—Maravilloso, si quieres saber mi opinión.

—Sí... es cierto —dijo Maryellen.

—Llevo toda la noche queriendo hacerlo —respondió él con satisfacción.

—Creo que tenemos que hablar —dijo ella.

—Hablaremos —le prometió Jon, y la besó de nuevo—. Pronto —dijo después—. ¿De acuerdo?

—De acuerdo —susurró Maryellen, aunque no recordaba qué iba a suceder pronto.

Cuando estuvo segura, dentro del coche, agarró con ambas manos el volante. Estaba temblando tanto que no podía meter la llave en el arranque. ¿Qué había hecho? ¿Qué era lo que se había desencadenado sobre los dos?

Con unos pantalones vaqueros y un jersey, Grace salió al jardín para echar un vistazo alrededor de la casa y del garaje. No podía seguir postergando los preparativos para el invierno. Dan siempre se había ocupado de aquellas tareas. En aquel momento, por primera vez desde que se había casado, Grace tendría que hacer todo aquello por sí misma.

Afortunadamente, su yerno había acudido siempre que ella le había pedido ayuda. Le había enseñado a cambiar el filtro de la caldera, a arreglar un grifo que goteara y a reparar la secadora, pero Grace no podía seguir dependiendo de Paul, por muy afectuoso que fuera el muchacho. Tenía que aprender a valerse por sí misma.

Lo primero que hizo fue mirar la puerta del garaje. Durante las dos últimas semanas, no había funcionado bien, y la noche anterior había terminado por atascarse cuando estaba abierta del todo. Necesitaba arreglarla antes de que alguien decidiera entrar a robar.

Bien, primero tenía que encontrar el manual y las herramientas necesarias. Dan siempre había estado muy orgulloso de su taller. Tenía todos los útiles imaginables.

Grace no sabía dónde podría encontrar el manual de la puerta. Pensó que Dan guardaba los libros de instrucciones en una caja en algún lugar del garaje. Vio un montón de cajas apiladas bajo el banco de trabajo.

Sacó la primera, se arrodilló en el suelo y la abrió. En vez del manual, encontró una camisa de lana que ella le había regalado las Navidades anteriores. La levantó y emitió un jadeo de sorpresa.

La camisa estaba hecha jirones. Parecía que Dan la hubiera destrozado con un par de tijeras. Lo único que permanecía intacto era el cuello y los puños.

Grace recordó que le había preguntado a Dan por aquella camisa, y él le había respondido que era su favorita, pero nunca lo había visto con ella puesta. Después de un tiempo, a Grace se le había olvidado por completo.

Sacó una segunda caja, que contenía otra sorpresa desagradable. Kelly le había regalado a Dan por su cumpleaños un libro sobre la Segunda Guerra Mundial que había recibido muy buenas críticas.

Dan le había dado las gracias a su hija y le había dicho que lo había leído. Sin embargo, no era cierto. También el libro estaba destrozado: todas las páginas estaban rotas.

Grace descubrió dos cajas más con objetos destruidos. Era como si Dan las hubiera puesto allí para que ella las encontrara. Dan no podía haber gritado con más fuerza su odio hacia ella aunque hubiera estado allí mismo.

Temblando, Grace tiró las cajas a la basura y se sentó en los escalones del porche trasero. Su primera reacción fue de ira. ¿Cómo se atrevía él a hacer semejante cosa? ¿Cómo era posible? Después, Grace sintió la abrumadora necesidad de echarse a llorar.

Las lágrimas le quemaban en los ojos, pero se negaba a permitir que su marido le hiciera aquello. Buttercup se acercó a ella al sentir su tristeza y la miró con sus enormes ojos. Grace abrazó a la perra por el cuello y enterró la cara en su piel.

No supo con seguridad cuánto tiempo permaneció allí, pero por fin consiguió superar aquellos descubrimientos. Respirando profundamente, se puso en pie. La puerta del garaje no iba a arreglarse sola.

Siguió buscando y encontró el manual. Leyó la información rápidamente y se puso manos a la obra. Oyó entonces que una furgoneta paraba frente a la casa. Grace reconoció a Cliff y titubeó.

—Hola —dijo él, mientras salía de la camioneta.

Buttercup se acercó corriendo a saludarlo como si fuera de la familia.

—Hola —respondió Grace.

—Charlotte me ha comentado que tienes un problema con la puerta del garaje —dijo él, mientras acariciaba a la perra.

Grace arqueó las cejas, sin saber cómo era posible que la madre de Olivia supiera que se le había estropeado la puerta del garaje, pero Charlotte siempre tenía la forma de enterarse de las cosas.

Cliff se incorporó y esperó su invitación.

—He venido a ver si puedo echarte una mano.

Grace asintió.

—Te estaría muy agradecida si le echaras un vistazo. He leído el manual, pero no he podido mirar el mecanismo todavía.

—A mí se me dan muy bien estas cosas —dijo él—. También tengo un don para limpiar las hojas de las bajantes del tejado.

Grace se rió.

—Debes de ser un ángel.

—No lo creas —dijo él.

Grace entró en la casa a preparar una cafetera, y antes de que hubiera terminado, Cliff ya había puesto la puerta del garaje en funcionamiento.

—¿Qué era lo que se había estropeado? —le preguntó ella, asombrada de que la reparación hubiera sido tan fácil.

—Las ruedas se habían salido del raíl —respondió él—. Sólo he tenido que volver a colocarlas. No era nada.

—Muchas gracias. ¿Te apetece ese café?

—Sería estupendo.

Grace sirvió dos tazas y le entregó una.

—No sé cómo agradecerte que me hayas arreglado la puerta —repitió.

Él la observó durante un momento y después sonrió con timidez.

—Pensaré algo —bromeó.

—Estoy segura de que sí —respondió Grace riéndose.

De repente, se dio cuenta de que un poco antes había estado a punto de llorar.

El contraste fue mucho más claro cuando vio cómo Buttercup se acercaba a Cliff alegremente por la cocina.

—Normalmente, Buttercup no es tan atenta con las visitas —le dijo ella.

Cliff acarició al animal.

—Probablemente huele a los caballos.

—Se me había olvidado que crías caballos.

—Es una parte muy importante de mi vida. ¿Sabes montar?

Grace negó con la cabeza.

—No he tenido mucho contacto con los caballos.

Siguieron charlando durante un rato con naturalidad. Pocas veces se había sentido Grace tan cómoda con un hombre. Más de una vez tuvo que recordarse que legalmente aún estaba casada con Dan, y que tenía intención de seguir respetando su matrimonio hasta que fuera anulado.

Mientras él se preparaba para marcharse, Grace se dio cuenta de que miraba hacia el salón. Había una fotografía de familia en una estantería.

—¿Es ése Dan? —preguntó Cliff.

Grace asintió.

Cliff se acercó y tomó el marco.

La fotografía tenía unos veinte años. Sus dos hijas eran adolescentes. Dan tenía una mirada sombría que no revelaba ninguna emoción.

Después de un momento extraordinariamente largo, Cliff dejó la fotografía en su sitio.

—No sé por qué se marchó —susurró Grace—. No lo sé.

Cliff no dijo nada.

—El hecho de no saber es lo más horrible.

—Me lo imagino.

Ella tragó saliva.

Cliff le apartó el pelo de la mejilla.

—No quiero que te sientas culpable por que yo haya estado aquí esta tarde. No ha sido una cita.

Grace sonrió temblorosamente.

—Si vas a tener remordimientos, deberías preocuparte de que yo tenga tantas ganas de abrazarte en este momento. Si vas a sentirte culpable, entonces hazlo, porque me está costando un gran esfuerzo no besarte.

Grace cerró los ojos, sabiendo que si lo miraba, Cliff sabría que ella también lo deseaba.

Con un suspiro, él le acarició la mejilla con los nudillos antes de marcharse.

Grace, con los ojos cerrados, oyó cómo cerraba la puerta al salir.

Janice Lamond había sido una gran adquisición para la gestoría de Zach. Era muy buena empleada. Se había hecho con muchas tareas y estaba haciendo un excelente trabajo con los clientes. Zach apreciaba su actitud y su fuerte ética de trabajo. Cuando llegó el momento de hacer la evaluación de los seis meses, Zach la llamó para que acudiera a su despacho.

—Siéntate, Janice —le dijo.

Janice se sentó al borde de la silla y sonrió con timidez, casi como si estuviera nerviosa por lo que él pudiera decir.

—Ya llevas medio año en la empresa.

—¿De veras ha sido tanto tiempo?

—Sí. Y como sabes, nosotros revisamos el trabajo de los empleados dos veces al año.

Janice se retorció ligeramente las manos entre las rodillas.

—¿Hay algún área en el que pueda mejorar? —preguntó.

—No, no. Has hecho un trabajo excelente.

—Gracias —dijo ella con los ojos brillantes por el halago—. Es un placer venir a trabajar cada día. Me gusta mi trabajo.

—Y a mí me gustaría subirte el sueldo un diez por ciento —le dijo Zach—. Los demás socios están de acuerdo.

—¿Un diez por ciento? —preguntó ella, como si no lo hubiera oído bien—. ¿Después de sólo seis meses?

—Hemos aprendido que si queremos conservar a los buenos empleados, lo mejor es compensarlos adecuadamente. Estamos muy contentos con tu trabajo en Smith, Cox y Jefferson. Esperamos que formes parte de nuestro equipo durante muchos años.

—Eso me gustaría mucho.

Zach no tenía más que añadir. Se puso en pie y Janice también. Él la acompañó hasta la puerta de su despacho.

—No sé cómo darle las gracias —dijo ella.

—Yo soy el que debería dártelas.

—Un aumento del diez por ciento —añadió ella con alegría—. Es estupendo.

Después de que Janice saliera del despacho, Zach estuvo cinco minutos sonriendo. Se sentía muy contento por la buena reacción de Janice.

A las cinco y media, cuando terminó su jornada laboral, Zach se dirigió hacia casa por Lighthouse Road, y por el trayecto, la sonrisa se le borró de los labios. No creía que Rosie tuviera hecha la cena. Con toda probabilidad, estaría preparándose para asistir a algún evento fuera de casa.

Nunca planeaba con antelación su asistencia a aquellos eventos, y como resultado, entraba en un estado de nerviosismo y ponía en la mesa cualquier cosa que pudiera pasar como una cena. Seguramente, la comida sería algo precocinado que podía prepararse sin ningún esfuerzo.

Zach aparcó el coche y entró en la cocina aflojándose la corbata.

—Llegas tarde —dijo Rosie, mientras se apresuraba a poner los cubiertos en la mesa—. La cena está lista.

—¿Qué vamos a cenar?

Ella tomó la caja de cartón del cubo de la basura y leyó en alto la etiqueta.

—Lasaña.

—¿Y esta vez estará cocinada? —preguntó él. La última comida que había servido aún estaba congelada por dentro.

—Debería. La he tenido en el microondas durante veinte minutos —dijo, y sin hacer una pausa, volvió la cabeza hacia la escalera y llamó a sus hijos—. ¡A cenar!

—¿Vas a salir?

—Te dije esta mañana que tengo la reunión literaria esta tarde.

—¿Has leído el libro?

—¿Quién tiene tiempo? Pero quiero escuchar lo que tienen que decir los demás.

Tenía un tono de voz de irritación, como si no le gustara que él le hiciera preguntas sobre sus actividades.

Zach tomó el correo y lo miró. Abrió la carta de la factura de la tarjeta de crédito y, con consternación, descubrió un cargo de más de trescientos dólares de una floristería.

Le preguntó a Rosie qué era.

—Ah, sí, se me olvidó decírtelo. Usé la tarjeta para comprar flores para el almuerzo de las voluntarias del hospital.

—¿Trescientos dólares en flores?

—El comité me lo devolverá.

—¿Cuándo?

—No uses ese tono de voz conmigo, Zach —le espetó ella—. Estoy segura de que recibiré el cheque a finales de semana.

—Esa tarjeta es sólo para emergencias.

Rosie le lanzó una mirada fulminante.

—Eso era una emergencia. La señora trajo los centros para las mesas y el tesorero no había llegado. Tenía que pagar a la florista. Seguramente, podrás entenderlo.

—¿Y tú te ofreciste voluntaria? —preguntó Zach. No entendía por qué su mujer tenía aquella necesidad de salvar al mundo.

—Alguien tenía que hacerlo. ¿Por qué estás tan molesto por algo así?

—No es sólo por esto. Es por todo. Estoy harto de las cenas que pones en la mesa, porque siempre tienes prisa para irte a otro lugar. Estoy harto de que salgas corriendo por la puerta todas las noches, y estoy harto de que la casa sea un desastre.

A Rosie se le llenaron los ojos de lágrimas.

—No aprecias todo lo que yo hago en casa.

Zach estaba furioso.

—¿Y qué es lo que haces? Dime lo que haces en todo el día, salvo correr de una empresa no pagada a otra. Y mientras, tu familia está comiendo basura. Nuestra casa está sucia, y yo no te he visto más de veinte minutos en toda la semana.

—¿Estás sugiriendo que me preocupo más por los comités de voluntariado que por mi familia?

—No lo sugiero. Lo afirmo.

—No lo entiendes, ¿verdad?

—Sí —gritó él—. Lo entiendo perfectamente, y nuestros hijos también. Los niños y yo estamos en segundo plano en tu vida. Llenas tus jornadas de trabajo voluntario para sentirte valorada e importante, y francamente, estoy harto.

De repente, Zach vio que Allison y Eddie habían entrado en la cocina y estaban observándolos, helados. Zach odiaba discutir delante de sus hijos, pero aquellas emociones negativas llevaban mucho tiempo corroyéndolo por dentro.

Rosie lo miró como si él le hubiera dado un golpe físico. Después rompió a llorar y salió corriendo hacia su habitación.

Durante un momento de perplejidad, Zach se quedó allí frente a sus hijos, que le lanzaban miradas de acusación. No entendía por qué su vida era un completo caos.

Necesitaba tiempo para aclararse la cabeza. Terminó de quitarse la corbata y se dirigió al garaje.

—¿Adónde vas, papá? –le preguntó Eddie.

Zach no lo sabía.

—Fuera.

Ninguno de sus hijos intentó detenerlo, y francamente, Zach no quería que lo hicieran. Cuando estuvo en el coche, condujo sin rumbo durante un rato mientras sentía un agujero de hambre en el estómago. Hacía mucho tiempo que había comido, y regresar a casa para comer algo congelado no le apetecía.

Eran casi las ocho. Zach se detuvo en un restaurante mexicano que había a las afueras del pueblo. Decidió que pediría un par de tacos y se los comería en el coche.

Mientras se acercaba al mostrador, vio a una mujer sentada en una mesa. Le resultaba familiar. Después de pedir, se volvió y la miró con más atención.

—¿Janice?

—Señor Cox, ¿qué hace aquí? Quiero decir que… no sabía que usted venía a comer aquí.

—Vengo de vez en cuando. ¿Y qué te trae a ti por La Casa del Taco un martes por la noche?

Ella sonrió con dulzura y respondió:

—Estoy celebrando mi ascenso.

—¿Sola?

Ella asintió.

—Mi ex marido tiene a mi hijo los martes por la noche, y yo estaba demasiado contenta como para irme a casa a ver la televisión.

El pedido de Zach estuvo listo unos minutos después, y él se acercó a recogerlo.

—¿Te importaría que me sentara contigo? —le preguntó a Janice.

—No, sería muy agradable.

Después de cenar, ambos tomaron café juntos. La tensión que Zach había sentido durante toda la tarde desapareció y él se encontró de repente riéndose y disfrutando de la velada.

Cuando finalmente llegó a casa, eran casi las diez. Rosie estaba en la cama, fingiendo que estaba dormida. Estaba tumbada de costado, de espaldas a él. Zach la miró durante un momento, pensando en si debía disculparse o no. No, pensó. Ya no iba a disculparse más con su mujer. Ella era la que tenía que pedir disculpas. Pero si prefería darle la espalda, por él estaba bien.

Jack estaba sentado en su escritorio del *The Cedar Cove Chronicle* y miraba fijamente al monitor. Aquel artículo sobre la financiación del parque local debería haber estado terminado dos días antes. Jack tenía mucho que decir sobre el tema, e iba a hacerlo en cuanto consiguiera sacarse a Olivia de la cabeza.

Había pasado casi un mes desde que había cancelado la cena en la que iban a celebrar su cumpleaños. Aquellos habían sido los treinta días más largos de su vida. El hecho de que Eric estuviera viviendo con él lo complicaba todo. Complicaba su vida cotidiana, alteraba la paz de espíritu que tanto le había costado alcanzar y daba al traste con su productividad en el trabajo.

Jack quería ser un buen padre para Eric; ansiaba compensarlo por los años perdidos, y tenía la oportunidad de hacerlo. Por desgracia, el momento no podía ser más inoportuno.

Eric había decidido que necesitaba a su padre al mismo tiempo en que Jack se estaba enamorando y quería pasar todo su tiempo libre con Olivia Lockhart.

Cuando por fin había tenido un instante para ponerse en contacto con ella, a la semana siguiente de su cumpleaños, había tenido la sensación de que sus sentimientos por él se estaban enfriando. No era nada que ella le hubiera dicho, exactamente. Su yerno había vuelto de Alaska, y ella estaba trabajando con Charlotte para organizar el banquete de bodas de Seth y Justine.

Todas las veces que había vuelto a hablar con Olivia desde entonces, ella estaba demasiado ocupada como para que pudieran verse. Incluso sus noches del martes habían quedado en suspenso. ¿Cuánto trabajo podía causar la preparación de una boda? Parecía que Olivia necesitaba constantemente ir corriendo de un sitio a otro o hablar con alguien. Con cualquiera que no fuera Jack.

Sin embargo, más que todo el ajetreo de la preparación de aquella fiesta, lo que más le preocupaba a Jack era su cambio de actitud hacia él. Sí, decididamente había un enfriamiento. En las pocas ocasiones en las que hablaban, Jack se medio preparaba para recibir la noticia de que su relación había terminado. Y aquella inquietud era lo que le impedía darle la pulsera de brillantes que le había comprado por su cumpleaños. Tenía miedo de que ella viera aquel regalo caro como si fuera una manipulación. Jack no sabía qué hacer.

El cursor seguía parpadeando en el monitor. Jack giró la silla y miró por la ventana. Aquello no iba a funcionar. Necesitaba acudir a una reunión de Alcohólicos Anónimos y tener una charla con su consejero.

Encontró una reunión cerca de Bangor, pero como estaba en un territorio que no le era familiar, se sentó al fondo de la sala y escuchó al orador, que llevaba veinte años sin beber. Al final de la sesión, el grupo se puso en pie y recitó la Oración al Señor y la Oración de la Serenidad. La voz de Jack se mezcló con la de los demás. Aquella gente era su familia. Quizá fueran extraños, pero todos compartían un problema que los unía.

De vuelta a la oficina, Jack paró en el pequeño hotel que regentaba su consejero y amigo, Bob Beldon. Bob lo recibió con afecto y lo invitó a un café. Jack se sintió agradecido. Estaba muy inquieto, y aunque hubiera pasado diez años de sobriedad, algunas veces sentía el impulso de tomar una copa, sobre todo en ocasiones como aquélla. Aunque las reuniones ayudaban, hablar con Bob le daría una nueva perspectiva de las cosas. Hacía mucho tiempo que no sentía una necesidad tan fuerte de beber como en aquel momento.

Bob le preguntó cómo iban las cosas con Eric, y Jack le explicó la situación. Eric, siguiendo la sugerencia de su padre, había llamado dos veces a Shelly. Jack se había alejado discretamente de su hijo mientras hablaba por teléfono, pero no hacía falta ser adivino para saber que las conversaciones no habían tenido éxito. En pocos minutos, la llamada había terminado, y Eric se había quedado más deprimido que antes.

Jack le contó también cómo afectaba aquello a su vida. Cada vez estaba más enamorado de Olivia, y la presencia de Eric había generado una separación entre ellos. No sabía si habría provocado, incluso, que ella quisiera dejarlo. Aquellas dudas le estaban corroyendo por dentro; Jack no quería perderla.

Bob lo convenció para que hablara con ella. Aquélla era la única forma de averiguar lo que pensaba Olivia, y de terminar con la incertidumbre y la angustia de Jack. Si ella había decidido dejar su relación, él debería enfrentarse a ese dolor y superarlo. Pero para saber qué ocurría, debía hablar con ella.

Con la decisión tomada, Jack le dio las gracias a su amigo y se puso en camino hacia casa de Olivia. Bajó del coche, llamó a la puerta y esperó.

Pasó un milenio antes de que Olivia abriera la puerta. Tenía el teléfono en la oreja, pero cuando vio a Jack sonrió y le hizo un gesto para que entrara sin dejar de hablar.

—Siento que Marge no pueda venir, Stan, pero estoy segura de que Justine lo entenderá.

Ah, así que estaba hablando con su ex marido. Jack había conocido a Stan varios meses antes, justo antes de comenzar una relación en serio con Olivia. En opinión de Jack, Stan era un pomposo.

—¿Podrás estar aquí antes de las tres? —le preguntó, y sonrió a modo de disculpa a Jack, que se sentó en el sofá.

—Claro que tu tía Louise está invitada —dijo ella, y después carraspeó—. Tengo que colgar, Stan... tengo compañía. Jack. Te acuerdas de Jack, ¿no? ¿No? ¿No te acuerdas?

«Mentiroso», pensó Jack. Su ex marido sabía exactamente quién era él.

Olivia se rió, pero Jack no entendía qué podía ser tan gracioso. Sin duda, el viejo Stan había hecho algún comentario despectivo sobre él.

—Bueno, Stan, nos veremos el próximo fin de semana con tu tía Louise. Saluda a Marge de mi parte. Adiós.

Un segundo después, Olivia colgó y se sentó en el sofá, junto a Jack.

—¿Se suponía que habíamos quedado esta tarde?

—Ah... no. Pero hacía tiempo que no te veía, y te he echado de menos.

—Yo también te he echado de menos. Esta boda me va a matar, pero Justine es mi única hija y quiero que todo sea perfecto para Seth y para ella —dijo Olivia, y frunció ligeramente el ceño—. Recibiste la invitación, ¿verdad?

Jack asintió. Ya estaba empezando a sentirse mejor.

—Tienes aspecto de estar agotada —le dijo.

—Estoy agotada. No puedo creer lo mucho que cuesta organizar una sencilla celebración de boda. Espero que Eric y tú podáis venir.

Ser invitado hizo que se sintiera bien.

—Si quieres...

—Claro que quiero. Voy a necesitar todo el apoyo moral que pueda conseguir.

El teléfono volvió a sonar, y Olivia respondió.

—Mamá, lo siento. Sí, voy para allá. Sí, sí, diles a los del catering que estaré allí en unos minutos.

Colgó el teléfono, se levantó de un salto del sofá y se encaminó hacia la cocina.

—Veo que estás muy ocupada —dijo Jack, pensando que sería mejor que se marchara. Ella lo miró.

—Lo siento, Jack —respondió Olivia—. ¿Podemos vernos después?

A él se le encogió el corazón.

—Tengo que cubrir una junta de dirección de un colegio esta noche.

Ella asintió, aunque Jack dudaba que lo hubiera oído.

—Espera —le dijo, y la tomó por los hombros.

Ella se quedó ligeramente asombrada, pero sonrió al darse cuenta de que él iba a besarla. Le rodeó el cuello con los brazos. Sus labios se unieron.

Lentamente, después de que el beso hubiera terminado, él separó su boca de la de ella.

—Lo necesitaba.

Brevemente, ella apoyó la cabeza sobre su hombro.

—Yo también.

Justine estaba exhausta pero también exultante cuando abrió la puerta del apartamento mientras Seth descargaba los últimos regalos de boda del coche. La fiesta había sido maravillosa.

No podía creer que su madre y su abuela hubieran conseguido organizarlo todo. La tarde había sido perfecta: la comida increíble, la música preciosa, el ambiente festivo. Ella había conocido a todos los parientes de Seth y Seth había conocido a toda su familia.

—No sé cómo lo han conseguido mamá y la abuela —dijo, mientras se dejaba caer en el sofá y ponía los pies en un taburete.

Seth se sentó a su lado y apoyó la cabeza en el respaldo. Estaba tan cansado como Justine.

—Me siento tan mimada... —susurró ella.

Él le pasó el brazo por el hombro.

—No sabía que tenía tantos parientes —murmuró él.

—Hacía años que no veía a la tía de mi padre, Louise.

Seth le besó el cuello y la atrajo hacia sí.

—¿Dudas?

—Ni la más mínima. ¿Y tú?

—Ninguna. Quiero a mi mujer.

Seth había vuelto de Alaska tres semanas antes, y durante ese tiempo, había trasladado sus cosas del barco al apartamento. Ambos habían comenzado su vida en común adaptándose a lo difícil y a lo delicioso de la convivencia. Cada vez que Justine se despertaba por la mañana y se daba cuenta de que el hombre que estaba a su lado era su marido, se sentía feliz.

—¿Quién era el hombre que estaba con Grace Sherman? —preguntó Seth.

—Cliff Harding —respondió Justine, y se rió—. Ella me dijo que no estaban saliendo, pero yo creo que sí.

—¿No se ha vuelto a saber nada de Dan?

—No, que yo sepa. Mi madre dice que el divorcio terminará el lunes anterior a Acción de Gracias.

—Eso es la semana que viene.

—Lo sé.

La idea del divorcio apagó un poco la alegría de Justine. Su padre había estado en la fiesta, pero Marge no. Justine se preguntó si las cosas irían mal entre su padre y su segunda esposa. Quizá Marge se hubiera quedado en casa al darse cuenta de que la situación sería embarazosa.

Jack Griffin había sido el primero en llegar y se había quedado en un segundo plano, mientras que su madre y su padre se habían colocado en primera fila. Debía de haber sido difícil para Jack, porque Olivia apenas había tenido tiempo para estar con él.

—Tienes el ceño fruncido —susurró su marido.

Ella lo miró.

—Espero que siempre me quieras —le dijo.

—Jussie, ¿por qué me dices eso? —le preguntó él—. Yo te querré siempre.

—¿Me lo prometes?

—Con todo mi corazón —dijo Seth, y la abrazó.

—No quiero que nos ocurra a nosotros lo que les ocurrió a mis padres.

Seth le besó la sien.

—No nos ocurrirá. No lo permitiremos.

—Echo de menos a mi familia —susurró ella.

—Siento que James no haya podido estar aquí.

Su hermano estaba en la marina, destacado en San Diego, y no había podido asistir a la fiesta.

—A mí también me habría gustado mucho que hubiera podido venir.

—Pero no estabas hablando de tu hermano, ¿verdad?

—No. Desearía con todas mis fuerzas que todo volviera a ser como antes del verano de mil novecientos ochenta y seis —dijo ella. Hizo una pausa y tragó saliva—. Me acuerdo de lo furiosa que estaba con Jordan aquella mañana, porque había leído mi diario. Y... y aquella tarde, mi hermano gemelo había muerto, y mis padres... mi familia no volvería a ser la misma. Ninguno de nosotros se recuperó.

—Lo sé —le dijo Seth, y le acarició suavemente las mejillas para secarle las lágrimas—. Yo siempre te querré.

Abrazándola con ternura, la meció hasta que Justine pasó aquel momento de tristeza. Con un suspiro, ella dijo:

—¿Seth?

—¿Mmm?

—¿Qué piensas de los niños?

—¿Los niños? ¿Quieres decir que qué pienso de que tengamos uno?

—Sí.

Aquello era exactamente lo que ella quería decir.

—¿Ahora?

—Bueno... pronto.

—¿Cuándo?

—Yo tenía la esperanza de que naciera en nueve o diez meses. Si tú quieres —dijo ella.

—Una vez me dijiste que no querías tener hijos.

—He cambiado de opinión. ¿Qué te parecería tener uno o dos niños?

—Me encantaría, pero sólo si tú estás segura.

—Sí lo estoy.

Seth la besó nuevamente.

—Una pregunta —dijo.

—¿Qué?

—¿Los gemelos son muy frecuentes en tu familia?

Justine se rió.

—Los hay en todas las generaciones.

Seth gruñó exageradamente.

—Eso me temía.

—Si por casualidad tenemos un hijo... me gustaría llamarlo como a mi hermano.

—A mí también.

—Creo que Jordan se sentiría honrado si supiera que nuestro hijo lleva su nombre.

Seth la miró con los ojos brillantes.

—Entonces, ¿te parecería bien que comenzáramos con el proyecto del bebé ahora mismo?

Unos momentos después, ambos estaban en su dormitorio, y Justine se preparaba para abrir su cuerpo y su alma y recibir a su amor. Su vida nunca volvería a ser como era antes de aquel verano de dieciséis años antes. Sin embargo, por primera vez desde aquel día, se sintió muy cerca de estar creando una nueva felicidad. La suya y la de Seth.

Una vez que había pasado la fiesta de la boda de Justine y de Seth, Olivia y Charlotte se concentraron en la preparación del día de Acción de Gracias. Charlotte fue a visitar a Olivia una mañana al juzgado, durante el descanso de su hija, y le sugirió que aquel año podían invitar a Jack Griffin y a Eric. Olivia pensó que era una idea maravillosa. También le preguntó a Charlotte si Cliff Harding estaría solo, pero su madre le respondió que Cliff iría a casa de su hija, en la Costa Este.

Después de hablar de los invitados, decidieron quién prepararía cada plato, el pavo, los pasteles de manzana, de pera y de calabaza, las ensaladas y la macedonia. Entre Olivia, Charlotte y Justine se harían cargo de la comida, y Eric y Jack serían sus invitados.

En cuanto su madre se marchó, Olivia tomó el teléfono de su escritorio y llamó a Jack al periódico.

—Griffin —respondió él en tono de preocupación.

—Lockhart —replicó ella.

—Olivia —dijo Jack, y su voz se suavizó—. Hola.

—Hola. ¿Qué estás haciendo?

—Antes dime qué llevas puesto —le pidió él. Su voz había recuperado el tono de buen humor característico de Jack.

—¡Jack! Estoy en el juzgado.

—Muy bien, ¿y qué llevas debajo de la toga?

—¿Quieres dejarlo?

Él suspiró como si aquella orden le costara un esfuerzo supremo.

—¿Qué pasa? Me echas de menos, ¿no?

—Te he llamado para invitaros a Eric y a ti a la comida de Acción de Gracias con mi madre, Justine y Seth.

—¿De veras? Nos encantaría ir. Estupendo.

—¿No tenías otros planes?

—No —respondió Jack—. Bueno, iba a comprar un

pavo congelado y asarlo. Tu invitación es algo estupendo. Sería perfecta si…

—¿Si qué?

—¿Te importaría invitar a una persona más?

—¿A quién?

—Es esta mujer con la que he estado saliendo estas últimas semanas, que va a quedarse sola y…

—¡Jack!

—¿No me crees?

—Ni por asomo.

A Olivia le estaba costando un gran esfuerzo no echarse a reír. Había estado preocupada por su relación, pero parecía que todo había vuelto a la normalidad.

—Lo de invitar a otra persona lo he dicho en serio. ¿Te importaría mucho que invitara a Shelly Larson?

—¿A la novia de Eric? ¿La que él piensa que está embarazada de otro hombre? —le preguntó Oliva con incredulidad.

—Estoy desesperado por conseguir que esos dos se reconcilien. Mi hijo está destrozado sin ella. Quiere a Shelly, y pienso que si se encontraran en terreno neutral, serían capaces de arreglar las cosas. A Eric le costará aceptar, pero está dispuesto a hacerlo si Shelly quiere.

Olivia no quería verse en medio de aquel conflicto, pero se daba cuenta de que Jack ya no sabía qué hacer.

—¿Lo harías, Olivia? —le rogó Jack—. Por mi cordura.

Y por su relación, pensó Olivia.

—Con una condición —le dijo—. No me parece buena idea presentarle a Eric el hecho consumado. Ni a Shelly tampoco. Tendríamos que decirle a Eric que Shelly está invitada.

—Muy bien —dijo Jack—. Pero, ¿hablarás con Shelly por mí? ¿Por favor? No quiero que parezca que me estoy entrometiendo.

—Pero lo estás haciendo —dijo Olivia.

—Sí, pero porque no veo otra alternativa. Parece que no son capaces de resolver esto por sí mismos.

—Está bien. Dame su número de teléfono —le dijo con un suspiro.

Tomó una libreta y un bolígrafo y lo apuntó, y después se puso a hacer dibujitos mientras continuaban con la conversación.

—¿Vas a hacer algo excitante esta noche? —le preguntó Jack, y su voz se transformó en un rugido sexy.

—No lo sé. ¿Tú has pensado algo?

—La Cámara de Comercio celebra una jornada

de puertas abiertas. ¿Te gustaría venir? —el tono sugerente de Jack implicaba una noche de apasionadas relaciones sexuales, no un aburrido evento de negocios.

—Quizá pueda meterlo en mi apretada agenda social.

—¿Te recojo a las siete?

—Muy bien.

—Ponte algo sexy.

—¿Para la Cámara de Comercio?

—No, Olivia —dijo él—. Para mí.

La sonrisa de Olivia duraba mucho tiempo después de haber terminado la conversación.

En cuanto Olivia llegó a casa, llamó a Shelly Larson. Después de explicarle quién era y por qué había llamado, esperó la respuesta de la muchacha.

Sin embargo, pese a que le contó que no tenía familia y que iba a quedarse sola el día de Acción de Gracias, Shelly no aceptó la invitación de Olivia. Argumentó que Eric no creía que el niño que ella llevaba en el vientre fuera suyo, y que ella no quería arrojar los problemas que había entre los dos sobre Jack, Olivia y los demás invitados. Le agradeció repetidas veces la invitación, pero no se dejó convencer.

Olivia no se sintió bien terminando así la conversación, y mucho menos, sabiendo que Shelly estaba sola en el mundo. Le pidió a Shelly que siguieran en contacto, y la muchacha accedió. Colgaron poco después.

Jack llegó puntualmente a las siete.

—¿Y bien? —le preguntó a Olivia esperanzadamente—. ¿Has hablado con Shelly?

—Sí, pero no ha aceptado la invitación.

—No... —dijo Jack, con un gruñido de frustración.

—¿Qué dijo Eric?

—Que vendría a la comida si venía Shelly. De lo contrario, estaba pensando en ir con unos amigos de Kirkland, el lugar donde trabaja.

—Quizá eso sea lo mejor —le dijo Olivia.

—Para mí no.

Para ellos dos no, pensó Olivia.

—Demonios, esperaba mejores noticias —dijo Jack, y se dejó caer sobre una silla. Después, se metió la mano al bolsillo y sacó un paquete con un alegre envoltorio—. Tengo esto desde hace semanas y estaba esperando un momento adecuado para poder dártelo. Es tu regalo de cumpleaños.

Ella lo miró con asombro.

—Vamos, ábrelo —le dijo él.

Olivia tomó el estuche, se sentó junto a Jack y desató el lazo.

—Siento dártelo con retraso —murmuró Jack, mirándola con ansiedad.

Ella retiró el envoltorio y abrió la tapa de un estuche gris. En el instante en que vio la pulsera de brillantes, dejó escapar un jadeo.

—¿Te gusta? —le preguntó él.

—Jack, yo... no sé qué decir...

—Quería que supieras lo importante que eres para mí, Olivia.

—Oh, Jack...

Ella intentó decirle lo entusiasmada que estaba, y entonces decidió que no eran necesarias las palabras. Con gran cuidado, dejó el estuche sobre la mesa y le rodeó el cuello con los brazos, besándolo de un modo que le demostró a Jack lo grande que era su agradecimiento.

Maryellen había pasado el día de Acción de Gracias con su madre. Era la primera fiesta importante que se celebraba sin la presencia de su padre, y aquello les había causado tristeza a las dos. Además, hubo varias llamadas de teléfono anónimas, sin respuesta; en la línea había mucho ruido, y Grace no supo si no oía a la persona que estaba al otro lado de la línea o si esa persona no quería contestar. Rápidamente, su madre había pensado que su padre llamaba para hacer patente su presencia, y aquello la había dejado muy deprimida. Maryellen había tenido que consolarla y consolarse a sí misma, porque ella también se había sentido afectada por lo ocurrido.

Al día siguiente, viernes, Maryellen estaba emocionalmente agotada cuando abrió la galería. Si hubiera podido, se habría tomado el día libre. Sin embargo, aquélla era tradicionalmente una jornada con muchos clientes, porque estaban en la época de compras más importante del año.

Con tanta gente abarrotando la galería, dieron más de las dos cuando tuvo un momento para comerse un sándwich de pavo. Y pudo hacerlo porque Lois Habbersmith, su ayudante, había accedido a trabajar aquella tarde con ella. Los dueños de la galería, los Webber, vivían en California, y confiaban en Maryellen para que dirigiera todos los aspectos del negocio.

Maryellen entró en la habitación trasera, se sentó en un taburete y desenvolvió el sándwich. Acababa de tomar el primer bocado cuando Jon Bowman entró en la oficina.

—Jon...

Maryellen no lo esperaba. El corazón se le aceleró en el mismo instante en que lo vio. Él la había telefoneado un par de veces desde el día de la fiesta de Halloween, pero ella se las había arreglado para evitar hablar con él en ambas ocasiones.

—¿Todavía huyendo? —le preguntó él.

—No sé a qué te refieres —mintió ella.

Él sonrió.

—¿Te vendrían bien más fotografías?

—Sí —respondió ella—. Ya se han vendido todas las que trajiste la última vez.

—¿Puedo entregártelas esta noche?

Ella se preguntó por qué no se las habría llevado en aquel momento.

—Sí, claro. ¿A qué hora?

—A las siete.

La galería cerraba a las seis.

—Puedo esperarte aquí —dijo ella.

Colgaría las fotografías rápidamente; de ese modo, estarían listas para la venta al día siguiente.

—Quiero que las recojas en mi casa —dijo él—. Te prometo que el viaje merecerá la pena.

Maryellen frunció el ceño. Qué listo había sido él al cerciorarse de que ella no tenía otros compromisos aquella noche.

—Preferiría que las trajeras aquí —dijo Maryellen.

—Lo sé, pero esta vez no. Voy a hacer una cena especial para ti. Si quieres las fotografías, tendrás que ir a mi casa a las siete.

Ella iba a discutírselo, pero Jon no le dio la oportunidad. Se volvió y salió de la habitación, dejándola con la boca abierta.

A las siete, murmurando entre dientes, Maryellen condujo hasta casa de Jon y, cuando encontró el edificio de dos plantas que se correspondía con la dirección que él le había dado, aparcó.

Salió del coche y se detuvo a mirar las luces de Seattle, que brillaban al otro lado de Puget Sound. La casa de Jon debía de estar cerca de la costa. En la distancia, un ferry se deslizaba por el agua.

—Me preguntaba si ibas a venir —dijo Jon, desde algún lugar de la oscuridad. Salió de entre las sombras y le dio la bienvenida.

—No me dejaste otra opción —respondió Maryellen.

—No. Vamos, pasa.

—No... no puedo quedarme a cenar. Espero que no te hayas tomado ninguna molestia.

—Me he tomado muchísimas molestias. Me gustaría que te quedaras. Por favor.

—Pero...

Jon se dio la vuelta y entró en la casa. Ella no tuvo más remedio que seguirlo.

El interior estaba sólo parcialmente terminado. Había muebles diseminados por las habitaciones. Las paredes estaban enyesadas, pero no pintadas. Había una mesa cubierta con un mantel blanco y con velas en lo que debía de ser el comedor. A través de grandes ventanales, se divisaba la vista de Seattle a lo lejos.

—Dame tu abrigo —le indicó Jon.

Maryellen quería resistirse, pero dejó que el abrigo se le deslizara hombros abajo. Jon lo tomó y lo colgó en un armario sin puertas.

—¿Te gustaría ver mi casa?

Ella asintió.

—¿Quién te la está construyendo?

—Yo —dijo él con una suave carcajada—. Lo estoy haciendo todo yo mismo.

Jon la guió por la casa. La única habitación que tenía puerta era el baño. La habitación principal estaba en el piso de arriba y tenía una terraza con vistas al mar.

—En verano me siento ahí fuera con el café, por las mañanas —le dijo Jon.

Maryellen se lo imaginaba: la paz, el silencio, la belleza clara y fresca de Puget Sound al amanecer.

—Tengo veinte mil metros cuadrados de terreno —continuó él—. Antes de que te preguntes cómo puedo permitirme tener esta propiedad, debería decirte que era de mi abuelo. La compró en los años cincuenta por muy poco dinero. Cuando murió, me la dejó a mí —dijo. En aquel momento sonó un timbre en la cocina—. La cena está lista.

Ambos bajaron las escaleras desde la habitación hasta el comedor. Cuando llegaron junto a la mesa, él sacó una silla y le hizo una señal para que se sentara.

—¿Puedo ayudarte en algo? —preguntó Maryellen.

—No —respondió él.

Primero, Jon encendió las velas. Sirvió vino blanco en las copas y después fue a la cocina en busca de la cena: una deliciosa ensalada de queso y frutas, salmón asado con salsa y de postre, una tarta de manzana y dátiles. Todo era tan exquisito que Maryellen se quedó asombrada. Jon llenó varias veces las copas de vino, y cuando terminaron de cenar, ella estaba un poco achispada. Una música clásica muy agradable sonaba de fondo.

—Voy a necesitar un buen café —le dijo.

—Ya lo he puesto al fuego.

Maryellen percibía el riquísimo aroma. Completamente relajada y contenta, apoyó la cabeza en el respaldo del sofá y admiró la fabulosa vista. Las luces brillaban en la distancia, y la luna se reflejaba en el mar. Jon había apagado las luces para que su imagen no se reflejara en el cristal. No había nada que interfiriera con el espectáculo.

Él se sentó a su lado.

—No ha estado tan mal, ¿no? Me refiero a estar aquí conmigo.

—No. Ha sido… muy agradable.

—Admite que no soy tan terrorífico.

Ella lo miró y sonrió.

—Puedes llegar a serlo.

—¿Cuándo?

—Cuando me besas —dijo ella. Quizá hablara así a causa del vino, pero era la verdad.

—Quizá sea una sorpresa para ti, pero tus besos también me asustan.

—¿Yo te asusto? —preguntó Maryellen, entre sorprendida y divertida.

Como para demostrarle que decía la verdad, él se inclinó hacia delante y la besó con gentileza.

—¿Lo ves? —le preguntó él en voz baja, y colocó la palma de la mano de Maryellen sobre su pecho—. Siente los latidos de mi corazón.

—Sí… son fuertes —dijo Maryellen.

A ella también le latía con fuerza el corazón. Quiso que él supiera lo que sus besos le hacían a ella, así que lo besó. El beso fue profundo, largo, más intenso. Cuando terminó, a Maryellen le daba vueltas la cabeza.

—Siente los latidos de mi corazón —susurró.

Jon le posó la mano sobre el pecho, pero, como si no pudiera resistirlo, le cubrió un seno. Le dio una amplia oportunidad de que ella le apartara la mano, pero Maryellen no lo hizo. Los sentimientos que le producía aquella caricia eran demasiado excitantes. Él comenzó a desabrocharle la blusa mientras la besaba. Incluso antes de que hubiera terminado, Maryellen se desabrochó el sujetador y dejó su pecho al aire.

Después de aquello, todo ocurrió tan deprisa que Maryellen perdió la noción de quién desnudaba a quien. Lo único que sabía era que estaban en el sofá y que Jon estaba a punto de hacerle el amor. Él la miró a los ojos fijamente mientras se colocaba sobre ella.

—¿Quieres hacer esto? —le preguntó.

Ella cerró los ojos y asintió.

—Sí, por favor.

Hicieron el amor lentamente. Fue algo exquisito, distinto a cualquier cosa que ella hubiera experimentado. En algún momento de la noche, se mudaron a la habitación de Jon, a su cama. Exhausta, Maryellen se quedó dormida, acurrucada en brazos de Jon.

Poco antes del amanecer, ella se despertó y se sobresaltó.

—¿Dónde estoy? —preguntó.

—Estás conmigo —dijo Jon, y la abrazó.

Volvió a besarla, y ella se volvió hacia él. Hicieron el amor por segunda vez, y volvieron a quedarse dormidos.

Por la mañana, Maryellen se despertó primero, y se quedó inmóvil entre los brazos de Jon durante unos instantes, pensando en lo que había hecho. Jon Bowman la había seducido, y ella se lo había permitido. Había sido una participante activa, sin pensar en los anticonceptivos ni en ningún tipo de protección. Aquello había sido una completa locura.

Con cuidado para no despertarlo, salió de su cama y se sintió mortificada al verse completamente desnuda. Bajó las escaleras de puntillas y recogió su ropa, prenda por prenda, del suelo. Se había puesto la ropa interior y se estaba abrochando los pantalones cuando Jon apareció en las escaleras, desnudo de cintura para arriba.

—¿Te estás escabullendo? —le preguntó.

Ella no respondió. Sus intenciones eran evidentes, y no incluían desayunar y leer el periódico allí.

—Esto no debería haber sucedido.

—Pero sucedió. ¿Vas a fingir que no?

A ella le ardió la cara.

—Sí.

—Maryellen, sé razonable.

—No. Tenemos una relación profesional. Lo siento, pero así deben ser las cosas.

—Me debes algo más que eso.

—No te debo nada —dijo ella, mientras continuaba vistiéndose todo lo rápidamente que podía—. Tenías planeada esta seducción: el vino, la cena, la música...

—¡Y un cuerno! Tú me deseabas tanto como yo a ti. Si vas a enfadarte, bien, pero al menos sé honesta contigo misma.

—Sí, te deseaba, pero nunca me habría acostado contigo si tú no me hubieras chantajeado para que viniera aquí. Lo tenías todo bien pensado, incluidas las tres copas de vino, ¿no?

Maryellen se acercó al armario y tomó su abrigo.

—Maryellen —dijo Jon—. No te marches así, por favor. No me mientas, y no te mientas a ti misma. Yo no había planeado nada de lo que sucedió.

—Para mí está muy claro que sí.

—Muy bien —dijo él—. Cree lo que quieras, pero yo sé la verdad, y tú también.

Maryellen salió de la casa, y hasta que no estuvo a medio camino del coche, no recordó las fotografías.

Jack no sabía cuánto tiempo más sería capaz de tener a Eric en su casa.

Aparte de que aquella casa era muy pequeña, su hijo era un completo desastre en lo concerniente a la limpieza, el orden y la convivencia. Aquella mañana, cuando Jack había ido a desayunar, había descubierto que Eric había terminado con todo el pan de las tostadas. Después, al intentar tomar una ducha, había descubierto que Eric había usado toda el agua caliente del depósito, así que había tenido que ducharse con agua fría. Y para colmo, al ir a secarse, había descubierto que Eric había utilizado las dos toallas del baño antes, y ambas estaban húmedas.

Cuando Eric había ido a vivir con él, se suponía que sólo sería durante unos días. Habían pasado semanas, y Jack tenía que a terminar con aquella situación.

Eric y Shelly estaban en un punto muerto. Ninguno de los dos estaba dispuesto a ceder. Jack había albergado la esperanza de que se reconciliaran el día de Acción de Gracias en casa de Olivia, pero por desgracia, Shelly había rechazado la invitación.

Eric había intentado disimular lo que sentía, pero era evidente. El hecho de que Shelly no aceptara aquella invitación lo había dejado destrozado. Eric estaba convencido de que tenía otra relación. Entonces, Jack lo había convencido para que acudiera a una clínica de fertilidad y se hiciera un análisis. Después de la visita, Eric se había quedado deprimido durante días.

Sin saber lo que podía hacer, Jack decidió tomar las riendas del asunto. Llamó a Shelly y le sugirió que se vieran para cenar. Aquel mismo día, Jack se encontró con la muchacha en una agradable marisquería. Durante la cena, hablaron del embarazo de Shelly, y Jack le contó que los resultados de los análisis de fertilidad de Eric dejaban claro que la probabilidad de que tuviera hijos era muy pequeña.

Sin embargo, Shelly le aseguró a Jack, sin ninguna sombra de duda, que aquel hijo que iba a tener era de Eric, y que cuando naciera el niño, podría demostrarlo. Hasta aquel momento, Shelly no creía que fuera aconsejable que Eric y él se vieran.

Al terminar la cena, Shelly le agradeció a Jack su interés; cuando se despidieron, Jack sabía que no había llegado a ninguna solución. Al entrar en casa, vio a Eric sentado frente a la televisión.

—Llegas tarde —le dijo, sin apartar la mirada de la pantalla.

—He cenado con Shelly en Seattle.

Eric tomó el mando de la televisión y la apagó.

—¿Has estado con Shelly? ¿Te llamó ella?

—No. La llamé yo.

—¿Le has contado lo de la prueba de fertilidad? —inquirió su hijo, que se había puesto en pie.

—No quedaba pan esta mañana —dijo Jack—, y habías terminado con todo el agua caliente y...

—¿Has traicionado mi confianza porque me comí la última rebanada de pan seco que quedaba en la casa? ¿Es eso lo que me estás diciendo?

—No... yo tenía la esperanza de que, si razonaba con Shelly, podríamos aclarar la situación de una vez por todas.

—Si quieres que me vaya, podías habérmelo pedido —dijo Eric, y salió corriendo hacia su habitación.

—Yo no he dicho que quiera que te vayas —dijo Jack, pero sus palabras no tenían demasiada fuerza.

—No te preocupes, papá —dijo Eric un momento después. Había salido de la habitación con una bolsa de la cual salía ropa por los cuatro costados—. Me marcho. No fuiste un padre para mí cuando te necesité de niño. No sé por qué he pensado que podrías ser distinto ahora.

Jack dejó escapar un gruñido de frustración. Lo había estropeado todo, cuando lo único que quería era que sus vidas recuperaran la normalidad.

—Eric, escucha, lo siento.

—¿Que lo sientes? —repitió Eric, como si aquello fuera lo más ridículo que había escuchado en su vida—. Es un poco tarde para eso. No te preocupes, no te molestaré más.

Y con aquello, Eric se marchó.

Jack se preguntó cuánto tiempo pasaría antes de que volviera a tener noticias de su hijo.

El primer viernes de diciembre, mientras abría la puerta de la galería, Maryellen estaba pensando en Jon. Hacía dos semanas que lo había visto, pero sospechaba que no iba a tardar mucho en ir a entregarle algunas de sus fotografías. Sobre todo, porque ella no se las había llevado de su casa aquella noche. Maryellen había hecho todo lo posible por prepararse bien emocionalmente ante su próximo encuentro. No podía permitir que lo que había ocurrido estropeara la buena relación profesional que mantenían.

Como si hubiera adivinado que ella estaba pensando en él, Jon apareció poco después de la hora de apertura.

–Hola –le dijo ella con cierta tirantez.

–Hola –respondió Jon.

La observó con tanta intensidad que ella tuvo que apartar la mirada.

–Qué mañana tan bonita, ¿verdad? –murmuró.

–El cielo está de un gris plomizo y va a llover.

Maryellen sonrió débilmente. Era obvio que su intento de mantener una charla superficial no había funcionado. Pero, ¿había funcionado alguna vez con aquel hombre?

–Veo que has traído algunas fotografías.

–Éstas son las que te dejaste en mi casa. Si no te hubieras marchado con tanta prisa...

–Te agradezco que me las hayas traído.

–He venido por otra razón –dijo él, y se metió

las manos en los bolsillos traseros del pantalón. Maryellen se dio cuenta de que Jon estaba tan nervioso como ella–. ¿Estás libre el domingo por la tarde? Hay un curso de cocina que siempre he querido hacer y he pensado que quizá quisieras venir como invitada mía.

—Gracias, pero no.

—¿No? —preguntó él. Estaba dolido y confuso.

—Ya te lo he dicho. Para mí es importante que nuestra relación permanezca en el ámbito de lo profesional.

—Es un poco tarde para eso.

—No tengo interés en verte fuera de la galería —dijo ella, sin hacer caso de su comentario.

—Tú eres la que me invitó a la fiesta de Halloween.

—Lo sé, y fue un error. El primero de muchos. Escucha, Jon, esto es muy embarazoso, pero consideraría un gran favor que olvidaras lo que sucedió.

—¿Es eso lo que quieres de verdad?

—Por favor.

—No me queda otra elección, ¿verdad?

—Lo siento.

—Está bien, como quieras.

Maryellen le escribió un recibo por las fotografías y se lo entregó.

Pasó un momento incómodo antes de que él lo

tomara. Después se dio la vuelta y salió de la galería. En cuanto se hubo marchado, Maryellen cerró los ojos, suspiró y se dejó caer sobre el taburete.

—Un momento —dijo Jon, que entró nuevamente—. A mí no se me da bien fingir. Quizá tú puedas olvidar lo que sucedió, pero yo no. Maldita sea, Maryellen, lo que tuvimos fue muy bueno. ¿Es que no te das cuenta?

—No. Por favor, no hagas las cosas más difíciles de lo que son.

—No te entiendo —respondió Jon—. Si tú quieres fingir que no pasó nada, bien, pero yo no puedo. Ojalá fuera capaz, pero no he podido dejar de pensar en ti. En nosotros...

—Pues yo no.

Él soltó un resoplido, sabiendo que aquello era una mentira.

—Si nos dieras una oportunidad —argumentó Jon—, quizá descubrieras que hay algo que vale la pena entre nosotros.

—Lo dudo. Creo que has entendido mal la situación.

Jon se quedó mirándola fijamente.

—¿Haces esto normalmente?

—No... Jon, siento que te hayas creado esperanzas debido a la noche que pasamos juntos, pero...

—Lo sé, lo sé. Ya lo entiendo. Nuestra relación es sólo profesional. Está bien, no volveré a molestarte.

—Te lo agradezco, Jon.

—¿Te importaría mandarme por correo el cheque cuando vendas las fotografías? —le preguntó él.

Maryellen no entendió aquella petición.

—¿Que te envíe el cheque? ¿Quieres decir que no vas a venir a buscarlo?

—No creo que sea buena idea.

—Vaya. Esto es precisamente lo que yo no quería que sucediera. No hay necesidad de terminar nuestra relación profesional, ¿no? Tus fotografías son excepcionales, maravillosas, y... Vas a encargarle a otro que las venda, ¿verdad?

Jon la miró a los ojos, y ella vio ira y tristeza en ellos.

—Me parece que ya es hora de que llegue a un acuerdo con otra galería —dijo él, y se encogió de hombros.

—Si es lo que prefieres, entonces sólo puedo desearte lo mejor —respondió Maryellen con un hilillo de voz.

—No es lo que prefiero —dijo él—, es lo que tú quieres. Adiós, Maryellen.

Al ver que Jon se marchaba, a ella se le formó un nudo en la garganta.

—Oh, demonios —murmuró él. Se giró y caminó rápidamente hacia ella—. No te preocupes —le dijo, y la tomó por los hombros—. Como ya te he dicho, no voy a molestarte más, pero quisiera tener un recuerdo antes de irme.

—¿Qué? —preguntó ella con la voz temblorosa.

—Esto —respondió Jon.

Entonces, la besó apasionadamente, con fuerza, lentamente. Cuando separó la boca de la de ella, a Maryellen se le había acelerado el corazón. Intentó no reaccionar de ninguna manera, pero cuando él la soltó, cayó sobre el taburete y se llevó la mano al cuello sin poder evitarlo.

Murmurando cosas que Maryellen no pudo entender, Jon se marchó. En aquella ocasión, Maryellen supo que era para siempre. Ella estaba a punto de llorar.

Jon la había besado así porque quería que lo recordara. Quería que recordara la noche que habían pasado juntos. Y lo había conseguido. Maryellen sabía que lo había deseado con una pasión a la que era difícil renunciar.

Ella no quería hacerle daño a Jon, pero se lo había hecho. Y a sí misma también. Jon no entendía por qué lo había rechazado. No lo sabía, y nunca iba a saberlo. Ella lo había alejado de sí por una razón que llevaba muy dentro.

Ya había recorrido aquel camino una vez y sólo había conseguido quedar llena de cicatrices. Algunas veces, las heridas emocionales tardaban en curarse mucho más que las heridas físicas.

Algunas veces, no se curaban en absoluto.

Cuando Zach se despertó el sábado por la mañana, había guirnaldas de luces de Navidad por todo el suelo del salón.

—Hola, papá —dijo Eddie cuando Zach miró hacia allí, de paso hacia la cocina.

Su hijo estaba sentado entre las luces, desenredándolas y tendiéndolas sobre el sofá.

—¿Qué haces con todo eso?

—Lo ha sacado mamá —le explicó Eddie, y enchufó una de las guirnaldas. Las luces resplandecieron, casi cegando a Zach.

Sospechaba que aquélla era la manera poco sutil de Rosie de decirle que quería que colocara las guirnaldas de luces aquella misma mañana. Muy bien. Quizá ella lo hubiera mencionado antes, pero no estaban en buenos términos.

Evitar las discusiones durante las Navidades iba a

ser difícil, si lo que había ocurrido en Acción de Gracias era ilustrativo. Habían conseguido pasar el día sin una discusión grave, pero sólo porque Rosie se había pasado la mayor parte de la tarde en la cocina, con su hermana, sin duda quejándose de él.

—¿Dónde está tu madre? —le preguntó a Eddie con irritación.

—Se ha ido.

—¿Adónde?

—A un mercadillo de Navidad del instituto.

—¿Y qué está haciendo allí?

Eddie se encogió de hombros.

—No me lo ha dicho. ¿Podemos ir a desayunar a la hamburguesería? Ya estoy cansado de comer cereales.

Zach miró a su hijo. Aquel niño de nueve años pensaba que la única alternativa a los cereales era la comida rápida. Rosie era tan negligente con sus responsabilidades que sus hijos no sabían que la mayoría de las familias comían juntas en la mesa.

Zach se encaminó a la cocina para ver si había algo en la nevera. Sobre el mostrador encontró una nota que le había dejado su mujer.

Estaré trabajando en el mercadillo hasta las cuatro. Coloca las luces de fuera, ¿de acuerdo? Allison se ha que-

dado a dormir en casa de unas amigas, y tendrás que ir a buscarla. Si tienes tiempo, ¿puedes comprar el árbol de Navidad? Hasta luego,

Rosie.

Zach había tenido la esperanza de que, por una vez, pudieran pasar el día juntos, sin obligaciones. Antes era una tradición familiar el hecho de comprar el árbol entre todos y decorarlo con música, palomitas y sidra caliente. Sin embargo, parecía que aquel ritual se había convertido en una molestia que Rosie no podía encajar en su apretada agenda de actividades de voluntariado.

—¿Podemos ir a desayunar al McDonald's? —preguntó Eddie por segunda vez desde la puerta de la cocina.

Zach no respondió.

—¿Papá?

—Claro —murmuró él, al comprobar que no había nada en el refrigerador.

Además de dejarle una lista de tareas, Rosie no se había preocupado de dejar comida en la nevera.

Zach pasó toda la mañana furioso por el comportamiento de su mujer y por su falta de atención en lo referente a su familia.

Después de desayunar en McDonald's con Eddie, los dos fueron a recoger a Allison; de vuelta a casa, colocaron las luces de Navidad entre los tres, y después compraron un abeto. Cuando Zach entraba al garaje, vio que el coche de Rosie ya estaba allí.

—Hemos comprado el árbol, mamá —le dijo Eddie cuando entraron en la cocina.

—Hola —dijo Zach, decidido a disimular su enfado hasta que Rosie y él tuvieran un momento para hablar a solas—. ¿Cómo te ha ido el día?

Rosie estaba sentada en el sofá, con los pies en alto.

—Estoy muy cansada. ¿Qué tal las cosas por casa?

—Muy bien —respondió Eddie—. Hemos colocado las luces de Navidad. Hemos ido a desayunar a la hamburguesería y después hemos comprado leche en el supermercado.

—¿Has hecho la compra? —preguntó Rosie, con una mirada de alivio.

—Sólo leche y pan —respondió Eddie—. Papá pensó que debíamos tomar sopa de tomate y sándwiches de queso para comer, y necesitábamos cosas para hacerlo.

—Parece que habéis tenido un día muy divertido.

—¿Vamos a decorar el árbol esta noche? —preguntó Allison.

—Claro —dijo Zach.

—Esta noche no, cariño —dijo Rosie simultáneamente.

Allison miró a Zach y después a Rosie.

—Acabo de pasarme nueve horas de pie —dijo Rosie—. Lo que menos me apetece es decorar el árbol. Podemos hacerlo mañana, después de ir a misa.

—No puedo —dijo Allison—. El club de francés va a hacer la venta de bizcochos en el centro comercial, ¿no te acuerdas?

—Es cierto —dijo Rosie, frotándose los ojos con las yemas de los dedos—. No tengo que ir a ayudar, ¿verdad?

—Sí, mamá —respondió su hija, en tono dolido.

—Está bien, está bien.

—¿Y la cena? —preguntó Zach.

—Supongo que querrás carne asada y puré de patatas —murmuró Rosie, lo suficientemente alto como para que Zach lo oyera.

—No estaría mal —dijo él—. Por una vez.

—¿Vamos a adornar el árbol o no? —insistió Allison.

—Parece que no —dijo Zach.

—Si tu padre quiere —dijo también Rosie, y sus voces se mezclaron.

Allison se dirigió hacia el pasillo.

—Decididlo y me avisáis. Estaré en mi habitación.

Como si Eddie también se diera cuenta de que iba a haber una discusión, se marchó a su dormitorio detrás de su hermana.

El silencio fue ensordecedor.

—Estoy harto de todo esto, Rosie —dijo Zach tras unos momentos.

—¿Qué te pasa ahora?

—¿Que qué me pasa? No hay comida en la casa, para empezar.

—Tú has estado en el supermercado. Podías haber hecho la compra.

—Yo trabajo más de cuarenta horas a la semana.

—¿Y yo no? —gritó ella.

—Mira a tu alrededor y respóndete tú misma esa pregunta. Si tienes un empleo, ¿para quién trabajas, exactamente? No para tu familia. Para mí tampoco. Un mercadillo de Navidad es más importante que pasar el sábado con tus hijos.

Rosie sacó un paquete de hamburguesas congeladas y lo metió al microondas.

—No te hagas el mártir, Zachary Cox. Si crees que eres perfecto, podías empezar por ayudar más en casa. ¿Quién ha dicho que es responsabilidad mía hacer la compra? Parece que piensas que, como no tengo un trabajo de nueve a cinco, puedes dictar mis actividades. Yo también tengo una vida, ¿sabes?

—¡No gritéis más! —exclamó Eddie desde la puerta de la cocina, con los ojos llenos de lágrimas.

—Eddie, lo siento muchísimo —le dijo Rosie, con la voz temblorosa, como si ella también fuera a llorar. Se agachó y lo abrazó, mirando con resentimiento a Zach—. ¿Ves lo que has conseguido?

—¿Yo?

Era curioso comprobar cómo todo terminaba siendo culpa suya.

Zach esperó hasta el final de la cena, una cacerola de carne picada con verduras que se había preparado en menos de un cuarto de hora, pero que al menos era una mejoría con respecto a las comidas precocinadas y las pizzas de encargo del resto de la semana, para acercarse a su mujer nuevamente.

—Está claro que tenemos que solucionar varios problemas —le dijo—. Después de las vacaciones debemos hablar. Los niños están sufriendo.

—Yo también, Zach.

—Yo tampoco estoy precisamente feliz.

Salió de la sala de estar y entró al dormitorio. Allí puso la televisión y vio un documental sobre Napoleón.

Rosie entró en el cuarto una hora más tarde.
—¿Quieres hablar ahora?
—No.
—Eso era lo que yo pensaba. Sólo recuerda que lo he intentado, Zach. Lo he intentado sinceramente, pero eres imposible.

Si estuviera intentando con tanta sinceridad resolver las cosas, entonces estaría con su familia, pensó Zach. Rosie era la transgresora allí, y él no iba a dejar pasar aquel asunto hasta que ella remediara la situación.

Grace no había podido dormir bien desde el día de Acción de Gracias. Había sido una festividad triste para ella, porque era la primera vez que Dan no estaba en casa, y había hecho mella en la paz de espíritu que había conseguido durante los meses que habían transcurrido desde su desaparición. Además, estaba aquel extraño asunto de las llamadas. Grace no podía quitarse de la cabeza que había sido su marido quien había telefoneado a su casa, como si quisiera decirle que sentía lo que estaba ocurriendo…

Grace no había conseguido conciliar el sueño, y cuando llegó a la biblioteca el lunes por la mañana, tenía los ojos doloridos. Los únicos sentimientos positivos que había tenido durante los últimos días habían sido los relacionados con su nieto. El pequeño Tyler tenía casi cuatro meses, y era la luz de su vida. Los problemas del mundo se desvanecían cuando tenía en brazos al niño.

Cliff Harding entró a la biblioteca antes del mediodía. Grace sintió su presencia incluso antes de verlo. Él devolvió un libro y después, despreocupadamente, se volvió hacia su mostrador. Tenía una sonrisa perezosa que la rozó con su calidez.

Grace, a su pesar, se puso nerviosa. Sabía que él había ido a ver a su hija, a la Costa Este, pero no había vuelto a verlo desde entonces.

—Si te pidiera que comieras conmigo, ¿lo harías? —le susurró él, inclinándose en el mostrador.

Antes de que ella pudiera responder, Cliff añadió:

—Charlotte me dijo que tu divorcio se hizo efectivo durante la semana de Acción de Gracias.

—Sí.

Grace tragó saliva, sin saber cómo decirle lo que tenía en el corazón. No estaba lista para comenzar otra relación, y no sabía cuándo podía suceder aquello. Quizá el divorcio estuviera acabado, pero ella continuaba teniendo dudas y miedos. Legalmente era libre, pero emocionalmente, no podía evitar aferrarse al pasado.

—¿Quieres comer conmigo? —insistió él.

—Creo que no... lo siento.

—¿Y dar un paseo junto al mar? Ha salido el sol, y seguro que un paseo tranquilo nos vendría bien a los dos.

Grace asintió. Aquello le parecía un compromiso razonable.

—Deja que le pregunte a Loretta.

Su ayudante le cambió la hora de descanso sin ningún problema, así que Grace tomó el abrigo y los guantes y se reunió con él frente a la biblioteca.

—¿Qué tal fue tu visita a casa de Lisa? —le preguntó.

Por conversaciones previas, Grace sabía que su hija tenía veintiséis años y que estaba casada con un asesor financiero de Maryland.

—Muy bien. Me preguntó si ya salía con alguien —dijo él, y miró significativamente a Grace.

—¿Y qué le dijiste? —preguntó Grace, y se metió las manos a los bolsillos mientras comenzaban a caminar hacia el paseo marítimo.

—Le dije a Lisa que todavía no salía con nadie, pero que ya había elegido a la chica —respondió Cliff, observando a Grace atentamente—. Sólo estoy esperando a que esa chica se fije en mí.

¿Que se fijara en él? Grace estuvo a punto de

echarse a reír. Claro que se había fijado en Cliff, pero estaba helada, petrificada, con un pie en su vida pasada y otro plantado en una vida nueva.

—¿Vas a tenerme mucho tiempo esperando, Grace?

Ojalá ella tuviera respuesta para aquella pregunta.

—No digas nada —murmuró Cliff—. Me prometí a mí mismo que no iba a presionarte. Me has preguntado por mi visita a casa de mi hija, y te diré que fue toda una experiencia.

—¿Y eso?

—El día en que llegué hubo una tormenta de nieve.

—Es cierto. Lo vi en las noticias. ¿Se cortó la electricidad?

—Justo en mitad de la preparación de la comida de Acción de Gracias. Por supuesto, el pavo estaba a medio asar. Yo sugerí que sirviéramos *sushi* de pavo, pero nadie aprobó la moción.

—¿Y qué hiciste?

—Lo que haría cualquier persona con iniciativa. Asé el pavo en la barbacoa, en mitad de la nevada.

Grace se rió, imaginándose a Cliff acurrucado sobre la barbacoa, rodeado de remolinos de nieve.

—¿Y tu día de Acción de Gracias? —preguntó él.

—Fue una comida tranquila. Sólo Maryellen y yo —respondió ella. Al recordarlo, sintió de nuevo culpabilidad e inseguridad—. Escucha, Cliff, quizá esto no sea buena idea.

—¿Qué? ¿Que hablemos?

—No... Tu hija está deseando que salgas con alguien, y parece que tú estás preparado. Quiero que empieces, pero no creo que sea el momento más adecuado para mí.

—Lo que parece que tú no entiendes, Grace, es que la única mujer con la que me interesa salir eres tú.

Grace sacudió la cabeza.

—Vamos, Cliff, no me lo creo. Pídele a Charlotte que te recomiende a alguien. Ella conoce a todo el mundo del pueblo, y cuando conozcas a otras mujeres, podrás decidir si sigues sintiendo lo mismo. Será bueno para ti, Cliff.

Él asintió con una media sonrisa.

—Está bien. Lo pensaré.

Grace se rió y sacudió la cabeza.

—No me estás tomando en serio.

—Oh, claro que sí —dijo Cliff, mientras se sentaban en un banco del paseo—. No quiero salir con otras mujeres, Grace. Te esperaré. Soy muy paciente. No te preocupes, no voy a presionarte, pero quizá te lo recuerde de vez en cuando.

Grace no sabía cuál era el motivo de su persistencia. Ella no le había dado ningún ánimo, y hasta el momento, ella era la única que se había beneficiado de su relación. Ella, y la puerta de su garaje.

—Me gustaría enseñarte mi casa algún día —dijo Cliff—. Podéis venir Charlotte y tú. Sería algo completamente seguro —añadió irónicamente—. Puedes traer a Buttercup, si quieres.

Grace lo pensó. Se había hecho una idea de su casa, y tenía curiosidad por saber si realmente estaba a la altura de lo que había pensado. Asintió.

—Me gustaría verla.

—Cuando quieras aprender a montar a caballo, tendrás a Brownie a tu disposición. Es una yegua muy tranquila, perfecta para un aprendiz.

—¿A ella le parece bien eso?

—Claro que sí —dijo Cliff con los ojos brillantes—. Bueno, ¿qué te parece si fijamos una fecha para este mes?

—Yo estoy libre el sábado por la tarde, si Charlotte puede.

Cliff se mostró satisfecho.

—Se lo preguntaré y te lo diré.

—¿Y de veras puede venir Buttercup?
—Claro.

Cliff le tomó la mano enguantada y se la apretó. La miró a los ojos con una sonrisa.

—Sigo diciéndote que soy paciente, Grace, y es cierto. Estoy dispuesto a esperar para conseguir lo que quiero.

Después, hizo que girara la mano y le besó el interior de la muñeca.

Grace cerró los ojos para saborear aquel momento. Ella deseaba lo mismo que Cliff. Sin embargo, para poder conseguirlo debía sacarse a Dan de la cabeza. Y del corazón. Porque, después de todo, su marido todavía tenía una parte importante de él.

Maryellen no tenía que hacerse la prueba de embarazo para confirmar lo que ya sabía. Estaba sentada al borde de la bañera, mirando el resultado del test, y sintió que se le adormecían los brazos y las piernas. Había pasado casi un mes, y Maryellen había intentado hacer caso omiso de lo que cada vez era más evidente.

Se frotó la frente con el dorso de la mano y cerró los ojos.

—Tonta, tonta, tonta.

Cuando consiguió dominar el pánico, se levantó y se miró al espejo. Estaba muy pálida. ¿Qué iba a hacer? Aquella pregunta le resonaba en la cabeza. Bajó a la cocina, metió un plato precocinado en el microondas y se sentó a la mesa, intentando aclarar las emociones y las ideas.

Una cosa estaba clara: no se lo diría a Jon Bowman. Él estaba completamente fuera de escena para ella. No tenía ningún motivo para decírselo. No tenía ninguna razón para verlo, puesto que la obra fotográfica de Jon se vendía en otra galería. Él no tenía por qué saber nada del embarazo hasta que hubiera nacido el bebé, y después pensaría que el padre era otro hombre. Aquello era exactamente lo que quería Maryellen.

Mantendría en secreto el embarazo tanto tiempo como le resultara posible, para sus amigos y para su familia, y de ese modo evitaría que la noticia se extendiera por el pueblo.

También necesitaría hacer sitio en su vida para aquel bebé. Aquel embarazo inesperado era un choque, pero se adaptaría rápidamente a él. En realidad, había conseguido una oportunidad que nunca hubiera esperado. Aquel niño, su hijo, estaba tomando forma en su vientre, y al pensarlo, Maryellen se sintió exultante.

Abrumada por la emoción y todos los planes que debería hacer, Maryellen pensó que quedarse sentada en casa no era lo que más le apetecía, y decidió salir a pasear y a consolarse con la alegría y la diversión del ambiente navideño que había en la calle.

Después de entrar a unas cuantas tiendas, se encaminó hacia su local de artesanía preferido del pueblo, y al mirar al frente, vio que Jon avanzaba hacia ella por la acera. Instintivamente, se quedó helada. Jon la vio y también se quedó petrificado. Cada uno esperó a que el otro hiciera el primer movimiento.

Maryellen se recuperó antes que él y consiguió sonreír mientras continuaba su camino.

—Feliz Navidad, Jon.

—Hola, Maryellen —respondió él con cautela—. ¿De compras navideñas?

—Más o menos. Estoy curioseando.

Él asintió.

—He oído decir que estás vendiendo tus fotografías en Seattle.

Por rumores, Maryellen se había enterado de que su trabajo se exponía en una galería muy importante. Era un gran logro para él, y Maryellen se había alegrado sinceramente.

Él asintió de nuevo.

—Enhorabuena, Jon.

—Gracias.

No había necesidad de seguir allí, en mitad de la calle.

—Bueno, me alegro de verte —dijo Maryellen.

Comenzó a caminar de nuevo, pero él la detuvo.

—Maryellen.

—¿Sí?

—Quisiera decirte algo sobre aquella noche. Yo no tenía planeado lo que ocurrió.

—Eso es lo que dices tú —respondió ella, sin mirarlo.

—Lo que estoy intentando decirte es que no tomamos medidas de protección, ¿me entiendes? Yo, al menos, no lo hice. ¿Tengo que deletreártelo?

—No.

—¿Habrá algún problema? Quiero decir, ¿hay alguna posibilidad de que tú…? ya sabes.

Ella esbozó una sonrisa forzada.

—No te preocupes por eso.

—Estoy preocupado. Necesito saberlo, asegurarme.

Durante un terrorífico momento, Maryellen pensó que él iba a darse cuenta.

—Estoy bien, Jon. Te agradezco la preocupación, pero la situación está bajo control.

—¿Estás segura?

—Segurísima.

Él la miró a los ojos durante unos segundos, y después, repentinamente, se dio la vuelta y se alejó.

Por fin, Maryellen podía relajarse. Exhaló un gran suspiro y se dirigió rápidamente hacia la tienda de artesanía.

El viernes, cinco días antes de Navidad, Maryellen fue a comer a Potbelly Deli, un restaurante muy agradable donde servían sopas y sándwiches deliciosos. Con un tazón de sopa de marisco entre las manos, se sentó en un rincón y comenzó a leer una revista de arte. Al poco tiempo, su madre entró en el establecimiento.

—Sabía que te encontraría aquí —le dijo Grace—. ¿Te importa que coma contigo?

—Me encantaría —respondió Maryellen.

Su madre pidió una sopa de tomate y una taza de café, y después se sentó frente a ella.

—Hace poco tuve una visita en la biblioteca.

—¿Cliff Harding?

Grace se ruborizó y asintió.

—Me invitó a conocer su rancho, y fui el sábado pasado —dijo. Removió la sopa, y sin mirar a su hija, prosiguió—: Charlotte iba a venir, pero no se encontraba bien, así que sólo estuvimos Cliff, Buttercup y yo. Y sus caballos. Son preciosos.

Después de una breve pausa continuó explicándole a su hija detalles sobre la casa, que era una magnífica cabaña de madera de dos pisos, y de la finca, que contenía pastos, bosque e incluso un riachuelo.

Maryellen no recordaba haber visto a su madre tan animada en mucho tiempo.

—Todo eso suena maravillosamente —le dijo.

El hecho de que hubiera aceptado salir con Cliff era un gran paso para Grace.

Grace probó la sopa y miró a su hija. Entonces, entrecerró los ojos.

—Dios mío, estás muy pálida —le dijo—. ¿Te encuentras bien?

—¿Estoy pálida? —preguntó Maryellen, intentando fingir que no se había dado cuenta.

—Parece que estás anémica.

—Estoy bien, mamá.

Su madre siguió observándola atentamente, con el ceño fruncido.

—Quiero que me prometas que irás al médico.

—No necesito ir al médico.

—Si no pides tú la cita, lo haré yo. Nunca te había visto tan pálida. Parece que estás embarazada.

Aquellas palabras fueron un golpe tan duro para Maryellen que se atragantó con la sopa. Tosió y estornudó, con los ojos llenos de lágrimas. Grace se levantó y le dio unas palmaditas en la espalda. Maryellen tomó un sorbito de agua.

—¿Estás bien?

—Sí... gracias.

Pasó un minuto, y Maryellen aún sentía el escrutinio de su madre. Grace habló por fin, en voz muy baja.

—Como sabes, yo tenía diecisiete años cuando me quedé embarazada de ti. Se lo dije a Dan, y no sabíamos lo que íbamos a hacer. Era muy importante que esperáramos hasta habernos graduado para decírselo a nuestros padres, pero mi madre lo supo antes. Yo nunca tuve que decírselo, ¿y sabes por qué?

A Maryellen se le llenaron los ojos de lágrimas nuevamente. Tomó la servilleta de papel y comenzó a estrujarla entre las manos.

—¿Porque estabas muy pálida?

—Yo también estaba anémica. Era muy joven y estaba muy sana, pero el embarazo me dejó anémica y me quedé blanca. No era un caso grave, pero tuve que ir al médico y tomar unas pastillas de hierro.

Grace no dijo nada más, no presionó a Maryellen con preguntas ni comentarios. Sólo esperó.

—Entonces, lo sabes —dijo después de un momento, intentando con todas sus fuerzas no llorar en público.

—¿Y el padre?

—Fuera de este asunto.

—Oh, Maryellen...

—Estaré bien —le dijo a su madre—. De veras. Mamá, tengo casi treinta y seis años. Sé cuidarme.

—Pero...

—Tendré que adaptarme, pero ahora que lo he aceptado, soy feliz.

—Siempre tuvimos una conexión especial, Maryellen —le dijo su madre—. Lo sabía. De algún modo, lo sabía.

—No siempre la tuvimos, mamá.

Grace la miró fijamente.

—¿Qué quieres decir?

—Si hubiéramos tenido esta conexión especial hace quince años, entonces también lo habrías sabido.

Su madre se quedó boquiabierta, con una expresión de incredulidad en el rostro.

Muy bien, ya lo había dicho. Era una verdad que había querido mantener oculta siempre. Su pecado, su dolor, la culpabilidad que había soportado durante años.

—¿Has estado embarazada antes?

Maryellen tenía un nudo tan grande en la garganta que lo único que pudo hacer fue asentir.

—Tenías que esperar hasta el último momento para decidirte a poner el árbol.

Olivia le tomaba el pelo a Jack mientras sacaban los adornos de la bolsa de las compras. En realidad, a ella le parecía que era un gesto muy tierno por parte de Jack. Eric había vuelto a casa de su padre y Jack, aliviado, había decidido poner el árbol para animar a su hijo durante las vacaciones, y Olivia había accedido a ayudar con la decoración. Habían tenido que comprar las luces y algunos adornos, porque Jack no había vuelto a preocuparse de la Navidad desde su divorcio.

Eric se había ido deprimiendo más y más a medida que se acercaban las Navidades. Jack había hecho todo lo posible por alegrarlo, pero no había servido de nada. Dos días antes de Navidad, había invitado a Olivia a adornar el árbol con él mientras

Eric estaba fuera. Esperaban que la sorpresa lo animara un poco.

—Me gusta este árbol tan lamentable —dijo Jack, apartándose para examinarlo.

El pequeño abeto tenía todas las ramas apiladas a un lado, mientras que el otro estaba casi desnudo.

—Sí, es un árbol propio de Charlie Brown —dijo ella, que aunque también consideraba que era el abeto más triste que había visto en su vida, le había tomado aprecio rápidamente.

Riéndose, Jack la tomó por la cintura y se inclinó para besarla. Olivia no pudo ninguna objeción, pero la puerta se abrió de repente y Jack se detuvo en seco. La soltó de golpe y Olivia estuvo a punto de caer al suelo.

—Eric —dijo Jack, perplejo—. No te esperaba hasta dentro de un par de horas.

Su hijo entró en el salón con una expresión sombría. No parecía que se hubiera dado cuenta de que Olivia y Jack estaban en medio de un beso.

—¿Has sacado el correo del buzón? —le preguntó Jack.

Eric asintió.

—¿Qué ha ocurrido? —inquirió Olivia. Parecía que Eric estaba muy afectado por algo.

—He tenido noticias de Shelly.

—¿Te ha escrito? —preguntó Jack.

—No —respondió Eric, y se cubrió la cara con las manos—. Me ha enviado una fotografía.

—¿Una fotografía? ¿De qué?

—Del bebé —dijo Eric—. Bueno, más bien de los bebés. Va a tener gemelos.

—¡Gemelos! —exclamó Jack, y cayó en el sofá.

Eric tomó uno de los sobres y se lo entregó.

—Míralo tú mismo.

Jack se puso en pie. Tomó el sobre, sacó la foto y la miró. Olivia se acercó para mirar también, por encima de su hombro. En la imagen aparecían claramente dos fetos, colocados de manera que el sexo era distinguible.

—Y son dos niños, por lo que parece —dijo Jack.

—¿Y Shelly no te envió una nota con la ecografía? —le preguntó Olivia.

—No —respondió Eric—. Pero cuando recibí esto, pensé que deberíamos hablar, así que fui a su apartamento...

—¿Y? —preguntó Jack.

Eric se pasó la mano por la cara. No sabía por dónde empezar.

—Lo que pasa es que yo quiero a Shelly. Estos meses que llevamos separados han sido un infierno para mí.

—Y para mí también —murmuró Jack.

Olivia le dio un codazo en las costillas y le preguntó a Eric:

—¿Pudiste hablar con Shelly?

—Le dije la verdad —respondió el chico—. Que la quiero y que siempre la he querido. No me importa que los bebés sean míos o no. Quiero estar con ella. No puedo decirle nada mejor, ¿no? Ya le he dado mi corazón. También le dije que la perdonaba. ¿Qué más puedo hacer?

Olivia soltó un gruñido.

—Ella no necesita que la perdones, Eric.

—No pueden ser mis hijos —dijo Eric—. Pero estoy dispuesto a ser su padre, si ella me lo permite.

—¿Y te ha rechazado? —preguntó Jack, completamente indignado—. ¡Esa mujer tiene que ir al psiquiatra! Los dos tenéis que ir.

—¡Jack! —exclamó Olivia. Eric no necesitaba que lo reprendieran en aquel momento.

—Shelly no quiso hablar conmigo. Me echó de casa.

—¿De tu propia casa? —Jack estaba rugiendo, prácticamente—. ¡Está chiflada!

—¡Jack! —Olivia volvió a clavarle el codo en las costillas. Jack sólo estaba consiguiendo empeorar las cosas—. Deja que el chico nos lo cuente a su manera.

—Lo siento —murmuró él, aunque no parecía que lo dijera en serio.

—Shelly estaba llorando demasiado como para oír lo que yo tenía que decirle, pero me dejó una cosa bien clara: quería que me fuera de allí. Y me dijo que lo mejor sería que no formara parte de su vida.

—¿Y los bebés? —preguntó Olivia.

—Me dijo que era demasiado tarde.

—¿Demasiado tarde? ¿Y qué quería decir con eso? —gritó Jack.

—Que no quiere tener nada que ver conmigo. Todo ha acabado entre nosotros.

—No nos apresuremos —dijo Jack—. No...

—Eric, tranquilízate —le dijo Olivia, haciendo caso omiso de Jack—. Voy a poner una cafetera al fuego y después los tres vamos a sentarnos a hablar de esto.

—¿Y qué hay que hablar? —preguntó Eric, encogiéndose de hombros.

—Bastante, en realidad, porque esos niños necesitarán a su padre y... —Oliva hizo una pausa y miró significativamente a Jack—, y a su abuelo también.

—¿Qué más puedo hacer yo? —preguntó Eric, siguiendo a Olivia hacia la cocina.

—No te preocupes —dijo ella con confianza, y le

dio un abrazo a Eric–. Siempre hay forma de arreglar las cosas. Si tu madre estuviera aquí, en vez de en Kansas City, te diría lo mismo. Ahora estás sufriendo, pero ten paciencia. Shelly volverá a aceptarte de nuevo. Te necesita, Eric, y quiere que estés con ella.

–¿Lo crees de veras? –preguntó él con ansiedad.

–Sí –respondió Olivia.

En su opinión, una mujer no mantenía tanto contacto con un hombre como Shelly, que había cenado con Jack, y le había enviado a Eric la ecografía, si quería conservar su relación con aquel hombre. Además, a Jack le había dicho que quizá Eric y ella se vieran después del parto, y eso le parecía prometedor a Olivia también.

–¿De veras? –preguntó Jack–. ¿Y cuánto tiempo crees que tardará?

–Sí –dijo Eric–. ¿Cuánto tiempo?

–Eso no puedo responderlo –dijo Olivia, con ganas de patear a Jack por hacer aquella pregunta.

–Eres una persona muy sabia –dijo Eric, mirándola con admiración. Por fin, parecía que se había relajado un poco.

–Es estupenda –afirmó Jack.

–Bueno, ¿y qué os parece si decoramos el árbol de Navidad de Charlie Brown? –les preguntó ella.

Eric titubeó, pero después sonrió.

—¡De acuerdo!

En el fondo de su corazón, Olivia estaba convencida de que a Shelly, a Eric y a los gemelos, todo iba a salirles bien. Fuera quien fuera el padre de los niños.

En su vida, Olivia había dado unos cuantos discursos. Siempre intentaba esquivar aquellos compromisos, pero en su posición de jueza, algunos eran inevitables. Aquélla era la primera vez que le pedían que diera una charla en el Centro Lúdico de Ancianos Jackson. Y debía reconocer que estaba nerviosa.

Por supuesto, su madre estaba muy emocionada por el hecho de que «mi hija, la jueza», fuera a dar una charla a sus amigas del centro. Conociendo a Charlotte, estaría presumiendo un mes entero.

Olivia le agradecía mucho el apoyo a su madre, pero a veces, aquel orgullo le resultaba embarazoso y excesivo. Charlotte aprovechaba cualquier oportunidad para contarles a los extraños y a los amigos que su única hija era jueza; y peor aún, era proclive a hablar de las sentencias que ella había dictado, comentándolas según su propia opinión.

Mientras Olivia se arreglaba para la comida, frunció el ceño pensando en su madre. Charlotte se había quedado agotada después de aquella temporada de festividades. Había cocinado para sus amigos, para su familia, había organizado las celebraciones en el centro de mayores y además, había escrito su columna semanal para el periódico.

El día de Navidad, Charlotte estaba exhausta. Antes, parecía que nada podía cansarla, y al darse cuenta de que su madre empezaba a acusar la edad, Olivia había comenzado a preocuparse, pese a que Charlotte se negaba a descansar e intentaba ocultar lo cansada que se encontraba. Olivia se preguntaba cómo iba a conseguir que su madre tomara menos compromisos en aquel nuevo año.

Olivia llegó al Centro Lúdico de Ancianos Jackson con algunos minutos de antelación. Charlotte y su mejor amiga, Laura, estaban esperándola en la entrada. Con una sonrisa resplandeciente de orgullo, su madre la abrazó inmediatamente. Después, Olivia saludó a Laura. Ambas la condujeron hasta Mary Berger, la directora del centro.

—Estoy encantada y muy agradecida de que haya aceptado nuestra invitación —le dijo la directora a Olivia—. Estamos deseando escuchar lo que va a decirnos.

Olivia sonrió con cierto nerviosismo. Tenía la esperanza de conseguir dar el discurso sin confundir las notas que había escrito y humillarse a sí misma, y a su madre también, de paso.

Mary le comentó que debían acercarse a la mesa principal, donde Olivia estaría sentada durante la comida. Iba a guiarla hacia allí cuando Charlotte agarró del brazo a su hija.

—Ve pronto por el postre —le dijo en un susurro.

—¿Por el postre?

—Si no te lo sirves rápidamente, todo se habrá terminado cuando hagamos la cola para el buffet. Así que nosotras nos servimos el postre con antelación. Así es como funcionan aquí las cosas. Yo no estoy de acuerdo, si me lo preguntas, pero a nadie le importa lo que yo piense al respecto.

—De acuerdo, mamá —respondió Olivia, también en un susurro.

Después se acercó a la mesa principal. Mary le mostró su asiento, y Olivia tomó su plato de postre, tal y como su madre le había indicado. Las mesas de la comida ofrecían una variedad impresionante. Ella eligió un pedazo de tarta de limón y volvió a su asiento justo cuando Mary estaba a punto de pronunciar unas palabras de bienvenida. La directora del centro dejó escapar un pequeño resoplido al ver pasar a Charlotte.

—Puede que su madre no esté de acuerdo con esa práctica, pero la lleva a cabo, ¿no es así? —le dijo Mary a Olivia, inclinándose hacia ella desde el podio.

—Sabe que si no se sirve el postre con antelación, no quedará nada al final —respondió Olivia, dejando su tarta de limón junto a su plato vacío.

Olivia intentó no sonreír. En muchos aspectos, su madre era una rebelde, pero una rebelde muy querida. Había días en los que Charlotte la volvía loca, pero al mismo tiempo, Olivia la admiraba profundamente. Charlotte llevaba una vida muy intensa. Realizaba muchas actividades creativas y estaba comprometida con el bienestar de los demás. Olivia quería ser como ella dentro de veinticinco años. El hecho de que, aparentemente, la infatigable Charlotte estuviera perdiendo energía inquietaba a toda la familia, y Olivia decidió hablar con ella para que fuera al médico.

Mientras los mayores se acercaban a las mesas y al buffet, Olivia vio a Justine y a Seth al fondo de la sala. Su hija y su yerno habían acudido a escuchar su discurso. Charlotte se acercó a los recién casados y los acompañó a su mesa. Olivia observó cómo su madre se los presentaba a sus amigas.

Justine y Seth no fueron los únicos invitados sorpresa. Olivia vio entrar a Jack justo cuando subía a hablar al podio. Hizo una pausa al verlo, y después se sintió animada por su ancha sonrisa y su guiño. Sonriendo también, ella comenzó a dar la charla, que trataba sobre la creatividad de los mayores y de lo mucho que contribuían a la sociedad.

Después, Olivia no recordaba una sola palabra de lo que había dicho, pero pareció que había tenido sentido, porque hubo una agradable ronda de aplausos de agradecimiento. Y, para su asombro, una pequeña multitud se acercó instantes después a la mesa principal para agradecerle lo que había hecho.

Charlotte se aproximó rápidamente a la mesa y se puso junto a Olivia, agarrada de su brazo, diciéndole a todo el mundo que Olivia era su hija, ¡como si aquello fuera una noticia! Mary lo había dicho al principio del evento, pero no había sido suficiente para Charlotte.

Justine y Seth esperaron hasta que sus admiradores se marcharon para acercarse a saludarla y a felicitarla. Después, Justine la invitó a cenar aquella noche en casa, con la excusa de que tenía que darle una noticia. Dejando a Olivia muy intrigada, se despidieron. Cuando todo terminó, Jack se acercó:

—Te acompañaré al coche —le dijo—. Hola, Charlotte.

Besó a la madre de Olivia en la mejilla y después le pasó a Olivia el brazo por los hombros.

—Excelente discurso. He tomado muchas notas.

—¡Jack! —exclamó ella—. No irás a escribir sobre esto en tu periódico, ¿verdad?

—Claro que sí.

—No, no lo vas a hacer —respondió Charlotte severamente, dejándolos asombrados a los dos—. Yo lo haré. Olivia es mi hija y yo escribo la página de la tercera edad del periódico. Ella ha hablado en el centro de mayores, así que no traspases los límites de mi territorio. No me importa que seas el editor. La historia es mía.

—De acuerdo, de acuerdo —dijo Jack, alzando las manos en señal de rendición, aunque con los ojos brillantes.

Jack acompañó a Olivia fuera.

—No ha sido tan horrible, ¿verdad?

—Sí lo ha sido —respondió Olivia—. Pero he sobrevivido.

Jack miró la hora e hizo un gesto de horror.

—Llego tarde a la reunión del ayuntamiento. Te llamaré, ¿de acuerdo?

—Sí, por favor.

Él la besó, y no fue sólo un corto beso de despedida. Con aquel beso le estaba diciendo que la echaba de menos, que echaba de menos sus citas para cenar juntos los martes. Ella también se lo dijo. Era asombroso lo mucho que se podía decir con sólo un beso.

Se separaron, y de mala gana, Jack se alejó hacia su coche. Con un suspiro, ella volvió al juzgado para la sesión vespertina.

Aquella noche, mientras iba hacia casa de Justine y Seth, Olivia no podía dejar de preguntarse por la razón de aquella invitación inesperada. ¿Cuál sería el anuncio que querían hacerle?

Su hija le abrió la puerta con una expresión tan feliz que Olivia se quedó mirándola con asombro. Mientras Justine colgaba el abrigo de su madre en el armario, Seth se acercó con una botella de vino blanco espumoso.

—¿Vamos a celebrar algo? —preguntó Olivia.

—Tenemos noticias —dijo Justine, sonriéndole cálidamente a su marido.

Seth dejó la botella de vino en la mesa y después se sentó en el sofá junto a su mujer.

—Cuando he vuelto de pescar esta última vez, Justine y yo hemos decidido que no queríamos pasar tanto tiempo separados al año.

—Es demasiado duro para cualquiera de los dos —añadió Justine.

¿Aquélla era la noticia?

—¿Vas a dejar de pescar? —le preguntó Olivia.

Seth llevaba la pesca en la sangre. La familia Gunderson se había dedicado a la pesca durante cinco generaciones.

—Seth y yo vamos a comprar un restaurante —le dijo Justine—. El Galeón del Capitán lleva a la venta un par de meses y nosotros hemos hecho una oferta. El propietario la ha aceptado.

Bien, aquello no era exactamente lo que esperaba Olivia, pero no estaba mal.

—¡Estupendo!

—Aún no hemos decidido el nombre que vamos a ponerle —dijo Justine—, pero estamos muy contentos —añadió.

Olivia se relajó.

—Me alegro muchísimo por los dos. Vais a tener mucho trabajo, pero eso ya lo sabéis.

—Seth lleva años ahorrando para hacer algo así —le explicó Justine, y de nuevo, miró con orgullo a su marido. Por el momento, yo conservaré mi trabajo, pero al final también iré a trabajar al restaurante.

—¿Vais a quedaros con la plantilla de empleados actual o cambiaréis de gente? —preguntó Olivia. Conocía a la maître del restaurante, Cecilia Randall.

—Aún no lo hemos pensado —respondió Seth—. Todo es muy nuevo para nosotros. De hecho, sólo hace una hora que nos hemos enterado de que han aceptado nuestra oferta.

—En realidad, te habíamos invitado a cenar antes de saber la noticia.

—¿Quieres decir que hay algo más?

—Mamá... —Justine le tomó las manos a su madre—: Seth y yo vamos a tener un hijo.

Olivia dejó escapar un grito de alegría y se puso en pie de un salto. Justine y Seth también se levantaron, y Olivia los abrazó llorando de alegría.

Aquélla era la noticia que había ido a recibir a casa de su hija.

Cliff Harding estaba sentado en el sofá, con sus largas piernas completamente estiradas, mirando la pantalla de la televisión sin prestar atención. Estaba aburrido e inquieto.

Aquél no era modo de pasar una noche de viernes. Lo que realmente quería era estar con Grace. No había vuelto a llamarla, a propósito, desde un poco antes de Navidad. Estaba cansado de ser él quien siempre tuviera que ponerse en contacto con ella. En aquella ocasión había decidido que tendría que llamarlo Grace.

Sin embargo, habían pasado diez días de enero, y cada uno de aquellos días le había parecido un año. Su determinación estaba empezando a debilitarse. Cliff le había dicho a Grace que él era un hombre paciente, pero en realidad, ser paciente no le gustaba nada.

Él creía en la importancia de la lealtad, una creencia que le había reforzado su propio divorcio, y no quería estar con una mujer que fuera capaz de darle la espalda con facilidad a un matrimonio de treinta y cinco años. Sin embargo, habían pasado nueve meses desde la desaparición de Dan, y por todo lo que él sabía, el ex marido de Grace había sido quien había decidido marcharse.

Todo parecía indicar que Dan Sherman estaba con otra mujer. La tarde que Grace había pasado en su rancho, le había explicado algunas cosas sobre aquellas primeras semanas después de que Dan desapareciera. Le contó que había averiguado que él había comprado un anillo en una joyería, y que lo había pagado con la tarjeta de crédito de una cuenta común. Su última nómina había servido para pagar aquella compra, según le había comunicado a Grace, por correo electrónico, el jefe de Dan.

Lo que más le dolía a Grace era el hecho de que aparte de la sencilla alianza de oro que él le había dado el día de su boda, Dan nunca le había comprado un anillo a ella. Parecía que sí se lo había comprado a otra mujer, sin embargo, y aquello le arañaba el corazón a Grace.

La última vez que Cliff la había visto había sido durante la semana anterior a Navidad. Y de nuevo, había sido por iniciativa suya. Después de la visita de Grace al rancho, le había escrito una breve nota de tres líneas para darle las gracias. Él había leído la carta una y otra vez, buscando algún mensaje secreto, algún ánimo.

Esperó justo hasta antes de Navidad y se dejó caer por la biblioteca con un regalo: una pluma. Ella se había mostrado sorprendida y muy agradecida, pero también azorada, porque no tenía ningún detalle para él.

Y Cliff se dio cuenta de que no podía permitírselo. La desaparición de su ex marido, evidentemente, le había creado dificultades financieras. Era fácil leer entre líneas durante sus conversaciones. Aquéllas serían unas Navidades difíciles para ella, y no sólo porque su divorcio se hubiera convertido en una realidad.

Cliff albergaba la esperanza de que lo invitara a la comida de Navidad, pero Grace iba a ir a casa de su hija menor aquel día. Él esperaba que quizá lo llamara en fin de año, para tomar una copa juntos; sin embargo, aquello tampoco había sucedido.

Cliff estaba empezando a dudar de sí mismo y de Grace. Cabía la posibilidad de que ella nunca se recuperara de la desaparición de Dan. Cliff temía que, aunque ellos dos comenzaran una relación, ella siempre estuviera mirando a su alrededor en busca de Dan. Quizá lo mejor que pudiera hacer era olvidar que la había conocido.

En aquel momento sonó el teléfono, sacándolo de su ensimismamiento. Descolgó el auricular y respondió:

—Harding.

—Hola, Cliff —dijo Grace—. Espero que no te importe que te llame de repente.

—Hola, Grace —respondió él en tono impaciente.

—Quería darte las gracias por la pluma que me regalaste. Me encanta cómo escribe —dijo ella. Después de un titubeo, continuó–. Eh... también llamaba por otra cosa. Cuando viniste a la biblioteca, me sugeriste que saliéramos una noche a cenar.

–¿De veras? –preguntó él despreocupadamente.

–Sí. Estaba pensando en que quizá pudiéramos salir... si aún estás interesado.

Por supuesto que estaba interesado, y le resultaba muy difícil fingir lo contrario.

–¿Cuándo?

–No... no sé. ¿Cuándo te viene bien a ti?

–Mmm. ¿Qué te parece mañana por la noche, a las siete?

Ella exhaló un suspiro de alivio.

–Perfecto.

Durante todo el sábado, Cliff estuvo nervioso. A las seis ya se había afeitado, duchado y arreglado; sin poder contenerse, llegó con media hora de antelación a recoger a Grace, preocupado por que aquello le diera un mensaje equivocado a Grace, pero se sorprendió agradablemente al comprobar que ella estaba tan nerviosa como él.

–He reservado una mesa en un restaurante italiano de Tacoma –le contó–. Es un lugar muy agradable que está al otro lado del puente.

Tacoma estaba separada de la península de Kitsap por el mar, y el puente unía las dos comunidades.

—Me encanta la comida italiana —respondió ella.

El trayecto en coche fue relajante. Conversaron un poco y mantuvieron un silencio agradable. La cena duró casi dos horas, entre los platos, el vino, el postre y el café. Cliff no tenía ganas de marcharse, pero el restaurante se estaba llenando y no estaba bien quedarse con la mesa durante toda la noche.

Cuando volvían a Cedar Cove, Cliff miró a Grace y vio que tenía la cabeza apoyada en el respaldo y los ojos cerrados.

—Parece que estás muy tranquila.

—Me siento muy bien —dijo ella—. Ha sido una noche estupenda. Me siento... libre. Pensaba que si salía a cenar contigo, tendría una fuerte culpabilidad.

—No tienes nada por lo que sentirte culpable... todavía.

—¿Todavía? —ella levantó la cabeza y lo miró.

—Voy a besarte, Grace —le dijo él con firmeza, sin apartar los ojos de la carretera—. Y cuando lo haga, vas a sentir el beso hasta los dedos de los pies.

—Ah...

—Será un beso que te va a dejar asombrada. Y más aún...

—Cliff, yo...

—¿Tienes algo que objetar? —le preguntó él con la voz ronca, temiéndose un rechazo.

—Sólo una —susurró Grace, y posó la mano sobre su rodilla.

—¿Cuál?

—Para el dichoso coche y hazlo.

Cliff estuvo más que dispuesto a obedecer.

Rosie y Zach estuvieron tensos el uno con el otro durante todas las fiestas navideñas, y las cosas no mejoraron con el nuevo año. Rosie intentó hacer algunos gestos conciliadores, pero Zach estaba cada vez más exigente e intolerante. Algunas veces, Rosie pensaba que él no quería una esposa, sino una sirvienta.

Aquel día, sin embargo, todas las discusiones comenzaron a cobrar sentido. Esa mañana, Zach había olvidado su maletín en casa. De camino a la reunión del comité de lectura de la iglesia, Rosie decidió llevárselo a la oficina.

Ver a Janice Lamond con Zach le había abierto los ojos. No era de extrañar que él estuviera insatisfecho con su vida familiar. Entre Zach y aquella mujer había algo. Quizá no tuvieran una aventura, ¿o sí?, pero había algo entre los dos.

Rosie estuvo dándole vueltas a aquel asunto durante toda la reunión. Se saltó su trabajo voluntario de aquella tarde y volvió a casa. Durante todo el día estuvo furiosa. Con una inusitada energía, limpió toda la casa, pasó la aspiradora y puso cinco lavadoras. Tenía un guiso en el horno cuando Zach llegó a casa.

Se apoyó en el quicio de la puerta de la cocina, con la mano apoyada en la cadera, y le lanzó una mirada fulminante cuando entró.

—¿Qué? —le preguntó él.

—Tenemos que hablar.

—¿Sobre qué? —preguntó él, aflojándose la corbata, con expresión de cansancio.

—Quiero preguntarte sobre Janice Lamond.

—¿Y por qué?

—He visto la manera en que tu ayudante te miraba. Y cómo tú la mirabas a ella.

Zach frunció el ceño.

—Estás imaginando cosas.

—No es verdad.

—Entre Janice y yo no hay nada.

—Muy bien. Entonces, deshazte de ella.

—¿Cómo? —gritó Zach.

—Si lo que estás diciendo es cierto, entonces no te importará contratar una nueva ayudante.

—No, no voy a hacer semejante cosa porque tú estés paranoica. Estás celosa…

—Tengo ojos en la cara, Zach. He visto cómo te miraba.

—Déjame en paz.

—No me extraña que yo no pueda hacer nada que te satisfaga. Llevas meses criticándome. No soy buena ama de casa, y lo que yo cocino no cumple tus expectativas. Así es como empezó todo, ¿no?

—Nunca me había dado cuenta de que tuvieras una imaginación tan activa —respondió él.

—Quiero que la eches.

—Ni lo pienses.

—¿Te niegas?

—¡Por supuesto que me niego! Lo primero, esto no es asunto tuyo. Lo segundo, Janice Lamond es una persona organizada y eficiente, y es un placer tenerla en la oficina. No voy a despedirla porque mi mujer esté celosa. En todo caso, tú podrías tomar clases de ella, para aprender a tener la casa limpia y ordenada.

Aquellas palabras fueron para Rosie como un puñetazo.

—Si así es como te sientes...

—Exactamente.

—Entonces, quizá sería buena idea que nos separáramos.

Zach la miró con perplejidad.

—¿Es eso lo que quieres, Rosie? Asegúrate de ello antes de dar un paso en falso.

—No voy a soportar que tengas una aventura —dijo ella.

—Por última vez, yo no tengo una aventura con nadie. El hecho de que lo insinúes es un insulto hacia Janice y hacia mí.

—Quizá aún no tengáis una relación física, pero sí emocional. ¿Es que piensas que no me he dado cuenta?

—No sé si eres capaz de reconocer la verdad.

En aquel momento, Allison apareció y se quedó inmóvil en la puerta de la cocina.

—¿Estáis discutiendo otra vez?

—No —respondió Rosie.

—Sí —dijo Zach, casi gritando de furia.

—No quiero discutir delante de los niños —dijo Rosie.

—Tú has comenzado esto, y vamos a terminar ahora mismo —contestó Zach.

—¿Mamá? ¿Papá? —Eddie apareció junto a su hermana.

Rosie se volvió hacia él y le dijo:

—La cena estará lista en diez minutos. Id a lavaros las manos.

Los dos niños obedecieron de mala gana.

—¿Es eso lo que quieres? —insistió Zach.

—¿Es lo que quieres tú? ¿Apartarte de tu familia por tu ayudante?

Él no hizo caso de aquel comentario.

—Puede que una separación no sea tan mala idea. No quiero que mis hijos se vean expuestos a tu paranoia.

Rosie intentó tragar, pero tenía un nudo en la garganta.

—Si quieres separarte, te sugiero que se lo consultes a un abogado —murmuró él.

—Lo haré —respondió ella.

Zach se dio la vuelta, tomó su maletín y se dirigió hacia la puerta del garaje.

—¿Adónde vas? —le preguntó ella.

—Si vamos a separarnos, necesito un apartamento —respondió.

Con aquello, se marchó.

Rosie se quedó clavada en el sitio, sin poder respirar, sin poder creer lo que le había sucedido a su matrimonio.

El viento soplaba con fuerza y estaba lloviendo. Bob y Peggy Beldon se estaban preparando para acostarse. Los meses de invierno eran muy tranquilos en su pequeño hotel. Hacía tres días que se había marchado su último huésped. Aquel negocio era un proyecto de su jubilación, pero en aquel momento, Bob no lamentaba la falta de clientes. Aquello les proporcionaba a Peggy y a él un descanso y la oportunidad de disfrutar de su casa y el uno del otro.

Bob apagó la televisión después de ver las noticias de las once. Las luces parpadearon a causa del viento y la tormenta.

—Va a ser una noche desapacible —dijo—. Será mejor que tengamos las linternas a mano.

Peggy asintió. Tomó las tazas de café y se las llevó a la cocina.

Bob estaba a punto de subir las escaleras hacia el dormitorio cuando vio un par de luces. Un coche se había detenido frente a su casa.

—No esperamos ningún huésped, ¿verdad?

—Hasta el fin de semana, no.

—Pues parece que viene alguien —dijo él.

Bob estaba a medio camino de la puerta cuando sonó el timbre. Él encendió la luz del porche y descorrió los cerrojos de la puerta. Al otro lado había un hombre que llevaba una gabardina y un sombrero, y una maleta pequeña en la mano. Tenía la cabeza agachada, y era imposible verle bien la cara.

—He visto la señal de hotel en la carretera. ¿Tienen alguna habitación disponible para pasar la noche? —preguntó el recién llegado. Tenía una voz ligeramente ronca y hablaba muy bajo.

—Sí —respondió Bob.

Observó al extraño durante unos segundos. Tendría unos cincuenta años, supuso, aunque era difícil de discernir. Aquel hombre mantuvo los hombros echados hacia delante mientras entraba en la casa. Y, sin embargo, a Bob le resultaba familiar.

Peggy, siempre hospitalaria y amable, guió al

huésped hacia la cocina, donde guardaban los impresos de registro del hotel. El hombre miró la hoja de papel que le tendía Peggy.

—Pagaré ahora mismo —dijo el hombre, sacándose dinero del bolsillo.

—Necesitamos que rellene el impreso de información —dijo Bob. Aquel tipo le provocaba una sensación extraña, aunque no sabía por qué.

—Me llamo Bob Beldon. ¿Nos conocemos de algo?

El extraño no respondió.

—Cariño, no retrases a nuestro huésped con preguntas —le susurró Peggy.

Con irritación, Bob frunció el ceño. No podía evitar preguntarse por qué aquel extraño había elegido un hotel que estaba relativamente aislado, cuando había moteles más a mano justo a la salida de la carretera.

—¿Le gustaría tomar algo caliente? —le preguntó Peggy.

—No, gracias.

Su respuesta fue ronca, poco amistosa.

—¿Qué le trae por aquí en una noche como ésta? —le preguntó Bob—. No estamos precisamente en un camino muy concurrido.

—Aunque en este momento, eso no es importante —dijo Peggy, mirando a Bob fijamente. Él se dio cuenta de que ella se sentía molesta por su actitud, pero se sentía inquieto.

El huésped no respondió a su pregunta.

—Si me muestran mi habitación, se lo agradecería.

—Por supuesto. Puede elegir. Tenemos la habitación Goldfinch y...

—La primera estará bien —dijo él. Parecía que estaba impaciente por volver a sus asuntos, fueran cuales fueran—. Le daré el impreso relleno mañana por la mañana.

El huésped abrió la puerta y entró. Después, dándoles la espalda, dijo:

—Espero que no les importe que me acueste. He tenido un día muy largo.

Bob estaba a punto de decirle que completara el impreso en aquel momento, pero Peggy lo cortó.

—El desayuno se sirve entre las ocho y las diez. Que duerma bien.

—Gracias.

Cerró la puerta con fuerza, y ellos oyeron que cerraba con el pestillo.

Bob esperó a que ambos estuvieran en el piso de arriba para hablar.

—No me gusta ese tipo.

—No seas tonto —dijo Peggy—. Es un cliente como otro cualquiera. No tiene por qué caerte bien. Yo digo que se habrá ido mañana temprano y ya está.

—Quizá —murmuró Bob. Sin embargo, tenía la impresión de que las cosas no iban a ser así.

—¿Vienes a la cama? —le preguntó su mujer al cabo de unos instantes, mientras se tapaba con el edredón.

Bob asintió y se acostó junto a ella.

A la mañana siguiente, a Bob lo despertaron los rayos de sol que entraban por la ventana. Se sobresaltó al ver la luz de fuera. Peggy ya estaba en el piso de abajo. La oía cantar con la radio mientras hacía las magdalenas del desayuno. El aroma del café recién hecho llegaba a la habitación por las escaleras.

Bob se pasó la mano por la cara para librarse de los restos de una pesadilla familiar. Por mucho que lo intentara, no recordaba de qué trataba aquel sueño recurrente.

Normalmente, él se levantaba antes que Peggy y hacía el café. Se sintió culpable por haber dormido hasta tan tarde. Se vistió rápidamente y se acercó a la ventana. El coche blanco de su huésped continuaba aparcado abajo, así que aquel extraño no se había marchado todavía. Bob volvió a pensar en lo familiar que le resultaba aquel hombre.

Peggy sonrió cuando lo vio aparecer en la cocina.

—Buenos días, cariño. Hace años que no dormías tanto.

—Lo sé. No entiendo por qué.

Su mujer titubeó.

—Has tenido otra de tus pesadillas.

—No recuerdo...

—¿Estás bien?

—Sí.

Asintió, y abrazó a su mujer. Después se sirvió una taza de café. Tomó su libro de Alcohólicos Anónimos, se fue a la galería y se sentó en su butaca a leer. Llevaba veinte años sin probar una gota de alcohol, pero aún se esforzaba día a día por mantener el control. Él era un alcohólico que sólo estaba a una copa de la ruina, y no permitía que pasara un solo día sin recordárselo. Veinte minutos después, Peggy sacó las magdalenas del horno.

Cuando desayunaron, se dieron cuenta de que eran casi las diez y de que no habían visto a su huésped, aunque su coche continuaba allí.

—Le dije que el desayuno se servía entre las ocho y las diez, ¿verdad? —le preguntó Peggy a Bob.

—Sí. Quizá sólo esté durmiendo. Dijo que había tenido un día duro.

—Son más de las once —dijo Peggy un poco más tarde.

—Es un tipo muy raro —comentó Bob, que no iba a cambiar de opinión al respecto.

Media hora después, Peggy estaba preocupada.

—Quizá debamos ir a comprobar que está bien.

—Está bien —dijo Bob.

Se acercaron a la puerta de la habitación y él llamó sonoramente.

—¿Está despierto? —preguntó.

—No tienes por qué gritar —le susurró Peggy—. Tengo la llave —le dijo más tarde a su marido, al no obtener respuesta.

—Está bien.

—¿Quieres que llame a Troy Davis? —preguntó ella.

—Todavía no.

—Pero quizá haya pasado algo.

—No saques conclusiones, Peg —dijo él.

Peggy le entregó la llave y Bob la metió, de mala gana, en la cerradura. Lentamente, abrió la puerta. Su huésped estaba tendido en mitad de la cama. Su abrigo estaba colgado en el armario, y el sombrero colocado en la balda que había sobre el perchero.

La maleta estaba abierta, pero el contenido estaba intacto.

—Puede que esté enfermo —dijo Peggy, colgándose del brazo de Bob.

Bob lo dudaba. Reconocía aquel olor, y el vello se le puso de punta al recordar sus vivencias de guerra en la jungla, casi cuarenta años antes. El olor de la muerte era algo que un hombre no olvidaba con facilidad.

Fuera cual fuera el propósito de aquel extraño en Cedar Cove, seguiría siendo un misterio.

—¿Está muerto? —preguntó Peggy.

—Lo mejor será que llamemos a Troy —dijo él, a modo de respuesta.

Quince minutos más tarde, el jardín estaba lleno de vehículos de emergencia. Bob respondió pregunta tras pregunta, pero no pudo darles mucha información a Troy ni a Joe Mitchell, el forense.

—Le harán la autopsia —dijo Troy.

—¿Os lo vais a llevar pronto de aquí? —preguntó Peggy. Bob se dio cuenta de que su mujer estaba asustada. Y él también, en realidad.

—¿Tenéis alguna idea de lo que puede haber muerto? —les preguntó Bob.

—Aún no —dijo Joe—. En su carné de conducir

dice que se llama Whitcomb. James Whitcomb, y que es de Florida. ¿Os dice algo?

—No —respondió Bob con seguridad, pese a que la noche anterior aquel hombre le había resultado vagamente familiar—. Nunca había visto a este hombre en mi vida.

Joe tenía el ceño fruncido.

—Tiene varias operaciones de cirugía estética.

Bob no supo qué pensar de aquella información.

—Hay algo muy raro en todo esto —dijo Joe, siguiendo al cuerpo mientras lo sacaban en camilla de la habitación y lo transportaban por el pasillo.

La popularidad de Maryellen en el centro de estética había decaído bastante desde la fiesta de Halloween. Rachel, su manicura, había conocido a uno de los novios que Terri había descartado, uno cuya afición era arreglar coches. Y las cosas habían sido prometedoras durante un tiempo.

Durante todo noviembre y diciembre, Rachel había alabado a Larry por todo lo que estaba haciendo con su coche, que necesitaba algunas reparaciones que ella no podía pagar.

Primero, él había reemplazado los frenos, que fallaban, por mucho menos de lo que a Rachel le hubieran cobrado en un taller. Después había arreglado las luces interiores. Incluso le había arreglado la radio. Rachel estaba muy agradecida, y quería convencerse de que se estaba enamorando locamente. ¿Cómo no iba a querer a un hombre que le había ahorrado doscientos dólares?

Entonces, la transmisión del coche se rompió. Era una reparación seria, pero el héroe de Rachel tenía la confianza de que podría llevarla a cabo. Lo único que ella tenía que hacer era comprar una transmisión nueva. Por desgracia, Larry había sobreestimado sus habilidades.

No sólo había hecho mal la reparación, sino que además, Rachel había tenido que llevar el coche a un taller y pagar las piezas por segunda vez, además del arreglo. Y para rematar, Larry le había pasado a Rachel una factura por todo su trabajo y por las piezas que él había utilizado en el coche. Evidentemente, su relación había empeorado sin remedio.

La experiencia de Jane no había sido mucho mejor. Ella estaba buscando un hombre que tuviera sentido común con el dinero. Jeannie había estado saliendo con un tipo rico una vez; era una persona agradable, aunque aburrida, que trabajaba como asesor fiscal. Jeannie se lo había presentado a su amiga durante la fiesta, y al instante, Geoff y Jane habían hecho buenas migas.

Jane insistía una y otra vez en que Geoff no era tan aburrido como aseguraba Jeannie. Entonces, él le había dado información sobre inversiones en bolsa, una información que era casi confidencial. Por supuesto, Jane había invertido todos sus ahorros, y al día siguiente, las acciones habían bajado un ocho por ciento.

—Lo que he sacado en claro de todo esto —dijo Rachel, mientras terminaba de limarle las uñas a Maryellen—, es que si una deja a un hombre, es por una buena razón.

—Y que lo digas —coreó Jane.

—¿Y el tipo al que conociste tú? —le preguntó Jeannie a Maryellen.

Ella fingió que se sorprendía, que no entendía la pregunta.

—Yo no conocí a nadie.

—El hombre al que llevaste a la fiesta se pegó a ti como una lapa —dijo Terri desde el otro extremo del local, donde estaba trabajando con una mujer mayor—. A mí me gustó mucho, pero no quiso tener nada que ver conmigo.

—Son imaginaciones tuyas —dijo Maryellen.

La última persona de la que quería hablar con sus amigas era de Jon Bowman.

—De eso nada —dijo Terri. Después se puso en pie y se detuvo frente a un mostrador lleno de frascos de lacas de uñas de todos los colores—. ¿Qué le parece *Más que una camarera*? —le preguntó a su clienta.

—¿Estás saliendo con él? —le preguntó Rachel a Maryellen—. Quizá tú no te dieras cuenta de que ese tipo estaba por ti, pero todas las demás sí lo notamos.

—No lo he visto desde antes de Navidad, pero si vuelvo a verlo, ¿quieres que le dé tu número de teléfono?

Aquélla fue la única manera que se le ocurrió de convencer a Rachel de que ella no tenía ningún interés en salir con Jon.

—De ninguna manera. Ya he salido con tipos que estaban colgados por otra. Y es un horror —respondió la esteticista.

Después, terminó de pintarla, puso en marcha el temporizador y colocó la luz sobre las perfectas uñas rosas de Maryellen.

Cuando estuvieron secas, Maryellen salió del local apresuradamente. Había quedado con su madre para comer en el Palacio de las Crepes. Todo su programa de aquel día iba retrasado porque había recibido una visita inesperada de los dueños de la galería. Por suerte, Rachel había podido darle una cita a última hora de la mañana.

Temiendo las preguntas que pudieran hacerle, Maryellen llevaba varios días evitando a su familia. Kelly, que estaba muy ocupada con Tyler, había aceptado sus excusas, pero Grace no. Sin poder evitarlo, Maryellen tuvo que quedar con su madre para comer.

Grace ya había llegado y estaba sentada en una mesa cuando Maryellen entró en el establecimiento. Ella ocupó el asiento que había frente a su madre y tomó la carta.

—¿Cómo estás? —le preguntó inmediatamente Grace.

—Muy bien —mintió Maryellen. No había habido ninguna mañana durante aquel último mes en que no hubiera vomitado.

—¿Muy bien? ¡Ja! No me lo creo.

—Mamá —dijo Maryellen, haciendo un esfuerzo por ser cordial—. No. Por favor, no.

—¿No qué?

—Por favor, mamá, esta vez no me acribilles a preguntas que no quiero responder.

Grace la miró fijamente, con pocas ganas de cumplir la petición de su hija.

—Está bien —dijo por fin—. Hay otras muchas cosas de las que hablar.

—¿Como por ejemplo?

—Bueno, para empezar, el sábado pasado salí a cenar con Cliff Harding.

Vaya, aquélla sí que era una buena noticia.

—¿Te llamó Cliff?

Grace se ruborizó y clavó la mirada en la carta.

—No. Yo lo llamé —dijo, como si hubiera roto la etiqueta.

—Mamá, ¡eso es estupendo!

—Nunca había llamado a un hombre.

—¿Y qué te impulsó a hacerlo?

—Olivia —respondió su madre sin ambages—, y dos copas de vino. Me convenció de que Cliff perdería el interés, y yo... he estado tan sola y tan triste...

Maryellen arqueó una ceja.

—El vino puede hacer perder las inhibiciones —dijo. Ella lo sabía muy bien.

—Olivia y yo estábamos celebrando que Justine y Seth van a tener un hijo. ¿Y sabías que han comprado un restaurante? Es todo muy emocionante para ellos.

—Sí, me había enterado de lo de El Galeón del Capitán. Estoy segura de que les irá muy bien y...

Una camarera adolescente se acercó a tomarles nota. Cuando se alejó, Maryellen le preguntó a su madre:

—No les habrás dicho nada de mí, ¿verdad?

—No —respondió Grace—, pero tuve la tentación de hacerlo.

—Nadie debe saberlo, mamá.

—Pero por qué...

—Tengo mis razones.

—Quiero hablar de ello, Maryellen, pero siempre que lo intento, te pones a la defensiva. Soy tu madre. ¿Es que crees que no me doy cuenta de que me estás evitando? Quiero saber por qué.

—Ojalá nunca te lo hubiera contado. Sabía que lo lamentaría.

—Es algo más que el embarazo —le susurró Grace—. Es lo que me dijiste durante la comida del otro día.

—Mamá, no —dijo ella—. Por favor, no. No puedo hablar de eso.

—Me dijiste que habías estado embarazada hace quince años. ¿Fue antes de que te casaras o...

Maryellen sacudió la cabeza. Se negaba a hablar de uno de los sucesos más dolorosos de su vida.

—Cuéntame qué tal fue tu cita.

Grace la miró fijamente, con tristeza.

—¿Me lo contarás algún día?

—Quizá —respondió ella—. Pero ahora, háblame de tu cena con Cliff.

—Cenamos en un estupendo restaurante italiano de Tacoma.

—Alejados de ojos curiosos —dijo Maryellen, y asintió—. Eso fue todo un detalle. ¿Te besó?

El color rojo que tiñó las mejillas de su madre fue suficiente respuesta.

—Sí —dijo Grace, y examinó atentamente su tenedor.

—Mamá, te has puesto colorada.

—El único hombre que me ha besado durante los últimos treinta y siete años fue tu padre. Hasta el sábado, claro.

—¿Y cómo fue?

—El beso fue agradable. Muy agradable.

—¿Vas a verlo otra vez?

—Eres tan mala como Olivia.

—Bueno, ¿vas a verlo?

—Probablemente, aunque él no me lo pidió.

La camarera llegó con dos ensaladas.

—¿Desean pedir algo más? —preguntó, y les puso la cuenta en la mesa antes de que pudieran responder.

—Supongo que no —murmuró Maryellen, mirando cómo se alejaba la chica.

—Me temo que Olivia y tú estáis dándole a esa cita con Cliff más importancia de la que tiene. Fue sólo una cena, y no hemos quedado otra vez.

—Pero si te lo pidiera, saldrías con él nuevamente.

—Sí. Oh, no lo sé. Salir con alguien me asusta. Parece que todo el mundo piensa que es lo correcto, pero, si eso es cierto... ¿por qué me siento tan culpable?

—No deberías. Estás divorciada.

Grace suspiró.

—Tanto Olivia como tú me habéis animado para que saliera con Cliff, pero no estoy segura de que deba hacerlo...

—¿Por qué no?

—Oh, cariño, ¿no lo sabes? —en el semblante de su madre se reflejó la ansiedad—. Necesito saber lo que le ocurrió a tu padre. Tengo un nudo en el estómago desde que desapareció. Después de salir a cenar con Cliff, me sentía bien... como liberada. Pero no duró. Aquella noche apenas pude pegar ojo.

—Mamá, estás divorciada. Eres libre.

—Quizá lo sea legalmente, pero yo siento que

aún le pertenezco a tu padre. No sé si eso cambiará cuando averigüe dónde está y por qué se marchó.

—Mamá —dijo Maryellen, tomándole la mano a su madre—. Quizá nunca lo sepamos.

—Lo sé, pero eso no va a hacer que cambie cómo me siento.

Finalmente, Olivia consiguió convencer a Charlotte para que acudiera a ver al doctor Fred, el que había sido su médico durante los últimos veinte años. Charlotte tenía completa fe en él, y le describió los síntomas que tenía con claridad: falta de apetito y de energía, cansancio y un molesto problema con los intestinos. Cuanto más hablaba, más alarmada se sentía. Quizá debiera haber ido a la consulta semanas antes.

Después de examinarla, el médico le pidió a su enfermera que le hiciera un análisis de sangre, y le dijo a Charlotte que la llamaría en cuanto tuvieran los resultados.

Así fue. A principios de la semana siguiente, la enfermera del doctor Fred citó a Charlotte en su consulta. El doctor pidió que se hiciera varias pruebas. Una de ella era una colonoscopia que solicitó en el Hospital Harrison, en Bremerton. Para no alarmar a Olivia, Charlotte le pidió a su amiga Laura que la acompañara.

Aunque la anestesiaron, Charlotte estuvo consciente durante la mayor parte del procedimiento. Oyó a los sanitarios cuchichear a su lado. Llamaron a otro médico y le señalaron una zona del monitor. Ella no estaba segura de lo que significaba todo aquello, y esperó con ansiedad el diagnóstico.

Cuando el doctor Fred se unió a sus colegas, tenía una expresión seria y sombría. Y cuando habló con Charlotte, ella sólo oyó una palabra, que hizo que su mundo entero se tambaleara.

Laura volvió a llevarla a casa y entró con ella.

—¿Quieres que llame a Olivia? —le preguntó.

Charlotte negó con la cabeza.

—No. No quiero asustarla. Está muy ocupada.

—Tiene que saberlo.

—Se lo diré pronto —prometió Charlotte.

Laura estuvo con ella unos instantes más, pero después se dio cuenta de que Charlotte quería estar sola. Le dio un abrazo y se marchó.

Sentada en su butaca, con el gato en el regazo, Charlotte pensó en las opciones que tenía. No había esperado vivir eternamente, pero tenía la sensación de que le quedaba mucha vida por delante todavía.

Cuando, por fin, estuvo lista para hablar, no

llamó a Olivia, sino a su hijo mayor, Will, que vivía en Atlanta.

—¡Mamá! —exclamó Will que, claramente, se sorprendió de oírla—. ¿Cómo estás?

—Bien —mintió ella—. Me imagino que te estás preguntando por qué te llamo a mitad del día al trabajo, cuando la tarifa es más alta.

—Eso se me ha pasado por la cabeza —le dijo Will.

Cómo se parecía su voz a la de su marido, Clyde. Qué orgullosa estaba Charlotte de Olivia y de él. De repente, Charlotte se echó a temblar.

—Mamá, ¿qué pasa? —le preguntó Will.

—La semana pasada fui a ver al doctor Fred.

Hubo una pausa.

—Cuando hablé con Olivia, me contó que últimamente has estado cansada.

—Sí.

—¿Qué te dijo el médico?

—Bueno, no mucho. Quería que me hiciera unas cuantas pruebas.

—¿Y te las hiciste?

—Oh, sí, él fue muy insistente. La más complicada me la han hecho esta mañana en el Hospital Harrison.

—¿Fue Olivia contigo?

—Oh, no, no podía molestarla un jueves, y menos

a finales de mes. Ya sabes lo apretado que es el horario del juzgado.

—En otras palabras, Olivia no sabe nada de esto.
—Todavía no.
—¿Te han dado los resultados? ¿Qué ha dicho el médico?

Ella titubeó. De repente, tenía los ojos llenos de lágrimas.

—Will, sé que sería mucha molestia para Georgia y para ti, pero me preguntaba si te importaría venir a Cedar Cove en unos días.

—Mamá, ¿qué te ha dicho el doctor Fred?

Charlotte se mordió el labio inferior.

—Me temo que tengo cáncer.

12

Zach no quería aquella separación, pero Rosie no le había dejado otro remedio. Él se había quedado estupefacto y dolido cuando ella le había presentado los papeles del divorcio. En resumen, Zach tenía veinticuatro horas para salir de casa de su familia. Nunca hubiera esperado que ella lo echara de aquella manera de su propio hogar.

Como era evidente que estaba decidida a seguir adelante con el divorcio, Zach esperaba que al menos pudieran llevarlo a cabo de un modo civilizado. No hubo nada que él pudiera decir que convenciera a Rosie de que no tenía ninguna aventura con Janice. Zach había dejado de intentar razonar con ella. Si su esposa tenía tan poca fe en él, quizá estuviera mejor sin ella.

Encontrar un apartamento cerca de la casa había sido difícil. Por suerte, Janice le había ayudado a buscar. De lo contrario, no sabía qué habría podido hacer. Rosie sabía mejor que nadie cuál era su programa de trabajo. Zach había tenido la esperanza de que, con el pago de los impuestos trimestrales a la vuelta de la esquina y los balances de final de año, su esposa comprendiera que su tiempo era limitado. Sin embargo, se equivocaba. A Rosie no le importaba.

Zach estaba intentando mantener una actitud positiva por sus hijos. Su relación con Allison y Eddie era lo más importante para él. Tenía intención de seguir formando parte de sus vidas, fueran cuales fueran los términos del divorcio.

—¿Tienes que marcharte obligatoriamente? —le preguntó Eddie.

Su hijo estaba sentado a los pies de la cama mientras él metía en la maleta la mitad del contenido de su armario.

—Por el momento, es lo mejor. Quiero que Allison y tú vengáis a mi apartamento conmigo, ¿de acuerdo?

—¿A quedarnos?

Aquello era muy difícil.

—Tu madre y yo tenemos que arreglar eso. Por ahora quiero que veáis dónde vivo.

—De acuerdo. ¿Puedo ir siempre que quiera?

—¡Por supuesto! Mi apartamento también es tu casa.

Eddie se tumbó en el colchón y apoyó la cara en las manos.

—¿Todavía quieres a mamá?

—Claro que sí. Algunas veces, dos personas que se quieren ya no pueden ponerse de acuerdo en algunas cosas. Cuando eso sucede, es mejor que vivan separadas.

Eddie bajó la cabeza.

—Mamá ha dicho lo mismo.

Era curioso que pudieran coincidir en la parte lógica del divorcio, pero que no pudieran hacerlo en su matrimonio.

—Allison dice que este divorcio es una mentira. ¿Vas a hablar con mamá?

«No, si puedo evitarlo», pensó Zach, pero no le dijo nada a su hijo.

—¿Vas a ayudarme a cargar el coche? —le preguntó.

—De acuerdo —respondió Eddie con una acusada falta de entusiasmo.

Entre los dos, colocaron las maletas y los trajes enfundados en el maletero del coche. Después, volvieron a la cocina, y Zach le preguntó a Allison:

—¿Quieres venir a ver mi apartamento?

Su hija se quitó los auriculares de los oídos y apagó el reproductor de CD portátil. Lo miró fijamente y murmuró:

—¿De verdad vas a marcharte, papá?

—Eso me temo, cariño.

—Pero prometiste que siempre querrías a mamá.

—Lo sé. Esto es muy difícil, hija, pero te habrás dado cuenta de que tu madre y yo no dejamos de discutir. Eso no es bueno. Vamos a divorciarnos por vosotros, hijos, para salvaros de...

—¿Estáis haciendo esto por Eddie y por mí? No lo creo, papá. A mí me parece que lo estáis haciendo por vosotros. Eddie y yo estamos en medio, y lo odio. Lo odio, lo odio —gritó.

Antes de que Zach pudiera responder, Allison volvió a ponerse los auriculares y bloqueó la conversación.

Zach vio que su hija tenía los ojos llenos de lágrimas, y se le hizo un nudo en la garganta. Quería decirle que las dificultades que había entre Rosie y él no tenían nada que ver con Eddie ni con ella. Aquello no era culpa suya.

—¿Vas a venir a ver mi nuevo apartamento? —le preguntó a Eddie.

—Bueno.

—Allí tendréis vuestra propia habitación, ¿sabes?
—No quiero dormir con Allison.
—Podrás dormir en mi cama, si quieres.
—¿De verdad?
—Claro.

Con aquello, Eddie quedó conforme por el momento.

Su pequeño apartamento de dos habitaciones estaba a menos de cuatro kilómetros de Pelican Court. No era grande, pero Zach no podía permitirse el lujo de mantener dos casas del tamaño de aquélla en la que había vivido con su familia. Había elegido aquel barrio por que estaba cerca del colegio de los niños. Otto Benson, su abogado, estaba redactando un plan de custodia con el abogado de Rosie.

Cuando llegaron al apartamento, Zach abrió la puerta y Eddie entró en el salón.

—¿Dónde está la televisión? —preguntó con el ceño fruncido.

—Voy a traer la que tu madre y yo teníamos en el dormitorio —dijo Zach—. Ve a ver el dormitorio —le sugirió a su hijo mientras él llevaba la ropa a la más grande de las habitaciones.

—Hola.

Alguien había llamado suavemente a la puerta, y Zach reconoció al instante aquella voz.

—Janice —dijo Zach. No esperaba la visita de su ayudante, y menos durante el fin de semana—. Hola.

Janice entró con timidez en el apartamento, acompañada de un niño de edad parecida a la de Eddie.

—Éste es mi hijo, Chris —dijo con el brazo sobre los hombros del niño.

—Éste es Eddie.

—Hola —dijo Eddie.

—He pensado en pasar por aquí para preguntar si necesitaba algo —dijo Janice—. Sé que una mudanza representa mucho trabajo, y quería saber si puedo ayudarle en algo.

Ella siempre era útil, y Zach apreciaba sus esfuerzos más que nunca en aquel momento. Janice depositó un paquete en la encimera de la cocina.

—Eddie, ¿por qué no le enseñas a Chris el apartamento? —sugirió Zach.

Casi al instante, ambos niños desaparecieron en uno de los dormitorios.

—Le he traído un regalo para la casa —dijo Janice, y desenvolvió el paquete. Contenía una cafetera y un paquete de café de gourmet.

—No era necesario —dijo Zach, que permaneció al otro lado de la cocina, sintiéndose un poco incómodo por su generosidad.

—Lo sé, pero sabía que iba a mudarse hoy, y por propia experiencia, sé también que esto es muy difícil. Espero que la transición sea lo más fácil posible para su mujer y para usted.

—Gracias —dijo Zach.

Él prefería mantener su vida profesional y su vida personal separadas, pero no sabía qué habría hecho sin la ayuda de Janice durante aquella crisis.

Una hora después, cuando volvió a casa con Eddie, lo primero que vio fue que el coche de Rosie estaba en el garaje. Eddie se puso contento cuando lo vio. Abrió la puerta del coche y salió corriendo hacia la casa. Zach lo siguió con menos alegría. Esperaba haberse llevado todas sus cosas antes de que volviera Rosie. Aún le quedaban libros y discos...

—Hola —dijo Rosie, con una expresión tensa, aunque no desagradable—. Ya veo que estás haciendo la mudanza.

Zach asintió.

—He hecho un amigo nuevo —dijo Eddie, abrazando a su madre por la cintura.

—Eso está muy bien. Así tendrás amigos aquí y también en casa de tu padre.

—Chris no vive en el edificio de papá. Su madre es la ayudante de papá, y vinieron con un regalo para la casa.

Como era de esperar, su mujer lo miró con ira.

–Claro –murmuró entre dientes. Después salió de la cocina.

Zach se sintió derrotado. Aquello era algo que Rosie intentaría utilizar contra él en el juicio. El inocente detalle de amistad y apoyo de Janice sería convertido en una prueba.

Cliff Harding tenía un buen presentimiento con respecto a su cita de aquel sábado por la tarde con Grace. Habían pasado tres semanas desde que habían cenado juntos; durante aquel tiempo habían hablado algunas veces por teléfono.

Cliff se daba cuenta de que ella aún tenía algunas reticencias en cuanto a su relación. Durante aquellas tres semanas había ocurrido algo. Él no sabía qué podía ser, pero cuando hablaban, Grace estaba insegura e inquieta. Él le había preguntado cuál era el motivo, pero Grace le había dado alguna excusa y rápidamente había terminado la conversación.

En condiciones normales, él le hubiera preguntado a Charlotte, que era su mejor fuente de información en lo referente a Grace, pero su amiga ya tenía suficiente. Pronto se sometería a una operación, seguida por sesiones de quimioterapia, y aquello era muy duro para una persona, tanto física como emocionalmente. Él había visto cómo su propio padre se consumía debido al cáncer de pulmón. Claro que, en aquellos días, no existían tratamientos tan efectivos contra la enfermedad como en la actualidad, pero aun así…

Así que no podía preguntarle a Charlotte nada de lo que estaba ocurriendo con Grace. Ella ya tenía sus problemas.

Cliff, sin embargo, estaba convencido de que tenía algo que ver con Dan. Grace quería las respuestas sobre lo que había ocurrido con su marido, y no se había dado cuenta todavía de que la paz tenía que originarse dentro de uno mismo.

Pese a todo, Cliff estaba animado por el hecho de que ella lo hubiera invitado a cenar. Aquel sábado borrascoso y de viento del primer fin de semana de febrero, se acercó al pueblo. El cielo gris plomizo amenazaba lluvia.

Buttercup lo recibió con un ladrido de alegría, y después de llamar a la puerta, Cliff se inclinó para acariciar a la perra.

–Hola, Cliff –dijo Grace cuando abrió. Su tono de voz era algo tirante, reservado–. Típico día de febrero, ¿verdad?

Él asintió, pensando en que ella estaba estupenda con aquel jersey de cuello alto rojo que se había puesto, junto a los pantalones vaqueros ajustados. El aroma del chili que provenía de la cocina era delicioso, y él lo inhaló con un murmullo de apreciación.

—Huele muy bien.

—Es mi chili —dijo ella, sin mirarlo a los ojos—. ¿Quieres sentarte? —le preguntó, después de conducirlo hasta el salón.

—Claro.

Ella esperó hasta que él se hubo acomodado en el sofá, y después se sentó frente a él.

—He estado descortés últimamente, y he pensado que debería explicarte lo que estaba pasando.

—Por favor.

Grace lo miró con timidez.

—¿Lo has notado demasiado?

Él se limitó a encogerse de hombros, sonriendo un poco.

—No quería ser descortés, pero... cada vez que empiezo a pensar que salir contigo es lo mejor que puedo hacer, ocurre algo que hace que me lo cuestione —le explicó ella, mirándose las manos.

—¿Qué, por ejemplo?

—¿Te acuerdas cuando viniste aquel sábado en otoño, y me arreglaste la puerta del garaje? Yo te lo agradecí en más de un sentido. Por primera vez desde que Dan se fue, yo sentí que podía continuar viviendo por mí misma. Que podía superar lo de mi matrimonio.

Cliff también se había sentido animado aquel día. Había tenido la esperanza de que aquélla fuera la primera de muchas visitas...

—Sin embargo, el día de Acción de Gracias fue difícil. Maryellen y yo estuvimos solas, y la ausencia de Dan era algo abrumador. Además, tuve noticias de Dan.

—¿Hablaste con Dan?

—No, pero él llamó por teléfono. No dijo nada. Sólo... me hizo saber que estaba ahí.

—¿Cómo puedes estar tan segura de que era él?

—No puedo demostrarlo. Lo sé por instinto. Aunque no dijera nada, sé que era él.

Ya era lo suficientemente malo que Cliff tuviera que enfrentarse a un ex marido que se había esfumado sin dejar rastro, pero además, también tenía que enfrentarse a un fantasma.

—Después, tú y yo fuimos a cenar a Tacoma un día, y yo me sentía muy bien contigo. Realmente creí que podríamos tener una relación.

—Y yo también —insistió Cliff—. Estamos bien juntos.

—Yo pensé... oh, Cliff, aquella noche fue mágica. Disfruté mucho.

—¿De los besos también?

—De eso sobre todo —susurró ella.

Cliff había reaccionado igual. Cuando la había dejado en casa, se sentía exultante, lleno de impaciencia, deseando verla de nuevo. Después, sólo hubo silencio, seguido de varias excusas peregrinas. Él no sabía qué pensar.

—Hace poco más de una semana, ocurrió algo más. Este asunto de Dan no se termina.

—¿Te llamó otra vez?

—No. En esta ocasión me llamó Joe Mitchell, el forense. Hace poco murió un hombre en un hotel del pueblo.

Cliff recordaba haber leído la noticia en el periódico. Era una historia muy extraña, y parecía que aún no habían identificado a aquel hombre.

—Llevaba un carné de identidad falso, ¿no?

—Sí. Además, Joe me dijo que el hombre se había hecho varias operaciones de cirugía estética.

—¿Había alterado su aspecto?

Grace asintió.

—Joe se dio cuenta de que tenía más o menos la misma edad que Dan, y una complexión similar.

Tuvo una corazonada, y se puso en contacto conmigo.

—¿El forense pensó que se trataba de Dan?

Grace cerró los ojos brevemente y Cliff se dio cuenta de lo traumatizada y disgustada que debió de sentirse al recibir aquella noticia.

—Joe pensó que yo podría identificarlo —continuó ella, y se estremeció—. Tener que ir a la morgue fue horrible. Horrible...

Cliff se sentó más cerca del borde del sofá.

—Pero no era Dan, ¿verdad?

Grace bajó la mirada y negó con la cabeza.

—No. Que Dios me perdone, pero ojalá hubiera sido él. No es que le desee la muerte, pero necesito saber la verdad. Necesito saber por qué se marchó y si tiene intención de volver.

Grace estaba apretando tanto los puños que tenía los nudillos blancos. A Cliff le resultaba difícil permanecer donde estaba. Sentía una necesidad cada vez más fuerte de abrazarla.

—Primero las llamadas de Acción de Gracias y ahora esto.

—¿Llamadas? ¿Hubo más de una llamada?

—En realidad fueron tres, y cada vez que respondí, sólo oía ruido. Tuve una sensación muy extraña, y supe que era Dan. Tenía que ser él. ¿Quién iba a telefonear tres veces y no responder en ninguna de las ocasiones?

—Espera un momento —dijo Cliff, haciendo un gesto con la mano—. ¿Quién? Yo mismo.

—¿Qué?

Cliff carraspeó.

—Era yo.

—¿Telefoneaste y no dijiste nada?

—¿Te acuerdas de la tormenta de la que te hablé? Intenté llamarte varias veces, y conseguí línea tres veces, pero sólo oía ruidos.

—¿Eras tú? —preguntó Grace, y se tapó la boca con la mano—. Pero yo pensaba… yo creía que era Dan.

Entonces se le llenaron los ojos de lágrimas, y Cliff ya no pudo resistirse a abrazarla.

—Lo siento —le dijo—. Si lo hubiera sabido te lo hubiera contado antes, pero no até cabos.

—Tenía la certeza de que Dan me estaba llamando, como si quisiera decirme que lo sentía mucho. El año pasado tuvimos un día de Acción de Gracias maravilloso, y este año… este año sólo estuvimos Maryellen y yo y…

Cliff la abrazó y apoyó suavemente la barbilla en su cabeza. Ella tuvo una sensación cálida de consuelo y seguridad entre sus brazos. Sin embargo, en aquel momento la puerta se abrió de repente. Grace se apartó repentinamente de él, con un jadeo.

—Kelly...

Su hija menor estaba en el salón, con Tyler en un cochecito, observando la escena con los ojos muy abiertos y una expresión de cólera.

—¿Qué está haciendo él aquí? —preguntó.

—Kelly, te presento a Cliff Harding, el hombre con el que salgo. Ya te he hablado de él —dijo Grace, recuperándose rápidamente.

Después se acercó a su hija y se inclinó para hacerle carantoñas a su nieto, que estaba profundamente dormido.

—Tu madre me ha invitado a cenar —añadió Cliff, que sentía la necesidad de aclarar que él no había ido allí sin una buena razón.

Kelly no se apaciguó. Siguió mirándolos a los dos con dureza.

—Por favor, cariño, siéntate —le dijo Grace a Kelly. Aunque su hija estaba furiosa, ella no perdió la cortesía.

Kelly hizo lo que le pedía su madre, aunque de mala gana.

—¿Por qué no me habías dicho lo de Maryellen?

Grace suspiró y apartó la mirada.

—No decírtelo no fue decisión mía. Fue de tu hermana.

—Mi propia hermana está embarazada, ¿y me lo ocultáis?

Aquello también era algo nuevo para Cliff, pero no parecía el momento más propicio para comentarlo.

—Te sugiero que hables con tu hermana —le dijo Grace—. No quiero meterme entre vosotras dos. Yo no estaba de acuerdo con Maryellen, pero la decisión debía tomarla ella.

—Pero a ti sí te lo contó —dijo Kelly. Era evidente que estaba muy dolida—. ¿No confía en mí? Ha dejado que yo lo averiguara por mí misma, como si a mí... como si a mí no me importara.

—Lo siento, pero tienes que preguntárselo a tu hermana —repitió Grace.

—¿Cuánta otra gente lo sabía? ¿Soy yo la única que no se había enterado?

—Yo adiviné que estaba embarazada. A mí tampoco me lo dijo voluntariamente.

Cliff se dio cuenta de que Grace y su hija necesitaban hablar, y su presencia no era de ayuda.

—Si os parece bien, me iré a dar un paseo durante un rato —dijo.

Grace lo tomó de la mano y le lanzó una mirada suplicante.

—¿Vas a volver?

—Si tú quieres...

—Danos una hora.

Cliff asintió. Después de despedirse de Kelly, salió por la puerta principal. Estaba a medio camino hacia el coche cuando oyó a Kelly dirigirse airadamente a su madre.

—¿Cómo puedes estar saliendo con alguien tan pronto? No sabemos lo que le ha pasado a papá, y tú ya tienes un novio. No puedo creer que estés haciendo algo semejante. Primero, Maryellen me oculta que está embarazada. Después descubro que mi propia madre también tiene secretos. ¿Qué le ha pasado a nuestra familia? Desde que papá se marchó, nada ha vuelto a salir bien. Nada.

Entonces, Kelly estalló en sollozos.

13

Mientras leía la edición del siete de febrero del periódico de Bremerton, Jack observaba de reojo a Eric. Justo después de cenar, su hijo había empezado a pasearse por el pequeño salón de su casa, como si no pudiera estarse quieto. El chico llevaba semanas atacándole los nervios a Jack. Habían tenido más de una discusión durante los meses que Eric llevaba viviendo con él, pero irónicamente, en vez de separarlos, aquellos enfrentamientos habían servido para cimentar la relación entre el padre y el hijo.

Durante los primeros días de convivencia, ambos tenían sumo cuidado con lo que hacían y decían para no molestar o disgustar al otro. Sin embargo, aquel azoramiento se desvaneció pronto, cuando lo que se suponía que iban a ser unos días de estancia se transformaron en meses. Entonces había surgido cierta irritación entre ellos, pero al menos era honesta, y por fin habían conseguido traspasar la barrera de lo superficial.

—¡Deja de pasearte como un león enjaulado! —gritó Jack cuando ya no era capaz de soportarlo más.

Cerró el periódico y lo lanzó a la mesa mientras Eric lo miraba fijamente desde el otro extremo de la sala.

—No puedo evitarlo —respondió—. Pienso mejor moviéndome.

Jack exhaló un profundo suspiro.

—¿Qué problema tienes ahora? —ladró.

Eric lo miró con obstinación y no dijo nada.

No era necesario decir que lo que le ocurría tenía que ver con Shelly y los gemelos. Jack nunca había visto a un hombre sufrir tanto por una mujer.

—¿Vas a regalarle algo por San Valentín, la semana que viene?

Eric se volvió hacia él.

—¿Crees que debería hacerlo?

—¿Cuándo fue la última vez que hablaste con ella?

Eric apartó la mirada.

—Hace una semana. La llamé para saber cómo estaba.

—Creía que habías decidido hacer borrón y cuenta nueva.

—Intenté olvidarla —respondió Eric—, pero no puedo dejar de pensar en ella.

Jack sintió que tenía que ayudar a su hijo.

—¿Sabes, Eric? Puede que esos bebés sean tuyos.

Ya se lo había dicho antes. Después de todo, el médico de la clínica de fertilidad les había informado de que había una ligera posibilidad. Minúscula posibilidad, pero posibilidad, al fin y al cabo.

Eric se dejó caer sobre el sofá y se tapó la cara con ambas manos.

—¿Y crees que no he rezado por ello? Ojalá nunca hubiera ido a que me hicieran las pruebas de esperma. La semana pasada, cuando hablé con Shelly, le pedí que nos casáramos y que criáramos juntos a los niños.

—Eso es estupendo —dijo Jack, antes de darse cuenta de que, obviamente, Shelly había rechazado su oferta. De lo contrario, Eric no estaría tan hundido.

—Habría sido estupendo si ella hubiera aceptado —murmuró Eric.

—Lo siento —le dijo Jack con un suspiro—. Las mujeres pueden llegar a ser muy poco razonables.

—¿Y me lo dices a mí?

Jack se rió suavemente.

—Sin embargo, parece que a Olivia y a ti os va muy bien. Me gusta mucho, papá. Es la mujer perfecta para ti.

—A mí también me gusta mucho —respondió Jack.

Olivia y él se llevaban muy bien, o al menos, hasta hacía poco. Parecía que durante las últimas semanas, la vida seguía un rumbo caprichoso.

—Escucha, papá —dijo Eric, y se puso en pie—. Ya es hora de que siga con mi vida. Shelly ha dejado bien claro que hemos terminado. Yo pensaba que cambiaría de opinión y podríamos arreglar esto, pero no parece que vaya a suceder.

—No por falta de voluntad por tu parte —comentó Jack.

—Sí. Pero eso ya no importa.

Jack observó a su hijo. Tenía un tono de voz decidido y fuerte, algo que Jack llevaba meses sin oír.

—¿Qué quieres decir?

—He pedido un traslado en la empresa.

—¿Adónde?

—A Nevada, a Reno.

De repente, Jack se sintió muy tenso y apretó los puños.

—¿Y te lo han concedido?

—Todavía no, pero soy el primero de la lista. Me lo dirán en un par de meses. Cuando lo sepa, volverás a tener tu casa para ti solo. Estoy seguro de que será un alivio para ti.

—En parte sí, y en parte no —respondió Jack. No quería malentendidos. Deseaba recuperar su independencia y su privacidad, pero estaba muy agradecido por tener aquella oportunidad de conocer mejor a su hijo—. He disfrutado mucho de que estuvieras aquí, aunque me hayas vuelto loco.

—Discutimos un poco, pero ha estado muy bien. Me has ayudado mucho, papá.

Se abrazaron rápidamente, y Eric se fue hacia su habitación.

—Sé que no va a servir de nada, pero voy a enviarle a Shelly un ramo de flores por San Valentín.

—Flores —repitió Jack. Se aseguraría de que Olivia recibiera también un gran ramo. Era el regalo tradicional.

—Dejaré la tarjeta en blanco —añadió Eric—. Sabrá que son mías —dijo, y después entró en su habitación.

Así que Eric se iría de su casa en cuanto le llegara el traslado. Jack se sentó en el sofá y cerró los ojos. Tenía sentimientos contradictorios con respecto a aquello, pero había un beneficio especial: podría retomar su vida sentimental con Olivia.

Al pensarlo, se puso muy contento y decidió ir a verla. Tomó su abrigo y le dijo a Eric que se iba.

Pensar en Olivia había hecho que la echara más de menos aún. Aquella semana sólo habían hablado una vez, y brevemente. Cuando había ido a visitar a Charlotte al hospital, Olivia no estaba con ella, y Jack no había querido preguntarle a Charlotte dónde estaba su hija, por mucha curiosidad que sintiera. Sin embargo, cuando se marchaba, se había topado con ella en el vestíbulo del hospital. Olivia estaba con su hermano, Will; ella había hecho una rápida presentación porque, claramente, tenía la cabeza en otro sitio.

Seguramente, no era de lo más correcto presentarse en su casa sin avisar, pero además de ver a Olivia, Jack podría enterarse de cuál era el estado de Charlotte y de cuándo podía esperar que volviera a escribir su columna semanal en el periódico.

De camino a Lighthouse Road, donde vivía

Olivia, Jack iba silbando alegremente. La situación de Eric y Shelly no era ideal, pero su hijo había hecho todo lo posible por salvar aquella relación. Jack no lo culpaba por querer seguir con su vida.

A Jack le encantaba la casa de Olivia; era antigua y tenía contraventanas de madera. La luz salía por las ventanas e iluminaba el porche, y Jack sintió alegría al pensar en que iba a ver a Olivia, que iba a ver su sonrisa, que iba a besarla...

Aparcó y se apresuró a subir los escalones hasta la puerta. Se apoyó contra el quicio, adoptó una posición que esperaba fuera sexy y tocó el timbre.

Pasaron sólo unos segundos hasta que la puerta se abrió y se encontró cara a cara con Stan Lockhart, el ex marido de Olivia. Jack se irguió inmediatamente. Había conocido a Stan en mayo, y le había caído fatal. Y por cómo se miraron en aquel momento, el sentimiento era mutuo.

—¿Quién es? —preguntó Olivia desde dentro. Probablemente estaba en la cocina. Al fondo sonaba música animada.

—Ha venido tu novio —le dijo Stan, gritando por encima de su hombro.

Jack se dio cuenta de que lo dejaba en el porche esperando hasta que llegó Olivia. En cuanto lo vio, lo saludó efusivamente. Lo tomó de ambas manos y lo guió hacia el interior de la casa.

—No quería interrumpir tu fiesta —dijo él, sintiéndose como un intruso. Al ver que ella llevaba la pulsera que él le había regalado, se tranquilizó un poco.

—No interrumpes nada —le dijo Olivia, tomándolo por el brazo—. Ya conoces a mi hermano, Will.

Jack saludó a Will con un movimiento de cabeza, casi con timidez.

—Y por supuesto, conoces a Stan.

De nuevo, un breve asentimiento.

—Estamos celebrando que a mamá le han dado el alta. Está recuperándose muy bien, y estará en casa mañana mismo. Los médicos nos han asegurado que extirparon todo el tumor, lo cual es un gran alivio. Aún tendrá que someterse a sesiones de quimioterapia, pero parece que todo va muy bien.

—Eso sí que es una buena noticia —dijo Jack. Después entrecerró ligeramente los ojos y miró a Stan.

—Stan y yo somos viejos amigos —le explicó Will—. Ésta es la única ocasión en que hemos podido vernos antes de que yo vuelva a Atlanta.

Jack agradeció la explicación.

—No quiero entreteneros más —dijo—. Sólo me pasaba por aquí un momento, para saber qué tal estaba Charlotte.

—Por favor, quédate —le pidió Olivia.

Él sacudió la cabeza, dio cualquier excusa y se marchó tan rápidamente como pudo. Olivia lo acompañó al coche, y Jack se dio cuenta de que Stan la estaba mirando. Sintió un escalofrío que lo dejó helado. En aquel segundo, Jack había leído el significado de la mirada del otro hombre.

Stan Lockhart estaba enamorado de Olivia y quería recuperarla.

Grace y Olivia se encontraron en el gimnasio para acudir a su clase de los miércoles por la tarde. Debido a la operación de Charlotte, Olivia se había saltado las dos últimas sesiones, pero le había prometido a Grace que asistiría aquella noche. Charlotte llevaba dos días fuera del hospital y se había quedado en casa de su hija, pero iba a volver a vivir sola el viernes siguiente. Grace estaba impaciente por ver a su amiga.

Habían hablado aquel día, pero parecía que Olivia estaba de mal humor, y eso no era normal en ella. Sin embargo, Olivia no había podido explicarle nada, y Grace esperaba que no tuviera nada que ver con Charlotte.

Esperó en el aparcamiento, apoyada en su coche, hasta que Olivia aparcó junto a ella. Su amiga salió del coche y tiró de la bolsa de gimnasia.

—¿Qué ha ocurrido?

—Jack y yo hemos discutido hoy —respondió Olivia.

—¿Jack y tú? Pero yo creía…

—Pues te equivocabas. He intentado razonar con él, pero ha sido imposible —dijo, con la cara congestionada.

—¿Y qué pasó? ¿Por qué ha sido la discusión?

—Me ha llamado esta mañana a primera hora, y yo no podía creer lo que estaba oyendo.

Grace tenía prácticamente que correr para seguirle el paso hacia el gimnasio.

—¿Qué te ha dicho?

—Está celoso de Stan. ¡Santo Dios, Stan y yo llevamos dieciséis años divorciados! Y él ha estado casado con Marge casi desde entonces. Pero eso no es todo —dijo, y después de entrar por la puerta del edificio, se detuvo en seco y se cruzó de brazos—. Bueno, ¡ya es suficiente! No quiero hablar más de ello. Cada vez que me acuerdo me enfado más.

Como siempre, el gimnasio estaba lleno de

gente que practicaba diferentes ejercicios y actividades. Grace y Olivia entraron al vestuario y comenzaron a cambiarse para la clase.

—¿Y cómo están Seth y Justine? —le preguntó Grace, para cambiar de tema. No sabía qué había podido decirle Jack, pero debían de haber tenido una buena pelea.

—Justine está muy preocupada por lo del restaurante. Está trabajando mucho, y sólo escucha a Seth. Yo estoy encantada con su embarazo, pero pienso que quizá deberían haber esperado unos meses.

Grace entendía la preocupación de su amiga. Justine y Seth acababan de casarse, de comenzar la convivencia, de establecer un negocio nuevo y además, iban a tener un bebé. Con todo el trabajo que requería remodelar un restaurante, buscar personal y ponerlo en funcionamiento, aquella pareja debía de estar muy cansada.

—¿Y qué tal estaba hoy Charlotte?

—Está débil y duerme mucho, pero se está recuperando.

Grace se sintió aliviada al oírlo.

Olivia la miró y le dijo:

—Cliff envió un precioso ramo de flores. Es verdaderamente considerado.

Grace no quería hablar de Cliff Harding. No había vuelto a verlo desde aquel sábado en que Kelly los había interrumpido. Su hija había sido grosera y antipática, y Grace se había sentido avergonzada por cómo había tratado a Cliff. Cliff había vuelto más tarde, pero ninguno tenía ya el mismo estado de ánimo. Grace había querido disculparse, pero lo había dejado pasar, tal y como había dejado pasar tantas cosas en su matrimonio. Cliff tampoco había sacado el tema, y había quedado entre ellos como una discusión sin resolver.

—¿Cuándo se marcha Will?

—Se ha marchado esta tarde. Voy a echarlo de menos —dijo Olivia con un suspiro—. Pese a las circunstancias, ha sido una buena visita. Hacía mucho tiempo que no teníamos la ocasión de estar juntos.

—Quizá decida venir aquí de vacaciones más a menudo.

—Eso espero. Will es un hombre estupendo.

—A mí también me lo parece.

—Bien, vamos a comenzar con el espectáculo —le dijo a Grace, y abrió la puerta de la sala donde iba a darse la clase.

Aquella tarde, cuando terminaron la sesión de ejercicio, Grace estaba sudando profusamente. Gracias a Dios que existían los ejercicios de relación, pensó. El corazón le latía furiosamente. Olivia tenía la cara enrojecida y el pelo enmarañado. Había trabajado más duramente que ningún otro día para ventilar su frustración hacia Jack, sospechó Grace.

—Lo necesitaba —dijo Olivia cuando iban hacia las duchas—. Aún estoy furiosa con Jack.

—No creo que toda la culpa sea de Jack —le respondió Grace—. Es por todo. Estás preocupada por Justine y el bebé; tu madre acaba de sufrir una operación importante, y eso conlleva un agotamiento emocional. Y encima, Jack se está comportando como un niño dolido porque te encontró con Will y Stan celebrando una fiesta a la que él no estaba invitado.

Olivia tomó su bote de champú y la toalla.

—Supongo que tienes razón —dijo. Se sentó en un banco y suspiró—. Estoy muy preocupada por Justine, pero no quiere hacerme caso. Cree que vivo en otra época porque le aconsejo que no haga tantos esfuerzos durante los primeros meses del embarazo.

—Y está Jack.

—Ah, sí, Jack —a Olivia se le suavizó un poco el tono de voz—. Me siento muy mal por la discusión. Perdí los estribos.

—Llámalo. Estoy segura de que se pondrá muy contento de oírte.

Olivia reflexionó sobre aquella sugerencia durante unos instantes.

—Aún no. Dame tiempo para que me calme y pueda pensarlo.

—¿Te apetecería salir a cenar? —le preguntó Grace.

No debería haberse ofrecido, porque tenía un presupuesto ajustado, pero sabía que Olivia necesitaba hablar.

—Ven a mi casa. Tengo muchas sobras. Las amigas de mamá han hecho comida suficiente para un mes. Hay una fuente entera de lasaña de brécol.

—De acuerdo —respondió Grace.

Dos horas después, relajadas después de haber cenado y tomado un par de copas de vino, estaban escuchando música en el sofá del salón de Olivia. Charlotte estaba profundamente dormida en el dormitorio del fondo del pasillo.

Grace echó la cabeza hacia atrás, con los ojos cerrados, y preguntó:

—¿Qué te parecería si llamara a Jack? —le preguntó a Olivia—. Hacíamos eso en el instituto, ¿no te acuerdas? Si discutía con mi novio, tú lo llamabas y suavizabas la situación.

Olivia se rió suavemente.

—Claro que me acuerdo, pero eso es algo de adolescentes, ¿no?

—Sí, ¿y qué?

Olivia se rió.

—Está bien, adelante. Veremos qué dice.

Le entregó el teléfono inalámbrico a su amiga y le dijo el número. Justo antes de que Jack respondiera, Grace se acobardó y le dio el teléfono a Olivia.

—No sé qué decir.

Temió que Olivia colgara, pero en vez de hacerlo, su amiga se puso el auricular al oído.

—Soy yo —dijo—. Quería disculparme por la discusión de esta tarde.

Olivia no dijo nada durante unos instantes, y después sonrió lentamente.

—Tú también estás perdonado —añadió, y se rió por algo que él dijo.

—Puedes agradecérselo a Grace. Ella fue quien insistió en que te llamara para arreglar las cosas. Como siempre, mi amiga tenía razón.

Poco después, Olivia colgó y miró a Grace.

—Gracias —le dijo.

—De nada.

—¿Quieres que ahora llame yo a Cliff en tu lugar?

Grace hizo un gesto negativo con la cabeza, pero Olivia le hizo caso omiso y llamó.

—Hola, Cliff. Soy Olivia Lockhart. Quería darte las gracias por las flores que le enviaste a mi madre. El ramo es una preciosidad —le dijo a Cliff. Después hablaron durante unos instantes de Charlotte, y cuando terminó de explicarle lo que les habían dicho los médicos, Grace añadió—: Aquí a mi lado hay alguien que quiere saludarte.

Entonces, le tendió el auricular a Grace.

Ella respiró profundamente, intentó relajarse y respondió.

—Hola, Cliff.

—Grace —dijo él, sorprendido—. Creía que Olivia estaba en casa de su madre.

—No exactamente —respondió ella—. Charlotte se está quedando aquí estos días. Pero cuando vuelva a su casa, sus amigas van a hacer turnos para estar con ella por las noches. Yo he venido porque Olivia y yo hemos estado en clase de aeróbic, y después hemos cenado juntas y hemos tomado un par de copas de vino.

—Ah, eso lo explica todo. Te sientes lo suficientemente valiente como para hablar conmigo.

—Más o menos.

—No terminamos nuestra conversación del sábado, ¿verdad?

—No —admitió Grace.

—¿Quieres que lo intentemos de nuevo?
—Me gustaría mucho —respondió ella con timidez.
—A mí también. A mí también.

Sharon Castor, la abogada de Rosie Cox en el asunto de su divorcio, le había explicado que el siguiente paso era reunirse para intentar solucionar las cosas al margen del juzgado. Ambos cónyuges se verían, acompañados de sus abogados, para tratar de todos los detalles, incluida la custodia de los niños.

Sharon y Rosie estaban sentadas en la biblioteca de los juzgados cuando llegaron Zach y su abogado. Ellas esperaron en silencio a que tomaran asiento.

Rosie puso las manos apretadas sobre la mesa, y Zach también. Ella evitó mirar a los ojos a Zach y a su abogado. Tenía un nudo en el estómago. Se le había formado aquella mañana, y había empeorado a medida que pasaba el día.

—¿Habéis concluido vuestra propuesta para la custodia de los hijos? —le preguntó Otto Benson a Sharon.

—Sí —respondió ella, y le entregó los papeles a Zach y a su abogado para que los revisaran.

Zach y Otto comenzaron a cuchichear.

—Esto no va a funcionar —dijo Otto después de unos instantes—. Mi cliente quiere a sus hijos, y no cree que vayan a recibir la atención que necesitan si quedan bajo la custodia única de su madre.

—¡No es posible que creas eso! —explotó Rosie. Zach estaba diciendo que ella era una madre negligente.

Sharon le puso la mano a Rosie sobre el antebrazo.

—¿Quieres decir que tu cliente piensa que los niños estarían mejor viviendo con él?

—Sí —respondió Otto en nombre de Zach.

—¿En un apartamento de dos habitaciones? —preguntó Rosie, sin dar crédito a lo que estaba oyendo.

—Podría permitirme tener un apartamento mayor si no tuviera que pagar todos tus gastos. Sería de ayuda que buscaras un trabajo.

—Eso nos lleva a un punto que yo quería tratar —dijo Sharon Castor—. Rosie necesitará clases para refrescar sus conocimientos y ponerse al día en su trabajo de profesora.

—Y un cuerno —dijo Zach—. Rosie tiene una licenciatura. ¿Qué más necesita?

—Es cierto que mi clienta tiene la licenciatura de

pedagogía, pero hace años que no da clases. Sería imposible para ella conseguir un puesto en la escuela del distrito si no asiste a cursos para ponerse al día.

—Los cuales quiere que pague yo —dijo Zach.

Su abogado le habló en voz baja durante un instante. Parecía que Zach quería responder, pero después de un momento, asintió resignadamente.

Otto se irguió.

—El señor Cox está de acuerdo en pagar los cursos, pero deben completarse en un tiempo determinado.

—Mi principal preocupación es mantener a mis hijos y conseguir una vida nueva para mí —dijo Rosie.

—Tienes reuniones y comités de voluntariado todas las noches de la semana —dijo Zach—. Si los niños vivieran conmigo, no comerían siempre comida precocinada.

—¿Y tú piensas cocinar y cuidarlos tú mismo, o lo hará tu ayudante? —replicó Rosie, tan indignada que se levantó de la silla.

—Por favor —dijo Sharon Castor, de nuevo tomando a Rosie suavemente por el brazo—. Gritando no vamos a resolver nada.

—Quiero que mis hijos vivan conmigo —insistió Zach.

—Allison y Edward tienen que estar conmigo —respondió Rosie.

Sharon Castor y Otto Benson se miraron.

—En casos como éste, cuando ambos padres tienen una convicción tan fuerte sobre la custodia de sus hijos, lo mejor es idear un plan de custodia conjunta —dijo Otto.

—¿Y cómo funciona eso? —preguntó Zach.

—Yo recomendaría que los niños pasen cuatro días con Rosie —dijo Sharon Castor—. Y después, tres con Zach.

—Y la semana siguiente —añadió Otto Benson—, estarán cuatro días con Zach y tres con Rosie.

Sharon asintió.

—¿Y quién tendrá que pagar la manutención de los niños? —preguntó Zach.

Otto le explicó que, en situaciones como aquélla que había descrito, no habría pensión alimenticia, y los gastos como aparatos de ortodoncia, campamentos de verano y ropa serían compartidos por ambos padres.

Al principio, Rosie estaba furiosa por el hecho de que Zach hubiera sacado el tema de la manutención. Sin embargo, cuanto más lo pensaba, más satisfecha se sentía. Aquélla era su oportunidad de demostrarle a Zach que no lo necesitaba. Él, sin embargo, pronto se daría cuenta de que sí la necesitaba a ella. Nunca había apreciado todo lo que hacía por él. Rosie sería libre de empezar una nueva vida sin tener que depender de él para todo, y así era como quería que fueran las cosas.

Quizá mereciera la pena pensar en la custodia compartida.

14

Grace no podía permitirse pasar una noche en un hotel de lujo en el centro de Seattle, y mucho menos dos, pero de todos modos reservó una habitación para un fin de semana, usando un cupón de oferta. Después fue a ver a Maryellen a la galería. Su hija mayor la había estado evitando desde Navidad, y Grace ya no lo aguantaba más.

–Hola, cariño –le dijo. Por suerte, había encontrado a Maryellen sola en la galería.

–Hola, mamá –dijo su hija con cierta aprensión–. ¿A qué debo el inesperado placer de verte?

–He venido con una rama de olivo.

–¿Nos habíamos peleado?

–No exactamente, pero estos últimos días, siempre que hemos estado juntas, he intentado sonsacarte información sobre el padre del bebé y sobre tus planes. Ha sido un error.

Maryellen sonrió. Se había negado a contestar cualquier pregunta, y Grace sospechaba que quien fuera el padre de la criatura no sabía que ella estaba embarazada. Su mayor temor era que fuera un hombre casado, y la reacción de Maryellen le hacía sospechar esto.

—He reservado una habitación de hotel en Seattle —le dijo Grace para explicarle la razón de su visita.

—¿Para qué?

—Para pasar nuestro primer fin de semana de madre e hijas. Esperemos que se convierta en una tradición anual.

Maryellen arqueó las cejas.

—¿Y Kelly va a venir?

—Eso espero.

Grace sabía que sus hijas estaban distanciadas últimamente; Kelly se sentía dolida y enfadada porque Maryellen no le hubiera dicho que estaba embarazada.

Grace no quería entrometerse en sus desacuerdos, pero en aquella ocasión era difícil porque Kelly también estaba enfadada con ella.

Kelly siempre había sido el ojito derecho de Dan y se sentía traicionada por su padre. Además, había descubierto que Grace estaba saliendo con Cliff Harding, lo que veía como otra traición.

La decisión de Maryellen de ocultarle su embarazo había sido la ofensa final de la familia para ella.

—Si Kelly está de acuerdo, yo también iré —le dijo Maryellen.

—Esperaba que dijeras eso.

Aquella tarde, Grace llamó a su hija pequeña. No fue fácil convencerla de que se escapara a Seattle durante un fin de semana, pero su marido, Paul, la animó. Paul sabía que Kelly estaba muy triste, e insistió en que aquel fin de semana sería un momento muy bueno para reforzar el vínculo que tenía con su hijo.

Finalmente, para alegría de Grace, Kelly aceptó.

El viernes por la noche, las tres tomaron el ferry de Bremerton a Seattle, y cuando desembarcaron, tomaron un taxi que las dejó frente al hotel.

El vestíbulo del edificio era grande y lujoso. En el centro había un pedestal sobre el que descansaba el arreglo floral más grande que Grace hubiera visto en su vida. Caminaron sin prisas hasta la recepción y se registraron; Grace se las arregló para no hacer un gesto de dolor al entregarle la tarjeta de crédito a la recepcionista. Unos minutos después, un botones las había conducido hasta su habitación.

Después de que Kelly hubiera telefoneado a casa para asegurarse de que Tyler estaba bien, se relajó. Aquélla era la primera vez que se separaba de su bebé durante algo más que unas horas, y lo echaba de menos.

La hija menor de Grace se sentó en una de las enormes camas de la habitación y le preguntó a su hermana:

—¿Has elegido ya los nombres?

Hubo un momento de tensión antes de que Maryellen respondiera:

—En realidad, no... bueno, quisiera que fuera una niña, y si es una niña, estaba pensando en llamarla Catherine Grace.

A Grace se le llenaron los ojos de lágrimas, pero parpadeó rápidamente. No quería ponerse sentimental y llorona. Deseaba con todas sus fuerzas que aquel fin de semana fuera perfecto. Quería reírse con sus hijas, hablar y recuperar la cercanía que siempre habían compartido.

Cuando Dan había desaparecido, las mujeres habían perdido algo más que un padre y un marido; su sentimiento familiar y de seguridad se había visto muy dañado. Debido a aquello, lentamente se había abierto una brecha entre ellas, y Grace quería remediarlo.

Al día siguiente se levantaron temprano. Estaban impacientes por salir a explorar la ciudad. Comenzaron en el Mercado de Pike Place; comieron rollitos calientes, bebieron café exótico en la calle, caminaron por los puestos de comida, cargados de verduras, fruta, marisco... Y, con el resto de los visitantes, jalearon a los pescaderos mientras se lanzaban los salmones de unos a otros. Comieron junto al mar, bajo un cielo gris.

Luego visitaron el Acuario de Seattle y recorrieron la ciudad. Al final de la tarde, estaban alegres y exhaustas a la vez. Nadie quería salir otra vez, así que pidieron pizza y cenaron en la habitación.

Pese al cansancio, se quedaron despiertas hasta muy tarde, charlando. Todas evitaron hablar de la desaparición de Dan, y también del embarazo de Maryellen. Como Grace, ninguna de sus hijas estaba dispuesta a arriesgar la frágil paz que habían descubierto.

El domingo, cuando salieron del hotel, Grace estaba muy cansada, pero feliz por haber pasado aquel fin de semana especial con sus hijas. Había estado a la altura de todas sus expectativas.

–Debemos hacerlo de nuevo –les dijo a Maryellen y a Kelly cuando volvían a casa en el ferry.

–No será fácil –dijo Maryellen–. Al menos, para mí. Tendré el bebé.

–Tráela –insistió Kelly.

–¿A ella? –bromeó Maryellen–. Estás muy segura de que voy a tener una niña.

–Es una niña –dijo Kelly con seguridad.

–¿Y cómo lo sabes?

–Lo sé. Tengo un fuerte presentimiento de que vas a tener a Catherine Grace.

Grace no sabía si su hija estaba haciendo una suposición o si de veras tenía un fuerte presentimiento. De todos modos, supuso que Kelly tenía un cincuenta por ciento de posibilidades de acertar.

Y lo más importante de todo era ver a sus hijas riéndose y bromeando juntas, cuando un par de días antes había pensado que quizá aquello no volvería a suceder.

Cuando había reservado la habitación del hotel, la parte racional de Grace le repetía una y otra vez que no podía permitírselo; en aquel momento, sabía que había merecido la pena gastar hasta el último dólar.

Roy McAfee apartó la vista de la pantalla del ordenador y miró el expediente Sherman. Aquella carpeta engordaba día a día. Unos meses antes, Grace Sherman lo había contratado para que descubriera lo que pudiera sobre su marido, que había desaparecido. Hasta el momento no había descubierto nada y se sentía frustrado.

Después de trabajar veinte años en el Departamento de Policía de Seattle, Roy había llegado a ser detective. Después de una lesión que había sufrido en la espalda a causa de forcejear con un sospechoso, había aceptado un retiro anticipado. El momento era bueno; sus dos hijos habían terminado la universidad y ya se habían independizado.

Corrie y él se habían mudado a Cedar Cove, donde el coste de la vida no era prohibitivo, y los precios de las casas seguían siendo razonables. Roy había pensado que sería feliz en su jubilación.

Lo que no esperaba era que rápidamente iba a aburrirse de estar sentado en casa. A los dieciocho meses de vivir en Cedar Cove había montado su propio negocio de investigador privado. Corrie había convivido con el trabajo de un policía durante toda su vida, y aceptó ser su ayudante y secretaria.

Cuando había comenzado aquel negocio, Roy había pensado que se dedicaría a investigar casos de aseguradoras y pasados de empleados problemáticos, pero se había quedado asombrado por la variedad de asuntos que iban a hacerle interesante la vida.

El caso más difícil y desconcertante que le habían encargado era la desaparición de Dan Sherman. El hombre se había desvanecido sin dejar rastro, y Roy no sabía por dónde seguir buscando.

Corrie entró en la oficina y señaló con la cabeza la pantalla del ordenador.

—¿Dan Sherman? —le preguntó.

Roy se encogió de hombros.

Corrie no lo decía, pero los dos sabían que no podía dejar aquel caso así como así.

Las horas que invertía al día no tendrían compensación económica. Grace le había dado un determinado presupuesto, pero el dinero se había terminado antes de que él hubiera encontrado las respuestas.

—Ha telefoneado Troy Davis —le dijo Corrie—. Ha pedido una cita para esta tarde.

Eso era interesante. Él no tenía amistad con el sheriff. Habían hablado un par de veces. A Roy le caía bien Davis, aunque no parecía que el sentimiento fuera mutuo. Roy supuso que Troy se reservaba su opinión a la espera de tener más pruebas.

—¿Ha dicho lo que quería?

—No. Sólo que quizá tenga algo de trabajo para ti.

Troy llegó a las tres en punto de la tarde y Corrie lo condujo hasta el despacho de Roy. Roy se puso en pie para saludarlo. Se estrecharon las manos y se sentaron.

—¿Te acuerdas de que hace poco hubo una muerte en el hotel de los Beldon?

Roy sí recordaba haberlo leído en el periódico. La historia era casi un clásico. Un extraño que aparecía en mitad de una noche de tormenta en un hotel y reservaba una habitación. Al día siguiente aparecía muerto sin causa aparente.

Después del artículo de primera página que había aparecido en *The Cedar Cove Chronicle*, Roy no había vuelto a saber nada, aunque se mencionaba que el hombre llevaba identificación falsa, un carné que decía que era James Whitcomb, de algún lugar de Florida.

—Aún no sabemos el nombre de ese tipo —dijo Troy—. Durante unos días, Joe Mitchell pensó que quizá se tratara de Dan Sherman.

—¿Dan? Alguien lo habría reconocido.

—Nuestro muerto se había hecho varias operaciones de cirugía estética. Tiene la misma complexión y el mismo color de pelo que Dan; por eso llamamos a Grace para que lo reconociera. Me sentí muy mal. Para ella fue muy traumático, pero es una mujer fuerte. La admiro por eso.

—Así que no era Dan.

—No. Habría sido demasiado fácil.

—¿Y qué habéis sacado de las huellas digitales del muerto?

—Por desgracia, nada. No tenía huellas. Parece que las perdió en el mismo accidente que provocó las operaciones estéticas.

—¿Mala suerte, o crees que quizá se las quitara a propósito?

Aquélla era otra posibilidad, aunque en la era del ADN no era probable. Aunque en realidad, había que pensar que la tecnología relativa al ADN era muy reciente y las cirugías de aquel hombre no parecían serlo tanto.

Troy se encogió de hombros con resignación.

—No lo sé. Lo único que sé con certeza es que

su carné es falso. Viene al pueblo, se queda a pasar la noche en un hotel y después aparece muerto. La autopsia no ha proporcionado ninguna pista determinante. No es un caso muy corriente.

—¿Y qué hay de su vehículo?

—Era alquilado.

—¿Tiene Mitchell alguna idea de la causa de la muerte, al menos?

—No puede señalar nada fuera de lo extraordinario. No fue el corazón. No tenemos todos los resultados del análisis toxicológico, pero tampoco fue envenenado. No sabemos qué fue lo que le mató. Parece que estaba sano, y un momento después, muerto.

—¿Hora de la muerte?

—Según Joe, parece que murió mientras dormía, poco después de llegar a casa de los Beldon.

Roy tenía que admitir que todo aquello le había picado la curiosidad.

—No creo que hayas pedido la cita para hablar de todo esto conmigo. ¿Cómo puedo ayudarte?

—No puedo clasificar esto como un homicidio, pero aquí no encaja nada. Llevaba un carné de identidad falso, pero mucha gente lo hace —dijo Troy, y suspiró por enésima vez con resignación—. No tengo los hombres necesarios para destinarlos a este caso. Tenía la esperanza de poder contratarte para que identifiques al muerto. Y si por casualidad das con otra información, mejor. Te agradeceremos que averigües todo lo posible.

—¿Qué más puedes contarme? —le preguntó Roy.

Ya había tomado una decisión: aquél era el tipo de encargo con el que disfrutaba. Sin embargo, debía saber exactamente a lo que se enfrentaba antes de decir que sí.

—Sólo que nuestro extraño era muy meticuloso en todo lo que hacía. Llevaba su ropa perfectamente doblada en la maleta. Parece que había salido de una escuela militar. Llevaba ropa de buena calidad, cara. Su gabardina era italiana, y valía más de lo que yo gano en un mes.

—¿Qué coche había alquilado?

—Eso es lo gracioso. Esperarías un Lexus, o algo así, teniendo en cuenta su ropa, pero era un Ford Taurus. Interesante, ¿eh? Pensarías que podía permitirse alquilar cualquier cosa que quisiera, pero eligió un coche muy discreto.

Aquello le suscitó otra pregunta.

—¿Cuánto dinero llevaba encima? —le preguntó Roy.

—Sólo unos doscientos dólares. Una cosa normal.

—Está bien —dijo Roy—. Cuenta conmigo.

—Estupendo —respondió Troy. Se puso en pie y le tendió la mano a Roy—. Si te pasas por la oficina, te daré copias de los expedientes, y podrás comenzar desde ahí.

Roy apenas podía esperar. Cuando Troy se marchó, Corrie se apresuró a entrar en el despacho llena de curiosidad.

—¿Tenía un caso para ti?

—No cualquier caso —respondió Roy.

Se acercó a la ventana y vio al sheriff salir del edificio y encaminarse hacia el coche patrulla. El de aquel extraño muerto en el hotel de los Beldon era el caso más intrigante que hubiera tenido nunca.

Olivia tenía unas magdalenas integrales en el horno. Acababa de hacerlas siguiendo una receta de Charlotte. Estaba canturreando al son del musical de Broadway *El rey y yo* mientras lavaba los platos y utensilios de cocinar. Alguien llamó al timbre; ella se aclaró el jabón de las manos y se acercó a la puerta.

Sin dejar de canturrear, abrió y se encontró a

Jack Griffin frente a sí. Llegaba con mucha antelación.

—Hola, jóvenes amantes, estéis donde estéis —cantó, mientras abría la puerta de par en par y le hacía una reverencia para que entrara.

—¿Amantes? ¿He oído que alguien mencionaba la palabra amantes? —preguntó él, arqueando las cejas varias veces mientras pasaba al vestíbulo.

La música los envolvió, y él tomó a Olivia por la cintura y la inclinó hacia atrás sujetándola sobre el brazo, como si estuvieran bailando. Después la incorporó.

—Oh, oh —dijo ella, siguiendo la canción—. Consigues que se me acelere el corazón.

Jack la tomó por los hombros e hizo que lo mirara a la cara.

—Quiero que vuelvas a la parte de los amantes.

—Es «jóvenes» amantes.

—No —replicó él, y la tomó entre sus brazos—. Olvídate de lo de jóvenes. La palabra es amantes: tú y yo.

Su mirada se volvió muy intensa. Olivia se dio cuenta de que aquello ya no era una broma, sino una pregunta.

—Yo...

De repente, a Olivia le parecía que su vida era

muy complicada. Jack la había telefoneado aquel día y le había sugerido que se vieran para hablar.

Tenía un tono de voz ligero y animado por primera vez durante meses. Olivia supuso que tenía alguna buena noticia que darle con respecto a Eric.

Unas semanas antes, Jack le había contado que su hijo había pedido un traslado en la empresa, y que se marcharía en poco tiempo. Jack le dijo que iba a echar mucho de menos al chico, pero también parecía satisfecho por el hecho de que Eric hubiera recuperado la energía y la determinación. Y también muy satisfecho por poder recuperar su casa.

Antes de que ella tuviera que responderle, sonó el timbre del temporizador del horno, y Olivia tuvo la excusa perfecta para escapar de Jack y de su pregunta.

—Las magdalenas —le dijo, y se apresuró a entrar en la cocina.

Tomó los guantes del horno, se los puso y sacó dos bandejas de magdalenas recién hechas. Las dejó sobre la encimera para que se enfriaran.

Cuando se volvió, Jack estaba en la entrada de la cocina, mirándola fijamente.

—Eric se muda esta semana.

—Eso había pensado.

—No quería empezar con esa pregunta sobre nosotros, pero me has dado la oportunidad perfecta al abrir la puerta bailando y hablando sobre unos amantes. Olivia, escucha. Te adoro.

Ella sentía lo mismo por él, pero también tenía temor. No había estado con ningún hombre desde que se había divorciado, dieciséis años antes, y temblaba ante la idea de tener intimidad sexual. Y además, sus dudas la asustaban.

Si no estaba preparada después de tantos años, quizá no lo estuviera nunca. Sin embargo, deseaba sentir la pasión, y deseaba tener aquella clase de cercanía.

Olivia se sintió como si fuera en aquel momento, o nunca.

—Bésame, tonto —entonó con dramatismo.

De repente, su vida se había convertido en un musical de Broadway, y le encantaba.

Jack la abrazó y la besó apasionadamente, con un estremecimiento. La música había cesado, así que cuando el teléfono móvil de Jack sonó, los sobresaltó a los dos. Él no le hizo caso. Siguió besándola con una necesidad frenética.

—Ven a mi casa —le susurró—. Esta mañana he cambiado las sábanas.

—¡Jack!

¿Se suponía que aquello era seductor?

—He soñado con los dos en mi habitación, haciendo el amor con vistas a la bahía.

El teléfono sonó cinco veces más antes de quedar en silencio.

Aquel silencio, sin embargo, era ensordecedor.

Olivia le tomó la cara entre las manos y lo miró fijamente a los ojos.

—¿Tiene que ver algo con Stan? —le preguntó.

—No —respondió él—. Tiene que ver contigo y conmigo. Deja a Stan en paz.

—¿Y por qué ahora?

—¿Y por qué ahora no?

Ella no sabía qué responder. Mientras intentaba pensar con claridad, sonó el timbre de la puerta. Salvada por los pelos, otra vez.

Quien llamaba era Eric, que preguntó por su padre ansiosamente.

—¿Papá?

—Eric, ¿qué pasa? —preguntó Jack, apareciendo por detrás de Olivia.

—Shelly está de parto. No tiene a nadie.

—¿Te ha llamado?

—No, me llamó una amiga. Rompió aguas anoche y está a punto de tener a los bebés. Su amiga no puede quedarse más. Yo debería estar allí, ¿no crees? Puede que me necesite.

—Cierto —dijo Jack.

—Pero no quiere que esté en el parto. Al menos, eso fue lo que me dijo la última vez que hablamos —dijo Eric con desesperación, pasándose la mano por el pelo—. Debería estar allí. Lo sé.

—Entonces, ve.

—Ya tengo todo el equipaje hecho para marcharme a Reno.

—Lo sé.

Parecía que Eric estaba pidiendo algo y Olivia sabía de qué se trataba, aunque Jack no se hubiera dado cuenta.

—¿Quieres que tu padre vaya contigo?

—¿Vendrías, papá?

Olivia quiso aún más a Jack por su forma de responder. Abrazó a Eric, le lanzó a Olivia una mirada de pena y disculpa y dijo:

—Venga, vamos —se volvió hacia ella y le tendió la mano—. ¿Quieres venir?

Ella lo pensó durante un momento, pero decidió que no.

—Id vosotros. Llamadme cuando hayan nacido los niños.

Olivia, contenta por que Jack hubiera puesto las

necesidades de su hijo por encima de las suyas, le estrechó la mano para darle ánimos.

Tres horas después, Jack la llamó desde el hospital.

—Gemelos idénticos —dijo triunfantemente—. Eric estuvo con Shelly, y ella se puso muy contenta al verlo. Los dos niños están sanos y fuertes.

—Enhorabuena, abuelo.

—Soy su abuelo —dijo él—. Esos niños son la viva imagen de Eric. Nadie dudará jamás quién es su padre. Sobre todo, mi hijo.

—¿Y qué va a hacer con respecto a su trabajo?

—No lo sé. Tendrá que decidirlo él. Aún tiene unos cuantos días para hacerlo.

Seth y Justine habían decidido llamar a su restaurante El Faro. A Justine le gustaba aquel nombre porque le recordaba al de la calle en la que había crecido. Además, al final de la bahía había un faro que era como una seña de identidad del pueblo. A Seth también le gustaba el nombre porque subrayaba el hecho de que se trataba de un restaurante especializado en marisco y pescado.

Habían puesto en marcha la remodelación del local y tenían que ocuparse del menú, de los empleados, de los precios, de la decoración... Justine y él habían pensado en todo. Seth era un buen cocinero, pero no tenía la experiencia necesaria para dirigir una cocina. Puso un anuncio para cubrir el puesto de chef del restaurante, y pidió consejo a otros propietarios de establecimientos de la zona. Pronto supo que Jon Bowman tenía muy buena reputación.

Jon había respondido al anuncio. Seth estudió con detenimiento su currículum y lo llamó para concertar una entrevista.

El segundo viernes de marzo, Jon Bowman llegó al restaurante, que estaba en pleno proceso de remodelación. La obra estaba en curso; los electricistas y los obreros estaban en plena faena.

Seth condujo a Jon hasta lo que iba a ser su oficina y le indicó que se sentara en una silla.

—Me gusta lo que ha hecho con el local —le dijo Jon a Seth—. ¿Cuándo tiene pensado abrir?

—Esperamos poder inaugurarlo durante la primera semana de mayo.

Jon miró hacia atrás para observar lo que quedaba por hacer.

—Todo estará terminado para entonces —dijo Jon con seguridad.

—Como sabe, estamos buscando chef. Alguien

que supervise el menú y trabaje con nosotros para hacer crecer el restaurante desde el principio.

—Por eso he venido. Llevo en André's los últimos tres años. He creado su carta, que está especializada en marisco.

—¿Y antes? —le preguntó Seth.

Entonces, comenzaron a hablar de su carrera profesional. Seth ya había leído su currículum y estaba muy satisfecho, a pesar de que no daba demasiados datos sobre su formación. Por eso quería oír más detalles por boca de Jon. Hablaron también de su pasión por la fotografía; Jon no ocultaba su pasión por su trabajo, y aquello agradó mucho a Seth. El instinto le decía que debía contratar a aquel hombre.

—Voy a empezar a surtir la cocina dentro de un mes. ¿Podrá empezar entonces?

Jon asintió. Hablaron más sobre el salario, los beneficios, las recetas y otros detalles. Cuando terminaron, Seth le enseñó el restaurante, y Jon le ofreció algunas ideas de diseño y decoración muy útiles. A Seth le gustaron sus comentarios. Aquella noche se lo contó a Justine.

—Tengo el presentimiento de que Jon Bowman va a ser nuestro chef —le dijo ella después de escucharlo.

—Yo también.

Justine se sentó en el salón con los pies en alto. Ya estaba embarazada de seis meses y estaba reteniendo muchos líquidos.

—Parezco una morsa —dijo tocándose la tripa.

—De eso nada, estás preciosa —murmuró Seth dándole un beso en el cuello.

Ella se volvió y le devolvió el beso. Seth se dijo que cada vez estaba más enamorado de su mujer.

—¿Has averiguado algo más de Jon Bowman? —le preguntó Seth retomando la conversación sobre el chef.

—¿Como qué?

—No sé... algo de su pasado. ¿Sabes algo?

Justine pensó durante un instante.

—No mucho. Vendía sus fotografías en la galería de Harbor Street. ¿Por qué?

—Me pareció un poco... nervioso cuando le pregunté.

—¿Dónde fue al colegio?

—No me lo dijo. Hablé con dos de sus referencias. Los dos eran encargados de restaurantes donde ha trabajado, y todos hablan maravillas de él.

—¿Has visto alguna de sus fotografías?

Justine asintió.

—Maryellen me enseñó unas cuantas antes de

Navidad. Son fabulosas. Transmiten emoción y belleza.

—Mmm... quizá deberíamos comprar unas cuantas y colgarlas en la entrada. ¿Qué te parece?

—Me parece que mi marido acaba de tener otra brillante idea.

Se sonrieron el uno al otro, completamente satisfechos con su vida.

15

Rosie tenía la casa para ella sola. Muchas veces, durante aquellos años, había anhelado pasar unas horas a solas, sobre todo antes de una festividad importante. Zach no entendía que preparar aquellas celebraciones familiares requería mucho trabajo. Para Pascua había que preparar la comida, a la cual, normalmente, invitaban a familiares y amigos. Aquel año, sin embargo, las cosas serían diferentes. Siempre pintaba los huevos de Pascua y preparaba las cestas para los niños, y aunque Allison y Eddie eran mayores, Rosie se sentía obligada a seguir con aquella tradición.

En aquella ocasión en la que tenía tiempo para hacerlo sin interrupciones, se dio cuenta de que se sentía melancólica. Los niños estaban pasando el día con su padre y, sin duda, Janice Lamond encontraría un buen motivo para unirse a ellos.

Aunque Rosie tenía mucha curiosidad, se resistía a sonsacarles a los niños información sobre aquella mujer. Naturalmente, se moría por saber si Janice y su hijo iban al apartamento al mismo tiempo que Allison y Eddie. Sin embargo, no quería hacer sufrir a los niños por culpa del divorcio, por muy tentador que fuera averiguar lo posible de las acciones de la otra mujer.

En la cocina, Rosie preparó la ensalada de gelatina favorita de Eddie y la puso en la nevera. Para la Pascua, siempre preparaba jamón, pero sólo porque era lo que quería Zach. Como ya no tenía que acomodarse a los gustos de Zach, había comprado costillas para asar. Era un pequeño desafío que hacía que se sintiera una mujer independiente que tomaba sus propias decisiones.

Comenzó a preparar la tarta de Pascua.

No estaba de ánimo para hacerla, pero siguió por sus hijos. En mitad del proceso de divorcio, Allison y Eddie ya tenía suficiente alteración en su vida como para cambiar más cosas. El asado ya era suficiente cambio para aquel año, pero para la Pascua del año siguiente quizá hicieran algo completamente distinto, como un viaje.

La tarta en forma de conejito era la favorita de Allison. Fue haciendo cortes en el bizcocho hasta que dibujó la forma del animal. Después de bañarlo en azúcar, dibujó los bigotes con hilillos de licor, y le puso un par de pastillas de chocolate a modo de ojos. Antes, los niños siempre la habían ayudado a decorarlo.

Los echaba de menos, pese a tener aquellos momentos para sí misma que siempre había deseado. Además, estaba preocupada por la influencia que pudiera ejercer sobre ellos la novia de su padre. Aquello no eran celos, pensó. Era una reacción razonable.

Para cuando Zach llevó a los niños a casa, Rosie se había puesto de muy mal humor pensando en su marido y en su perfecta ayudante. Él debía de tener mucha prisa por librarse de Allison y Eddie, porque no se quedó junto a la casa ni un segundo más de lo necesario. Rosie se dio cuenta porque estaba espiando por la ventana. Su resentimiento se agudizó.

—Ya estamos en casa —dijo Eddie mientras entraban por la puerta principal. Se quitó la mochila de los hombros y la dejó en el vestíbulo.

Allison lo siguió, con los auriculares del reproductor de CD en los oídos. Lo hacía constantemente, y a Rosie no le gustaba. Quería saber exactamente qué tipo de música escuchaba Allison, pero no quería tener un enfrentamiento con ella. Había decidido finalmente que si Allison necesitaba sus discos, los tendría, al menos por el momento.

—¿Os lo habéis pasado bien? —preguntó Rosie, forzando un tono de entusiasmo.

Eddie se encogió de hombros.

—Hemos estado en casa de papá casi todo el rato.

—¿Y la búsqueda del Huevo de Pascua en el Club Rotario?

—Eso es para niños pequeños —respondió Allison, quitándose los auriculares el tiempo suficiente como para responder con expresión despectiva.

Después, se dejó caer en el sofá de la sala de estar. Eddie fue a buscar su consola de juegos y se sentó en el suelo, frente a la televisión.

Parecía que ninguno de los dos quería hablar con ella. Bien, tampoco ella estaba muy locuaz en aquel momento.

Allison tenía los ojos cerrados, y estaba moviendo la cabeza al son de la música que escuchaba, fuera cual fuera. Después de un minuto, más o menos, se quitó de nuevo los casos y miró a su madre.

—¿Qué hay de cenar?

—¿Vuestro padre no os ha dado la cena?

Su hija la miró como si aquélla fuera la pregunta más estúpida que hubiera podido formular.

—Papá no sabe cocinar.

—Os habéis quedado a dormir en su casa. ¿Quieres decir que no os ha hecho ni una sola comida?

¡Y él se dedicaba a criticarla por no hacer cenas caseras!

—Desayunamos en la hamburguesería.

—¿Habéis comido fuera todas las veces? —preguntó Rosie.

—No —dijo Eddie.

Allison no se molestó en responder.

—Papá dijo que comiéramos mucho jamón por él mañana —comentó Eddie, con la vista puesta en la televisión.

—No vamos a comer jamón.

Allison abrió mucho los ojos y se quitó los auriculares nuevamente.

—¿Has dicho que no vamos a comer jamón?

—No. He comprado costillas para asar.

—Yo odio el asado —gritó la niña.

—Allison...

—¡Tomamos jamón todas las Pascuas!

A Rosie se le encogió el corazón.

—Pensé que este año podíamos tomar asado.

Allison se puso en pie de un salto y miró a Rosie con el ceño fruncido.

—¡Lo has hecho a propósito!

—¿Qué? —preguntó Rosie, que apenas podía contener su mal humor.

—Ya sabes lo que has hecho —respondió Allison, y salió corriendo hacia su habitación. La casa vibró a causa del portazo con el que se encerró.

Rosie miró a su hijo en espera de una explicación. Eddie rodó hasta tumbarse de costado y la miró.

—A papá le gusta el jamón.

—Pero tu padre no va a estar con nosotros. Pensé que podíamos comer algo diferente este año. No creía que a Allison fuera a importarle una cosa u otra.

—No le importa —respondió Eddie, que volvió a recuperar su posición frente a al televisor—. Está enfadada con papá y contigo por el divorcio.

Rosie se hundió en el sofá.

—Hemos comido mucho —dijo Eddie—. En realidad, no tenemos hambre para cenar.

Al instante, Rosie sintió una gran desconfianza.

—¿Y dónde habéis comido? —preguntó. Casi tuvo que morderse la lengua para no preguntar por Janice Lamond.

—Papá nos llevó a Allison, a Chris y a mí a una pizzería. Podías comer todo lo que quisieras.

Rosie sonrió como pudo para disimular su indignación. Chris era el hijo de Janice Lamond, y si estaba en el apartamento de Zach, su madre estaba con él.

—Voy a salir un momento —dijo Rosie, luchando por mantener un tono de voz normal.

Eddie volvió a mirar a su madre.

—¿Vas a comprar un jamón para Allie?

—Sí —respondió Eddie, aunque aquella idea no se le había ocurrido hasta que su hijo la había mencionado.

Su destino era el apartamento de Zach. Quería decirle unas cuantas cosas. De camino a casa, se detendría en el supermercado para comprar una lata de jamón y apaciguar a Allison.

Rosie estaba a punto de explotar cuando llegó al edificio de apartamentos de Zach. Por lo general, habría dejado que su abogada se hiciera cargo de aquel detalle tan desagradable, pero en aquel momento no podía esperar a Sharon Castor.

Decididamente, Rosie se encaminó hacia el portal mientras se preparaba para encontrarse a Janice Lamond en el apartamento de Zach. Quizá estuvieran incluso en la cama. Aquella idea hizo que se sintiera enferma, pero no se detuvo a analizarlo.

Cuando Zach abrió la puerta, se quedó estupefacto al verla.

—¡Rosie! ¿Qué estás haciendo aquí?

—Tenemos que hablar —respondió ella.

—¿Ahora?

—¿Qué pasa, Zach, tienes compañía?

Él se apartó y le cedió el paso al interior. Rosie entró al vestíbulo, y sintió un inesperado nudo de dolor en el estómago. Aquel apartamento apenas tenía mobiliario, pero todo lo que había era de la casa familiar. Su marido había llevado a aquella mujer al apartamento para que se sentara en las sillas que había comprado Rosie, para que usara los platos que ella misma había elegido y que adoraba, y que había tenido que ceder a Zach.

—¿Qué quieres? —le preguntó él con cautela.

—Te pido, como favor personal —dijo ella—, que no traigas a tu novia al apartamento mientras los niños están aquí. Al menos, hasta que haya terminado el divorcio.

—¿De qué demonios estás hablando? —le preguntó Zach, mirándola con tal ferocidad que ella apenas pudo reconocerlo.

—Janice ha estado contigo esta tarde.

—¿Qué has hecho, interrogar a los niños sobre mis actividades? —le preguntó.

—No, no lo he hecho. Eddie me ha dicho que no quería cenar porque había comido mucha pizza con Chris.

—¿Y?

—Creo que lo he dejado bien claro. Si necesito tratar este asunto con Sharon, lo haré.

—Muy bien, como quieras —dijo Zach, con una sonrisa burlona—. Haz más el ridículo. A mí me importa un comino.

Rosie se negó a permanecer allí intercambiando insultos con él, pero al salir por la puerta, no pudo evitar lanzar un último ataque.

—Tendría que esforzarme mucho por hacer el ridículo más que tú.

Zach cerró de un portazo cuando ella salió de la casa.

Rosie volvió al aparcamiento y entró en el coche. Al poner las manos sobre el volante, se dio cuenta de que estaba temblando y de que tenía que calmarse antes de conducir.

Antes de ponerse en marcha, cerró los ojos con todas sus fuerzas para evitar estallar en lágrimas.

Maryellen se subió una falda por las caderas, pero descubrió que no podía abrocharse el botón de la cintura. Todavía no estaba embarazada de seis meses, y nada de su ropa normal le valía ya. Estaba claro que necesitaba comprar algo de ropa premamá.

Y no era sólo su guardarropa lo que iba a cambiar, sino toda su vida. Miró a su alrededor por la casa e imaginó cómo sería dentro de un año. Habría juguetes, un columpio de bebé o un parque infantil en el salón y una trona en la cocina. La segunda habitación de la casa que normalmente utilizaba como despacho, sería para el niño.

Sintió una alegría nueva para ella. Iba a tener un hijo, y en aquella ocasión lo haría todo bien. En aquella ocasión no había un hombre de por medio.

Entusiasmada, llamó a Kelly. Se sentía más cerca que nunca de su hermana. Aquel fin de semana que habían pasado juntas había servido para unirlas de nuevo a las tres. Qué sabia había sido su madre al proponerlo.

Durante la conversación con su hermana, le propuso que fueran a comer juntas al paseo marítimo. Kelly aceptó encantada, y cuando hubieron comprado una sopa caliente, caminaron hacia una de las mesas del paseo. Kelly iba empujando el cochecito de Tyler. A los nueve meses, el niño iba sentado muy erguido, moviendo las manitas y haciendo gorgoritos de felicidad.

Una vez sentadas, Maryellen abrió su sopa y la removió con una cuchara de plástico. Las gaviotas pasaban por encima de ellas, graznando ruidosamente, pero las dos hermanas no les prestaron atención.

—Quería preguntarte algunas cosas sobre el embarazo —le dijo Maryellen a su hermana—. Si no te importa, claro.

—Adelante —respondió Kelly. Rasgó el plástico que protegía los panecillos tostados que había comprado y le dio uno a su hijo, que comenzó a chuparlo con deleite.

Maryellen no sabía por dónde empezar.

—¿Tuviste miedo? —le preguntó Maryellen.

—Tuve mucho miedo —admitió Kelly—. Leí todos los libros que cayeron en mis manos.

—Yo también —dijo Maryellen.

Su madre había buscado por todas las estanterías de la biblioteca y le proporcionaba a Maryellen todos los libros que se habían publicado sobre el embarazo y el parto.

—¿Y qué pasó cuando llevaste a Tyler a casa desde el hospital?

Kelly se rió y sacudió la cabeza.

—Haz la siguiente pregunta.

—¿Por qué?

—Porque Paul y yo no nos poníamos de acuerdo en nada.

—Yo no tendré ese problema.

—Exactamente. ¿Cómo te las estás arreglando con la ropa? Tengo algunas camisetas de maternidad muy bonitas. ¿Te gustaría que te prestara algunas?

Maryellen asintió.

—Te las llevaré este fin de semana.

—Eso sería estupendo —dijo Maryellen, y sintió un gran cariño hacia su hermana.

—¿Ya has decidido quién va a cuidarte el niño durante la jornada laboral?

Aquélla era, por supuesto, una preocupación importante. Tenía que pensar seriamente en entrevistar a candidatas y visitar centros infantiles.

—Escucha —le dijo Kelly—. Yo podría hacerlo durante los dos primeros años.

Maryellen se quedó sin palabras.

—¿Lo harías?

—Antes tengo que consultarlo con Paul, claro, pero no veo por qué no. Otro bebé no puede darme mucho más trabajo extra y de todos modos, yo estoy en casa. Me gustaría ayudarte, Maryellen. ¿Para qué están las hermanas, si no?

A Maryellen se le llenaron los ojos de lágrimas. Aquel ofrecimiento era algo completamente inesperado. Apartó la mirada porque no quería que su hermana supiera que estaba intentando disimular la emoción.

—¿Sabes una cosa? —le preguntó cuando estuvo segura de que no iba a echarse a llorar—. El otro día estaba sentada en la cocina leyendo una revista que me había recomendado mamá, cuando me di cuenta de que... era feliz.

Kelly le tomó la mano.

—Yo también lo veo. Se te nota.

—Deseo tanto tener este bebé... —se apretó la palma de la mano contra el vientre y cerró los ojos. Después susurró—: También quería tener el otro.

Sus palabras provocaron un silencio de asombro.

—¿Tu primer bebé? —le preguntó Kelly, también en un susurro.

—Yo... estaba embarazada cuando Clint y yo nos casamos. Oh, Kelly, yo era joven y muy tonta. Fue un accidente, pero deberíamos haber sabido que iba a ocurrir, porque éramos descuidados. De todos modos, fue un gran golpe.

—¿Qué pasó con el embarazo?

Maryellen miró hacia las azules aguas de la cala.

—Clint quería que abortara. Me juró que me quería, pero que no estaba preparado para ser padre.

—¿Cómo pudo sugerirte algo así?

—Yo no podía creer que quisiera deshacerse de nuestro bebé, pero para él sólo era... una molestia.

—Pero te casaste con él.

Maryellen asintió. Tenía un nudo de culpabilidad y tristeza en el estómago por lo que había hecho.

—Yo... yo quería a Clint, o pensaba que lo quería. Le dije que no iba a abortar, y que no me importaba que nos casáramos o no. Iba a tener a mi hijo. Creo que él se aterrorizó al pensar en que tendría que pagar la manutención.

—No lo entiendo.

—Me dijo que se casaría conmigo si abortaba. Que ése era un modo de demostrarle mi amor, de demostrar que nuestra relación era algo serio. Me convenció de que tendríamos otros hijos.

—¿Y accediste?

Maryellen asintió nuevamente.

—No quería hacerlo, pero quería a Clint y creía que él me quería a mí. Así que nos escapamos y nos casamos, e inmediatamente después fuimos a una clínica de abortos. Durante todo el tiempo, Clint me decía que aquello era lo mejor, y que habíamos tomado la decisión correcta.

—Oh, Maryellen, debiste de sufrir mucho. Nunca me gustó Clint, y ahora sé por qué.

—Ésa es la razón por la que siempre he evitado a los niños. Fingía que era demasiado sofisticada y madura para mezclarme con ellos, cuando en realidad, me dolía el corazón por lo que había hecho. Por lo que me había perdido...

—Lo siento muchísimo.

—He cargado con esta vergüenza y esta culpa durante años.

Nadie más lo sabía; ni siquiera su madre. Maryellen había conseguido ocultar su feo secreto.

El niño que iba a tener no había sido algo planeado, pero no iba a cometer el mismo error. No iba a tener una relación con el padre de aquel niño. Jon no lo quería; lo había dejado claro antes de Navidad, cuando le había preguntado si podía estar embarazada. Ella había visto el alivio reflejado en sus ojos cuando ella le había asegurado que no había ningún problema.

En aquella ocasión, Maryellen iba a proteger a su hijo.

El jueves por la tarde Jack estaba sentado en su escritorio revisando un artículo de Charlotte. Desde la operación sus artículos se habían vuelto más políticos. Ahora su misión era conseguir una clínica gratuita para Cedar Cove, y por ello lo mencionaba en todos sus artículos. Jack estaba haciendo los arreglos estilísticos necesarios en el texto, cuando sonó el teléfono. Al responder la llamada, oyó la voz de Eric, y de fondo, el llanto de sus nietos. Eric le pidió a su padre que les cantara por el auricular, pero cuando Jack intentó entonar una nana que le había cantado a Eric de pequeño, los gritos se incrementaron.

—No eres de ayuda —dijo Eric, retomando la conversación.

—¿Qué estás haciendo ahí? —le preguntó a Eric.

—Shelly me necesitaba. No tienes idea de todo el trabajo que dan dos bebés.

—Pero, ¿no deberías estar en Reno?

Para Eric era muy duro el tema del traslado porque quería estar con Shelly y los niños. Había cogido dos semanas de vacaciones, pero no le quedó más remedio que incorporarse. Lo que hacía ahora era pasar los fines de semana con ellos. Shelly insistió en que se hiciera las pruebas de ADN y el resultado confirmó que los gemelos eran hijos de Eric.

—¡Papá! —gritó Eric para hacerse oír por encima de las voces de sus hijos—. ¿Todavía estás ahí?

—Sí —respondió Jack.

—¿Crees que podrías conseguir que me casara Olivia?

—Espera un minuto, hijo. Si alguien va a casarse con Olivia aquí, ése soy yo.

Sonrió al oír la carcajada de Eric al darse cuenta del malentendido.

—Entonces, ¿Shelly y tú habéis decidido casaros?

—Sí. Ya era hora, ¿verdad?

—Pues sí. Deberíais haberlo hecho hace diez meses, en mi opinión.

—Shelly está dispuesta a mudarse a Reno conmigo.

A Jack no le gustaba nada la idea de separarse otra vez de su hijo, y menos la de perderse a sus nietos, pero estaba muy contento de que Shelly y Eric se casaran y formaran una familia.

—Entonces, te vas a llevar a mis nietos lejos de mí.

—Puedes venir a visitarme siempre que quieras.

—Cuenta con ello.

Terminaron la conversación a los pocos minutos, después de que Jack se comprometiera a preguntarle a Olivia si estaba dispuesta a oficiar la ceremonia de Eric y Shelly. En realidad, Jack estaba contento de tener una excusa para ir a ver a su jueza favorita.

En cuanto salió del periódico, se puso en camino de casa de Olivia. La encontró trabajando en el rosal de la parte trasera de la casa.

—Ojalá a mí me mimaras tanto como a las rosas.

—Shh —le dijo ella—. Acabo de plantarlas, y necesitan mi atención.

—Y yo también —dijo Jack.

—Quédate y te invitaré a cenar.

Él sonrió, contento de haber recibido la invitación. Su relación con Olivia era complicada. Si los gemelos no hubieran decidido hacer su entrada triunfal en el mundo cuando lo habían hecho, quizá él hubiera conseguido convencerla para que hicieran el amor.

Sin embargo, cuando Jack había vuelto del hospital, ella había tenido tiempo de pensar y de decidir cuál era el mejor paso que podían dar. Y su decisión había sido que sí, finalmente aquello sucedería, pero que al contrario que Jack, ella no tenía prisa.

Durante las semanas que habían pasado desde entonces, él había hecho todo lo posible por demostrarle su amor, tanto como ella hacía con sus rosas.

—Eric me ha llamado esta tarde —le dijo—. Me preguntó si estarías dispuesta a casarlos a Shelly y a él.

—Por supuesto —respondió Olivia—. ¿Te dijo cuándo quiere celebrar la boda?

—No, pero ése es un detalle menor, ¿no te parece?

—Después de ver lo mucho que les ha costado llegar a este punto, estoy de acuerdo contigo. Debe de haber algo en el ambiente, porque yo también he tenido noticias de mi hijo. James y Selina vienen a visitarnos el mes que viene.

—Eso es estupendo. Estoy deseando conocerlos.

—Y yo estoy deseando tomar en brazos a Isabella. ¿Sabes que va a cumplir un año este mes? De verdad, no sé adónde ha ido el año pasado. Apenas nos conoce a Stan y a mí.

Ante la mención de su ex marido, Jack se sintió tenso.

—Supongo que Stan querrá ver a James.

—¡Pues claro! —exclamó ella. Se puso en jarras y lo miró de un modo que hizo que Jack tuviera ganas de retorcerse—. No me iras a decir que te ha dado otro ataque de celos, ¿verdad?

—¿A mí? —preguntó él.

Sin embargo, era cierto que detestaba la idea de que Stan se acercara a Olivia. Quizá ella no se diera cuenta, pero su ex marido tenía intereses fuera de su matrimonio. A Stan no le gustaba que Olivia saliera con Jack. Estaba seguro de que Stan había hecho todo lo posible por estropear la relación.

—¿Qué hay de cenar? —le preguntó él, para evitar aquel punto de confrontación.

—Estaba pensando en hacer ensalada de pollo oriental.

—¿Esa que tiene pasas y fideos chinos, que me gustó tanto la última vez?

—Eres fácil de agradar —le dijo ella, sonriendo.

Y era cierto. Después de años de comer lo que él mismo cocinaba y de comida rápida, la cocina de Olivia era todo un lujo. Sin embargo, por mucho que disfrutara de su comida, era a Olivia a quien había ido a ver, a quien deseaba y a quien quería.

En realidad, nunca le había dicho lo que sentía de verdad. Para ser un hombre que trabajaba con las palabras, Jack sabía que se le daba muy mal expresar sus sentimientos.

—Parece que estás preocupado —murmuró Olivia mientras se quitaba los guantes del jardín.

Él se encogió de hombros mientras caminaban hacia las escaleras de la casa.

—¿Por algo en especial?

—No, no —dijo él, y se dio cuenta de que había respondido con demasiada rapidez.

En la cocina, Olivia lo observó con atención mientras se lavaba las manos. Cuando se las secó, abrió la nevera y miró una lechuga que había dentro.

—¿Puedo ayudar en algo? —preguntó Jack, que se sentía fuera de lugar.

Quería decirle cómo se sentía, pero tenía miedo del hecho de que hacer un anuncio fuera embarazoso o inapropiado. Así pues, lo dejó pasar.

—No, no es necesario, gracias —dijo ella.

Él comenzó a pasearse por el salón. No podía estarse quieto. Necesitaba una copa. Aquello le ocurría de vez en cuando, aunque pocas veces. Necesitaba ir a una reunión, y necesitaba hablar con su consejero, Bob Beldon.

—Olivia —le dijo con ansiedad—. Al final no puedo quedarme.

—¿No? —le preguntó ella con perplejidad.

—Tengo que ir a otro sitio. Lo siento, perdóname. Necesito ir a una reunión. No te importa, ¿verdad?

—¿A una reunión? Ah, te refieres a Alcohólicos Anónimos. ¿Va todo bien?

—No lo sé. Creo que sí. Discúlpame, pero las reuniones me ayudan a aclararme la cabeza y librarme de las tentaciones.

—¿Tienes una tentación ahora?

—Estoy pensando en lo bien que sabría una cerveza fría. El mejor sitio donde puedo estar ahora es en una reunión. Hay un grupo en el pueblo, y algunas veces voy. Empieza dentro de quince minutos.

—Entonces, ve.

Él ya estaba a medio camino de la puerta.

—Gracias por entenderlo.

—¿Jack?

Oyó que lo llamaba y se volvió, con la mano posada en el pomo de la puerta.

—¿Me llamarás luego?

—Por supuesto.

16

Pese a la determinación de mantenerse apartada de Jon, Maryellen sentía curiosidad hacia él. Era una curiosidad insana, pero persistente. Ella suponía que se debía principalmente a su talento.

La Galería Bernard, en el centro de Seattle, era la que vendía sus fotografías en aquel momento. Maryellen estaba segura de que a él le iba bien. Necesitaba un público más amplio, y en aquella galería podía conseguirlo. Sin embargo, echaba de menos sus infrecuentes visitas, y también sus fotografías.

Cuando se enteró de que se iba a celebrar una exposición de su trabajo, Maryellen decidió asistir a la inauguración. No tenía miedo de encontrarse con Jon allí; por experiencia, sabía que él evitaba aquellos eventos.

El domingo era el Día de la Madre, y después de pasar la mañana con Kelly y con Grace, tomó el ferry y cruzó la bahía hasta Seattle. Cuando llegó a la Galería Bernard, la exposición estaba en su apogeo. Habían expuesto las fotografías colgándolas del techo. Eran unas imágenes muy bellas, cada una de ellas firmada y numerada.

Maryellen admiró sus fotografías de naturaleza, y también la serie que Jon había tomado en los muelles, retratando los barcos, los mástiles erguidos hacia el cielo. Eran fotografías serenas, misteriosas, bellas.

El segundo grupo era completamente distinto a nada que ella hubiera visto de Jon. La primera fotografía de aquella serie tenía una nota que decía que no estaba a la venta. Maryellen se detuvo a observarla.

Era la imagen de una mujer que estaba al final del muelle, mirando hacia la bahía. Las cumbres nevadas del monte Olympics se distinguían en la distancia. Era un día soleado, y la mujer estaba de espaldas a la cámara. Ella estaba de puntillas, apoyada en la barandilla, echando palomitas de maíz al cielo para que las gaviotas se acercaran a comer. Las aves revoloteaban a su alrededor, agitando rápidamente las alas. Parecía que Jon había empezado a tomar fotografías de gente...

¡Un momento!

Aquella mujer era ella misma. Jon la había fotografiado mientras caminaba por el muelle. Maryellen se acercó a la siguiente fotografía, y se dio cuenta, con alivio, de que sólo había una fotografía de ella en toda la sala.

En vez de sentirse animada, Maryellen estaba deprimida cuando tomó el ferry de vuelta a casa. Aquella única fotografía le había dicho más de lo que ella quería saber.

Jon la había visto en el muelle, sin que ella se diera cuenta. Por el abrigo que llevaba en la fotografía, Maryellen sabía que debía de haber sido en marzo. El hecho de que él hubiera tomado aquella fotografía, la única que había hecho de una persona, le daba a entender que sentía algo por ella. Sin embargo, Maryellen no podía permitirse responder a aquellos sentimientos ni a la atracción que sentía por él. No podía.

En vez de ir a casa directamente, Maryellen fue a ver a su madre. Grace estaba en la cocina, preparando sus comidas para la semana.

—Estoy probando recetas nuevas —le contó a su hija—. ¿Has cenado ya?

—Todavía no. He comido mucho hoy —dijo Maryellen.

Había perdido el apetito, pero aquello tenía más que ver con su agitación que con el estómago vacío.

—¿Qué te pasa? —le preguntó su madre.

—¿Y por qué piensas que me pasa algo? Hoy es el Día de la Madre, y me gustaría pasar más tiempo con mi madre. Eso no significa que tenga que pasar nada, ¿no?

Grace tomó un pedazo de papel de aluminio y cubrió una cazuela pequeña que acababa de sacar del horno.

—Espero que no te importe que te lo diga, pero estás a la defensiva.

—Quizá sea mejor que me vaya a casa —dijo Maryellen. Su madre era capaz de leerle la mente a la perfección.

—¿Lo has visto? —le preguntó Grace, y la dejó asombrada.

—No. No —repitió, sacudiendo la cabeza.

Grace puso agua a calentar. Siempre que tenían que hablar de algo serio, su madre hacía té.

—Mamá…

—Siéntate y no me contradigas —le ordenó su madre.

Ella obedeció. A los pocos minutos, el té estaba preparado sobre la mesa, y su madre se sentó junto a ella.

—Ya sabes —le dijo—, que yo estaba embarazada de ti cuando me casé con tu padre. En aquellos días había que casarse.

—Los tiempos han cambiado —respondió Maryellen.

—Él es artista, ¿no?

—Mamá —dijo Maryellen. Aquellas preguntas la exasperaban—. Ya te he dicho que no voy a responder a ninguna pregunta que tenga que ver con el padre del niño, así que por favor, no las hagas.

—Tienes toda la razón —dijo Grace—. No quería hacerlo... en realidad, lo que quería hacer era hablarte de tu padre y de mí. Pasamos más de treinta y cinco años juntos y... bueno, no sé si fui la mejor esposa para él. Creo que hubiera sido más feliz con otra mujer. Por lo que sabemos, ésa es la razón más verosímil de que se fuera.

—Lo dudo. ¿Sabes, mamá? Yo no recuerdo ninguna época en la que papá fuera feliz. A veces se sumía en aquel malhumor... Kelly y yo sabíamos que debíamos evitarlo.

Grace asintió.

—Se encerraba en sí mismo. No puedes culparte, mamá.

—No lo hago —respondió Grace—. Lo que estoy intentando decir es que en lo referente al padre de tu hijo, sigas lo que te diga el instinto. No hagas lo que los demás crean que es mejor, haz lo que te diga el corazón.

—Lo estoy haciendo, mamá, lo estoy haciendo.

—Muy bien. Eso es lo único que te pido.

Maryellen sonrió y tomó la mano de su madre.

—Gracias, mamá. Necesitaba oírlo. Y ahora, ¿qué te parece si me das algo de cenar? De repente, tengo hambre.

Casi una semana después, el viernes por la tarde, Grace aún estaba pensando en su conversación con Maryellen. Rezaba por que las cosas salieran bien. Si Maryellen había decidido no involucrar al padre de su hijo en su vida, tenía que haber una razón. Algunas veces, notaba cierta incertidumbre en su hija, como si ella dudara de su propia decisión; sin embargo, Maryellen se negaba a hablar con ella. Quizá después de que naciera el bebé cambiara de opinión.

Cliff le había pedido que lo llevara al aeropuerto aquella tarde. Iba a llevar los recuerdos de su abuelo, El Vaquero Audaz, a un museo de Arizona. Cuando llegó a su rancho, él ya estaba preparado, esperándola. Los vecinos iban a cuidarle los caballos, y Cliff les devolvería el favor cuando ellos fueran de viaje.

−Bueno, ¿listo?

−Cuando quieras.

Cliff puso la maleta en el maletero del coche de Grace y se sentó en el asiento del pasajero. Grace arrancó y tomó el camino hacia la carretera principal.

−Gracias por hacerme este favor −le dijo Cliff.

−Es lo menos que puedo hacer −respondió ella−. Tú has hecho muchas cosas por mí.

Sin perder la oportunidad, Cliff respondió:

−Si sientes que tienes obligaciones hacia mí, te sugiero que pienses seriamente en nuestra relación, hacia dónde podemos ir.

Él lo había dicho en broma, y ella respondió del mismo modo:

−Vamos al aeropuerto. Y ahora, ¿quieres dejarte de tonterías?

Cliff se rió.

−¿Cómo está Maryellen?

—Muy bien. Ya lleva ropa premamá. Yo no habría querido esto para ella, pero estoy asombrada, porque está muy feliz. Muy contenta por tener un bebé. Estoy segura de que el padre es un artista al que ella conoce.

Al principio, Grace no tenía intención de hablar de ello, pero finalmente le contó a Cliff la conversación que había tenido con su hija el domingo.

Cliff la escuchó con atención.

—Admiro la manera en que te relacionas con tus hijas. Sois honestas y abiertas.

—¿Tú no tienes una relación así con Lisa?

—No realmente. Evitamos el tema de su madre. Es como si Susan fuera una mujer fantasma. Creo que Lisa tiene miedo de decir algo que me haga daño, aunque dudo que mi ex mujer tenga ese poder.

—¿Qué quieres decir?

—No sé. Creo que una de las razones por las que me sentí atraído hacia ti fue por Susan.

Aquello alarmó al instante a Grace.

—¿Quieres decir que me parezco a ella?

—Ni en lo más mínimo. Sois diferentes. Físicamente, por ejemplo. Ella es alta y delgada, mientras que tú eres bajita y… tienes unas curvas muy agradables.

—Muchas gracias —refunfuñó Grace.

Un hombre no podía saber el esfuerzo que le costaba mantener aquellas curvas bajo control. Lo miró de reojo, y vio que él la estaba observando con una expresión divertida.

—Lo dices por mis muslos, ¿verdad?

Él se rió.

—Es una pena que estés conduciendo, porque de lo contrario, encontraría una excusa para besarte ahora mismo.

—¡Pero no vas a hacerlo!

—No por falta de interés —dijo él, sacudiendo la cabeza—. ¿No te das cuenta de que te encuentro muy atractiva?

Ella agarró el volante con fuerza.

—Sólo explícame ese comentario sobre Susan.

—Lo único que quiero decir es que tú y yo tenemos mucho en común.

—¿Qué, exactamente?

—Bueno, para empezar, yo sé lo que es que la persona a la que quieres se vaya con otro. Es una experiencia muy dolorosa, y hace mella en la psicología de uno. Es como si todos los defectos, las dudas que uno haya podido tener sobre sí mismo fueran ciertas. Si Susan tuvo una aventura, fue porque yo carecía de algo.

Ella siguió conduciendo con la vista fija en la carretera.

—¿Quieres decir que los hombres también pensáis eso? —le preguntó, sorprendida por la revelación.

—Claro. Pero yo hice lo que pude para compensar la situación.

—¿Como por ejemplo?

—Por ejemplo, yo me dediqué a los caballos. Hice caso omiso de lo que pasaba a mis espaldas porque era la única manera de poder vivir con ello. Se supone que un hombre no debe sufrir, ¿sabes? —añadió irónicamente.

—¡Eso es ridículo!

—Sí, bueno. Yo aprendí que uno siente dolor de un modo u otro. Creo que si Susan y yo hubiéramos continuado como estábamos, la situación habría acabado conmigo. Ella fue más valiente que yo y decidió acabar con nuestro matrimonio. Lo curioso es que yo me sentí agradecido.

—¿Y qué tiene eso que ver conmigo?

—Ah, sí. Ése era el origen de la conversación —dijo él con una sonrisa—. Cuando nos conocimos... el día en que yo fui a la biblioteca para intercambiar las tarjetas de crédito, me sentí muy atraído por ti. Admito que me inquietó, porque llevaba divorciado cinco años y no estaba interesado en tener otra relación. Y entonces, de repente, fue como si hubiera estallado una bomba y mi futuro fuera de una manera completamente distinta. Y ahora me doy cuenta de lo que me atrajo tanto de ti. O al menos, parte de lo que me atrajo.

Ella lo miró inquisitivamente durante un segundo y volvió a fijar su atención en el tráfico.

—Tú crees que Dan está con otra mujer.

Grace tragó saliva para deshacer el nudo de dolor que se le formó en la garganta al oír aquellas palabras.

—Te has enfrentado a emociones que siente alguien a quien han traicionado en su matrimonio. Es lo mismo que yo sentí con la aventura de Susan.

Quizá Cliff tuviera razón. En el fondo de su corazón, Grace estaba convencida de que Dan estaba con otra mujer. Una mujer a la que quería tanto que estaba dispuesto, por ella, a dejar a su familia y alejarse de toda su vida. Había muchas cosas sobre su desaparición que no tenían sentido, y ella no tenía respuestas.

Grace tomó la salida de Tacoma y se dirigió hacia el aeropuerto por una carretera secundaria. La ruta que Dan le había enseñado.

—¿Puedo contarte mi teoría sobre el intercambio de tarjetas? —le preguntó Cliff.

Ella se echó a reír.

—Estoy impaciente por oírla.

—Bueno, en mi opinión fue el destino.

—¿La responsable no fue la camarera del Palacio de las Crepes?

—No. Ella fue el instrumento del destino.

—Así que estábamos destinados a conocernos.

—Sin duda. Yo pienso que esa confusión de la camarera fue un regalo. Una compensación de la vida por todo el dolor que llega con un divorcio.

Grace sintió una opresión en la garganta.

—Eso es muy dulce, Cliff.

—Lo digo en serio. Algún día, cuando estés lista, espero que podamos ser algo más que amigos.

—Me gustaría.

Él se quedó callado, y miró por la ventanilla mientras llegaban al aeropuerto.

—Sé que para ti es importante encontrar a Dan. O al menos, saber qué le ha ocurrido.

—Me gustaría terminar con la incógnita, pero quizá nunca lo consiga. Lo he aceptado. Tengo que seguir con mi vida.

—¿Lo dices en serio? Porque si lo dices en serio,

me gustaría que pensaras en que tuviéramos una relación, Grace.

—¿Estás hablando de... —ella volvió a tragar saliva y paró junto al bordillo para que Cliff pudiera salir del coche—. ¿Estás hablando de una relación en serio?

Él tenía la mano sobre el abridor de la puerta.

—Sí.

Sin decir nada más, abrió la puerta del coche. Ella le puso una mano en el brazo para detenerlo.

—Que tengas buen vuelo.

—Gracias.

Grace se inclinó hacia él, y Cliff se acercó para darle un beso, un beso que duró todo el tiempo que tardó en pitar de impaciencia el conductor del coche de atrás.

Cliff miró rápidamente por encima del hombro, y después se volvió hacia ella.

—¿Es ésta tu respuesta?

—No lo sé —dijo Grace, pero tenía una sonrisa cálida en los labios—. Lo pensaré mientras estás de viaje.

—Piénsalo —le pidió él, devolviéndole la sonrisa con la mirada.

★ ★ ★

Olivia estaba demasiado emocionada como para permanecer quieta. Stan iba a llegar en cualquier momento, y con él aparecerían James, Selina y su nieta, Isabella Dolores Lockhart. Stan había ido a recogerlos al aeropuerto de camino a Cedar Cove desde Seattle, donde vivía.

—¡Ahí están! —gritó Justine, desde la ventana.

Olivia y Charlotte salieron corriendo al porche. Olivia bajó las escaleras con los brazos abiertos para abrazar a su hijo en cuanto salió del coche. En unos segundos, tuvo a su nieta Isabella, dormida, en brazos. El bebé apretó la cabecita contra el hombro de Olivia, y a ella se le derritió el corazón de amor por su nieta mayor.

—Abuela —dijo James, abrazando a Charlotte—. Tienes un aspecto estupendo.

—Bueno, todavía no me he muerto —respondió Charlotte mientras daba un paso adelante, esperando a que le presentara a Selina—. Supongo que no me ha tocado.

James rodeó la cintura de su esposa y se la presentó a todo el mundo. A Selina le brillaban los ojos oscuros de felicidad mientras conocía a cada miembro de la familia.

Seth y Justine aparecieron enseguida.

—Vaya, hermana —dijo James, dándole unas suaves palmaditas en el vientre—. Ya casi eres mamá.

—Todavía me quedan unos meses —respondió ella quejumbrosamente.

—Oh, entonces es sólo que estás gorda.

—Ten cuidado con lo que dices —le advirtió Seth entre dientes. Los dos hombres se dieron un breve abrazo.

—Bienvenido a la familia —le dijo James a Seth.

—Gracias.

Cuando Olivia consiguió que todo el mundo entrara en la casa, se sentía aturdida de felicidad. Era muy raro tener a toda la familia reunida en casa.

—¿Dónde está Marge? —le preguntó a Stan. Cuando había planeado aquella reunión, había incluido a la segunda esposa de su ex marido.

—Marge no ha podido venir —dijo Stan, verdaderamente apenado—. Os envía sus disculpas.

—Por favor, dile que es bienvenida en cualquier momento.

—Se lo diré —le prometió Stan.

Olivia se dio cuenta, sin embargo, de que Stan no le preguntaba por Jack; más tarde reflexionaría sobre aquella observación.

Mientras Olivia y Charlotte comenzaban a poner la mesa para la cena, Stan tomó a Isabella en brazos. Olivia sonrió al verlo en la mecedora, acunando a su nieta. Estaba muy relajado. La última vez que lo había visto así era cuando James era un bebé y los gemelos tenían cinco años... Olivia tuvo que parpadear porque se le habían llenado los ojos de lágrimas al recordar. Se apresuró a entrar en la cocina.

Un poco después, su hijo entró en la cocina y mientras preparaba la comida para servirla, Olivia estuvo hablando con él.

Quería saber si la marina iba a enviarlo pronto al puerto de Bremerton, pero James le dijo que lo habían destinado durante dos años a San Diego. Olivia suspiró resignadamente.

Pronto, toda la familia estuvo reunida alrededor de la mesa. Olivia y Charlotte llevaban cocinando durante días para que James tuviera la oportunidad de tomar todos sus platos favoritos. Después de cenar, siguieron sentados, tomando café y recordando los viejos tiempos, riéndose y contando historias. Un poco después, Selina se retiró para acostar a la niña.

Olivia la condujo hasta la antigua habitación de James, y Stan las siguió con el equipaje.

Cuando bajaban de nuevo al comedor, Stan le puso la mano en el hombro a Olivia para detenerla. Ella se dio cuenta de que estaba mirando las fotografías que estaban colgadas en la pared de la escalera. Aunque ellos se habían divorciado muchos años antes, ella no había quitado la fotografía de su boda de allí; no por razones sentimentales, sino porque pensaba que era importante para sus hijos.

Stan miró la fotografía del colegio de Jordan. Correspondía al año en que había muerto ahogado.

—Algunas veces me pregunto...

No terminó la frase, pero no era necesario. Olivia se había hecho la misma pregunta muchas veces. Pensaba en cómo habrían sido sus vidas si aquel día Jordan hubiera decidido montar en bicicleta en vez de ir al lago con sus amigos...

—Mamá... —dijo James desde el comedor—. La abuela dice que va a lavar los platos.

—Ni hablar —dijo Stan, y comenzó a bajar de dos en dos las escaleras—. Charlotte, ¡siéntate ahora mismo! Yo lavaré los platos.

—¿Tú?

Parecía que Marge lo tenía mejor educado de lo que Olivia lo hubiera tenido nunca.

Stan se detuvo ante la mesa y comenzó a reunir platos, vasos y cubiertos para llevarlos a la pila.

—Eh... quizá necesite algo de ayuda.

—Yo me ofrezco voluntario —dijo Seth.

—No —dijo Olivia—. Justine está muy cansada. Llévala a la casa para que no esté agotada mañana.

La inauguración de El Faro se celebraría aquella semana, y al día siguiente se haría una presentación preliminar para la Cámara de Comercio en el restaurante.

Después de pasar diez horas aquel mismo día preparando el local para la fiesta, la pareja necesitaba descansar. Afortunadamente, Justine había dejado su trabajo del banco, y Seth ya no trabajaba en el mar.

Olivia les dio un abrazo y los empujó hacia la puerta.

James se acercó a decir adiós.

—Eh, creo que es estupendo que hayáis abierto un restaurante —dijo, acompañándolos al porche.

Olivia entró en la casa, remangándose por el camino. Vio que Stan había despejado toda la mesa y que Charlotte se había sentado en el sofá a ver su concurso favorito de televisión mientras hacía punto.

En la cocina, Stan había llenado el fregadero de agua jabonosa para las ollas y las fuentes.

—No tienes por qué hacerlo —le dijo Olivia.

—Quiero ayudar —respondió él—. Se me había olvidado lo buenos que son tus pimientos rellenos.

—Me alegro de que te hayan gustado.

Entonces, él se quedó callado. Olivia pensó que aquella gravedad era extraña, después de la alegría de la cena y de la sobremesa.

—Supongo que puedo contártelo —dijo él de repente, de espaldas a ella mientras lavaba los platos.

—¿Qué? —respondió Olivia con una carcajada—. ¿Es que Marge te va a abandonar? —dijo, riéndose de su propia broma.

—Pues sí, más o menos —dijo él—. Marge y yo vamos a separarnos.

Olivia no pudo disimular su consternación. Su comentario tonto y superficial había dado en el clavo.

—Oh, Stan, lo siento muchísimo.

—Sí. Yo también.

—¿Y por qué…? No, no es necesario que yo lo sepa. Es sólo que no me lo esperaba.

—Yo tampoco. Ha sido un año muy difícil para nosotros, y la semana pasada decidimos que lo mejor sería tomarnos un descanso el uno del otro.

Olivia no sabía qué decir.

Él tomó un trapo y se secó las manos, con la vista clavada en el suelo.

—Esta noche con James y Justine aquí, viendo a nuestros hijos tan felices y enamorados... no sé, me ha ocurrido algo.

—¿Qué?

—No sé cómo explicarlo. Somos abuelos, Olivia, y estamos a punto de convertirnos en abuelos por segunda vez.

—Sí...

—Estar sentados a la mesa, todos juntos, ha hecho que me diera cuenta de lo mucho que desearía deshacer el pasado. De lo mucho que desearía que fuéramos pareja de nuevo.

—Oh, Stan...

—Lo sé, lo sé, no debería haberlo dicho, pero es cierto. Lo entendí durante la cena. Tú y yo estamos hechos el uno para el otro. Cometí un terrible error cuando te dejé, y ahora no dejo de lamentarlo.

Muchas veces durante todos aquellos años, Olivia también había lamentado aquel divorcio.

Si ella hubiera sido más fuerte, si hubiera sido capaz de superar la muerte de Jordan, habría luchado por salvar su matrimonio y por mantener unida a la familia. Sin embargo, era demasiado tarde para recuperar algo que pertenecía al pasado.

Olivia lo sabía, y en el fondo, Stan también lo sabía. Ella estaba segura.

17

Maryellen estaba impresionada con El Faro. Justine y Seth habían hecho un magnífico trabajo con la renovación de El Galeón del Capitán.

Grace había ido a la presentación con ella, y estaba tomando una copa de vino en un rincón del restaurante junto a Olivia. Era evidente que tenían mucho de qué hablar, porque no se habían separado desde que habían llegado.

La comida estaba servida en bandejas de plata, dispuestas sobre mesas con manteles blancos.

Sabiendo que asistiría a una fiesta aquella tarde, Maryellen apenas había comido nada durante todo el día y estaba hambrienta. Tomó un plato y se puso a la cola del bufé mientras charlaba con otros invitados.

Justine estaba radiante, pensó Maryellen mientras observaba cómo Seth y ella recibían a los invitados. Siendo sus madres tan amigas, y pese a la diferencia de edad, Maryellen y Justine se conocían desde pequeñas, aunque nunca habían sido amigas.

Sin embargo, últimamente, al haberse quedado embarazadas en la misma época, habían quedado algunas veces para hacer compras para los bebés y su relación se estaba haciendo más estrecha.

Poco después, Maryellen se acercó a ella para decirle que el restaurante estaba precioso y que la comida era excelente.

Justine sonrió.

—La comida debemos agradecérsela a nuestro chef —dijo—. Es muy bueno.

—¿Dónde lo encontrasteis? —preguntó Maryellen con curiosidad.

—Nos lo recomendaron. Seth lo entrevistó y lo contrató. Creo que no nos dimos cuenta de lo bueno que era hasta después. Y ahora lo ha demostrado, claro. ¿Te gustaría que te diera un tour por las cocinas?

—Claro —respondió Maryellen.

Justine se abrió paso entre los invitados y la guió hasta las cocinas. Allí todo brillaba, desde las encimeras de acero inoxidable hasta todos los utensilios de cocina.

Había dos hombres vestidos de blanco que llevaban sombreros altos de chef y que estaban trabajando eficientemente, moviéndose de manera casi sincronizada por el espacio.

—Voy a presentarte al chef —le dijo Justine—. Jon, ésta es una buena amiga mía, Maryellen Sherman. Maryellen, el chef del que te he hablado, Jon Bowman —dijo.

Después frunció el ceño.

—Oh, esperad. Vosotros os conocéis de la galería, ¿verdad?

Si hubiera sido posible, Maryellen habría salido corriendo. Sin embargo, tuvo que sonreír y tenderle la mano a Jon, rezando por que él no dijera nada que pudiera avergonzarla.

—Me alegro de verte de nuevo —dijo Jon, pero su mirada estaba clavada en el vientre de Maryellen.

—Maryellen y yo vamos a dar a luz en el mismo mes —dijo Justine, como si quisiera satisfacer el interés de Jon por el embarazo de su amiga.

—Ya veo.

Jon miró fijamente a Maryellen con los ojos entornados.

Ella tuvo la tentación de agarrarse a la encimera, porque le temblaban las piernas.

—Eres un magnífico cocinero —murmuró—. Eh, la comida es increíble.

—Gracias —dijo él con expresión sombría.

—Y allí está Ross Porter, el chef de pastelería —continuó Justine—. También se lo hemos arrebatado a Andre's —dijo con una sonrisa de picardía—. Ven a ver nuestros refrigeradores. ¿Quién me iba a decir hace un año que iba a estar emocionada por una cosa así? —preguntó entre risas.

El resto del tour fue algo confuso para Maryellen, que siguió obedientemente a Justine por toda la cocina.

—¿Y el personal...?

Maryellen se dio cuenta de lo que le costaba hacer una pregunta coherente.

—Hemos mantenido a casi todas las camareras y a la maître. Tú debes conocerla. Se llama Cecilia Randall y su padre trabajaba también aquí. Él se mudó a California poco después de que compráramos el restaurante.

Maryellen se alegró de que hubieran mantenido a los empleados de El Galeón del Capitán.

—Habéis hecho un trabajo maravilloso —le dijo cuando volvieron al restaurante. Era la pura verdad.

—Gracias —dijo Justine cuando Seth se unía a ella. Él le rodeó la cintura a su mujer y la miró con una sonrisa.

Poco después, tan pronto como pudo, Maryellen dio cualquier excusa y volvió a su casa. Durante todo el trayecto fue pensando que, sin duda, Jon querría hablar con ella muy pronto. Ella quería asegurarle que no iba a pedirle apoyo económico. Era evidente que él no tenía interés en el niño, y con respecto a ella, Jon Bowman era completamente libre. Cuando él lo entendiera, se quedaría tranquilo.

Maryellen no llevaba ni una hora en casa cuando sonó el timbre. ¿Ya? Parecía que su confrontación iba a suceder aquella misma noche. Ella no estaba esperando a ninguna otra persona.

Él estaba en el umbral con cara de ángel vengador, y le lanzó una mirada fulminante en cuanto la vio.

—Yo... eh... pensé que querrías hablar —dijo ella, cediéndole el paso.

Jon entró al vestíbulo.

—Dijiste que no había consecuencias de la noche que pasamos juntos.

—Mentí.

Aquella franqueza sólo sirvió para que él se enfadara más.

—¿Por qué?

—Porque me pareció evidente que te preocupaba mucho que yo pudiera estar embarazada. Querías una salida fácil y yo te la di, así que ahora no tienes por qué estar enfadado.

—¡Y un cuerno! —gritó él.

—Por favor —le dijo ella, y le indicó que se sentara—. Gritar no va a servir de nada. Siento que te hayas enterado de esta manera, de veras, pero no tienes que disgustarte.

Él no se sentó.

—¿Que no tengo que estar disgustado? —gritó nuevamente—. ¡Estás embarazada! Voy a tener un hijo —sentenció.

—Sí, pero...

—¿No tienes nada que decir?

—Por favor...

—¿Por favor qué? ¿Por favor márchate?

—No... creo que probablemente lo mejor es que te hayas enterado de la verdad...

—¿Probablemente?

Maryellen alzó una mano para intentar aplacarlo.

—Escucha, estás muy alterado y...

—¿Alterado? –la interrumpió él–. Eso no se acerca a lo que siento. Tú no sabes nada sobre mí. No tienes ni una pista.

—No... No te molestes. En realidad, no importa.

—No. Lo que importa es mi bebé –insistió Jon.

—¿Quieres dejar de moverte de un lado a otro? Me estoy mareando.

—Es una pena, porque si me paro, quizá haga algo de lo que pueda arrepentirme.

—¿Eso es una amenaza, Jon?

—¿Una amenaza?

Jon la miró como si aquella pregunta fuera el último de los golpes que podía soportar de ella.

—No, Maryellen, no es una amenaza.

Entonces, aparentemente, perdió todas las fuerzas, porque se derrumbó en una silla.

—Me disculpo por esto. Supongo que tenías derecho a saberlo –dijo Maryellen.

—Claro que sí.

—No quiero que te preocupes por nada –le dijo Maryellen–. Este bebé es mío.

Él frunció el ceño.

—¿Tuyo? Sí, y mío.

—Jon, yo no necesito nada de ti. Por lo que a mí

concierne, no eres parte de la vida de este niño. Quiero criarlo sola.

—¡Ni lo pienses!

—¿Cómo? —gritó ella.

Pensaba que aquello era lo que él quería oír. Ella lo estaba liberando de todas sus obligaciones.

—Yo quiero formar parte de la vida de mi hijo.

—¡Eso es imposible!

—Y un cuerno —dijo él, y se puso en pie con los puños apretados.

Maryellen también se puso en pie.

—Creo que deberías irte.

—Eso ya lo veremos —dijo él, y salió del apartamento, dejando a Maryellen temblorosa e insegura.

¿Por qué todo tenía que ser tan complicado? No se suponía que las cosas tuvieran que ser así. Sí, enterarse de que ella estaba embarazada debía de haber sido un golpe para Jon; sin embargo, Maryellen había pensado que, una vez que lo supiera, se sentiría aliviado de no tener que cumplir con ninguna responsabilidad.

En vez de eso, él estaba haciendo exigencias... unas exigencias que ella no estaba dispuesta a considerar.

★ ★ ★

Aquél tenía que ser uno de los momentos más importantes de su vida. Jack Griffin estaba junto a Shelly y Eric en Colchester Park, que se extendía sobre Puget Sound. La vista de la ciudad de Seattle era espectacular, y el verano se presentía en la brisa.

Olivia estaba frente a la joven pareja mientras Jack sujetaba a Tedd y Todd, sus nietos, en brazos, con un gran orgullo de abuelo. Afortunadamente los bebés estaban profundamente dormidos. Tenían ya tres meses, y eran la viva imagen de Eric cuando era niño.

La ex mujer de Jack no había podido asistir a la boda. Él pensaba que Vicki no había ido para evitar verlo. Bob Beldon, su consejero de Alcohólicos Anónimos, le había sugerido a Jack que quizá él no tuviera tanta importancia para Vicki, pero Jack creía que tenía razón.

Su ex esposa y él no se habían separado en buenos términos, y lo poco bueno que hubiera podido quedar de su relación se había desintegrado porque él había continuado bebiendo. El alcohol había consumido su vida durante años.

Cerró los ojos y se concentró en los votos matrimoniales que estaba repitiendo Eric. Jack tenía el corazón lleno de amor por su hijo, por su nuera, por sus nietos y por la jueza Olivia Lockhart. Conocerla y poder estar con ella había cambiado su vida.

Shelly recitó sus votos y, después del intercambio de anillos, Olivia declaró que los contrayentes eran marido y mujer.

Al instante siguiente, Eric y Shelly se besaron, y después todo el mundo se acercó a felicitarlos. Amigos, damas de honor, padrinos y, por supuesto, Jack y Olivia.

Poco después de la boda, Eric y Shelly se despidieron para marcharse al aeropuerto. Debían tomar un avión a Reno.

—Espero que todo les vaya bien —susurró Jack mientras veía alejarse el coche.

—Claro que sí —le aseguró Olivia.

Jack le pasó el brazo por los hombros y la atrajo hacia sí. Aquellas dos semanas no habían sido las mejores para ellos dos. James había estado de visita en casa de su madre y el tiempo de Olivia había estado completamente ocupado con su familia, como era natural.

Sin embargo, Jack sabía que Stan también había estado en casa de Olivia a menudo. No podía echarle la culpa de nada, porque James también era su hijo, pero Jack se sentía inseguro.

Tomados de la mano, Olivia y él caminaron hacia la costa. Jack no quería marcharse todavía de aquel precioso lugar. El día era espléndido y pensar en su hijo lo animó. Su vida estaba en el buen camino, y durante aquellos meses, Eric y él habían estrechado los lazos que los unían, pese a las dificultades.

—Me siento como si hiciera mil años que no hablo contigo —le dijo Olivia.

—¿Y de quién es la culpa?

A Jack le gustaba tomarle el pelo. En aquel momento, ambos estaban de muy buen humor, y quizá fuera el instante adecuado para declararle sus sentimientos.

Sin embargo, de nuevo, Jack vaciló. Lo había pospuesto durante tanto tiempo que al pensar en hacerlo, sentía pánico.

—Por mucho que quiera a James y por mucho que quiera que toda mi familia esté en mi casa —comentó ella—, me alegro de haber recuperado mi vida.

—Y yo me alegro de haberte recuperado a ti —dijo él—. No quiero ser egoísta, pero te he echado de menos.

—Yo también te he echado de menos —respondió Olivia, y le besó la mejilla.

A Jack se le aceleró el corazón.

—¿Lo dices en serio?

Olivia se rió con dulzura.

—Pues claro que lo digo en serio.

Siguieron paseando. Jack adoraba tener a Olivia para sí, y pese a lo que había dicho, no creía que fuera por egoísmo.

—Stan me ha confesado algo —le dijo ella de repente.

Jack frunció el ceño.

La última persona de la que quería hablar era del ex marido de Olivia.

—¿De veras? —preguntó él, haciendo todo lo posible por aparentar despreocupación.

—Parece que Marge y él tienen problemas.

—No irá a divorciarse, ¿verdad?

—Espero que no.

—Yo también —dijo Jack, alarmado.

—Estoy preocupado por él.

—¿Por Stan? Es un hombre adulto. Sabrá cuidarse.

—Sí, lo sé, pero todo esto le ha afectado mucho.

—Los problemas conyugales nunca son fáciles.

—Pobre Stan —murmuró ella, sacudiendo la cabeza.

Jack la tomó entre sus brazos.

—Si quieres sentir solidaridad por alguien, que sea por mí.

—¿Tú necesitas mi solidaridad?

—Sí —sonrió él—. Y tus cuidados. Esta mañana me he torcido el tobillo y me duele muchísimo —dijo, y comenzó a cojear.

—¡Jack! —dijo ella, y le dio un suave puñetazo en el hombro—. Eres un embustero.

—Ay —dijo él, y se frotó el hombro—. Me ha dolido.

—Bien. Te lo mereces.

—Si tienes tanta simpatía por Stan, a mí también me debes un poco.

Olivia se rió.

—No es una competición.

—Escucha, esto lo digo en serio. No me sorprendería que Stan quisiera que lo ayudaras a pasar por esto.

—Jack, no digas tonterías.

—No digo tonterías —respondió Jack.

De repente, se puso muy serio y se metió las manos en los bolsillos.

—¿Qué me dirías si te confesara que me he enamorado de ti?

Olivia no respondió durante un largo instante. Jack se detuvo y se giró para mirarla. Ella también lo miró fijamente.

—Te diría que pareces un niño inseguro y que estás intentando ganar puntos en una competición imaginaria contra mi ex marido.

Jack apretó la mandíbula.

—Eso es lo que pensaba.

Después, como no creía que sirviera de nada continuar con aquella conversación, le preguntó:

—¿Quieres que nos marchemos ya?

—Si tú quieres...

—Sí —dijo él.

De hecho, lo estaba deseando.

Grace hundió la azada en la tierra y levantó el césped.

Hacía muchos años que no cuidaba un huerto. Donde una vez había habido calabacines y tomates crecía la hierba. Cliff se había ofrecido a ayudarla, y ahora ella estaba cavando una porción del jardín para que él pudiera más tarde preparar el suelo.

Buttercup, que había estado persiguiendo mariposas, ladró cuando el coche patrulla de Troy Davis se acercó a la casa.

Grace se puso en pie y se quitó los guantes de trabajo para saludarlo.

—Hola, Troy —le dijo.

—Grace —respondió él, tocándose la visera de la gorra de patrulla—. ¿Tienes un momento?

—Claro que sí. Pasa —dijo ella.

Se le había encogido el estómago de ansiedad. Quería preguntarle si aquella visita tenía algo que ver con Dan.

—¿Tienes otro cuerpo que enseñarme? —dijo, intentando hacer una broma de aquel incidente.

—Esta vez no.

—¿Café?

Troy negó con la cabeza mientras entraban en la casa, y se sentó en el salón.

—Siéntate, Grace.

La gravedad de su tono de voz le dio a entender a Grace que había sucedido algo malo.

—¿Es sobre Dan?

Troy asintió.

—Un par de senderistas que estaban paseando por el bosque nos dijeron que habían encontrado una autocaravana.

—¿La autocaravana de Dan? ¿Está viviendo allí?

—No, Grace. En la autocaravana encontramos su cuerpo. Se suicidó.

Grace exhaló un jadeo, y después se quedó sin respiración. Debería haber estado preparada para una noticia así, pero nada podría haber mitigado el choque brutal de saber que su marido había muerto.

—Dejó una carta para ti —le dijo Troy. Se metió la mano al bolsillo de la camisa y sacó un sobre que le tendió a Grace.

—Se suicidó… pero ¿cuándo?

—Por lo que hemos investigado, puede que lleve muerto más de un año. Se pegó un tiro en abril.

—¡Pero eso no es posible! John Malcom lo vio en mayo, ¿no te acuerdas? Así que no puede ser el cuerpo de Dan. Estoy segura.

—Grace, la carta tiene fecha de…

—No puede ser... no…

—Grace, la carta tiene fecha del treinta de abril. Lo siento, pero me temo que no hay duda. Es él.

Ella comenzó a temblar incontrolablemente. No podía ponerse en pie.

—¿Quieres que llame a alguien?

Grace lo miró sin poder responder.

—¿A Olivia?

Grace asintió. Después se cubrió la cara con las manos mientras intentaba contener las lágrimas.

Durante todos aquellos meses, ella había supuesto que Dan se había fugado con otra mujer. ¿Cómo podía haberse equivocado John Malcom? Él trabajaba con Dan. Tenía que haberlo reconocido.

Troy entró en la cocina y llamó desde allí. Cuando volvió al salón, se sentó junto a ella.

—Lo siento, Grace. Lo siento muchísimo.

Ella estaba encerrada en sí misma, y apenas lo oyó.

—Olivia viene para acá.

Grace asintió.

—¿Quieres que llame a las chicas?

Ella lo miró sin saber qué decir.

Troy le dio unas palmaditas en las manos.

—No te preocupes por nada todavía. Hablaré con Olivia y veremos qué piensa que debemos hacer, ¿de acuerdo?

De nuevo, ella asintió sin saber lo que le estaban diciendo.

Cuando Troy salió a recibir a Olivia y a hablar con ella, Grace abrió el sobre que le había dejado Dan.

Treinta de abril

Querida Grace:

Lo siento. Lo siento más de lo que nunca sabrás. Si hubiera tenido la manera de librarte de este horror, lo habría hecho. Te lo juro.

Lo intenté, pero no tengo escapatoria del infierno en el que se ha convertido mi vida. No puedo cargar con esta culpa ni un día más. He intentado olvidar, he intentado dejar la guerra atrás, pero los recuerdos me oprimen y no tengo forma de huir.

Hace años, cuando estaba de patrulla en Vietnam, nos encontramos bajo el fuego enemigo. Después, unos cuantos de nosotros nos separamos de nuestra unidad. Estábamos desesperados por encontrar el camino de vuelta a la base, y llegamos a un pequeño pueblo. Lo que ocurrió allí me ha estado obsesionando todos estos años.

Una mujer joven y su bebé salieron de entre las sombras. Ella llevaba a su hijita en brazos, pero yo pensé que escondía una granada. Siguiendo mi instinto, la disparé. Asesiné a una madre y a su bebé por la desesperación de sobrevivir a la guerra, de volver a casa con vida. La vi caer, vi el horror reflejado en su rostro y oí los gritos de su familia. Entonces hubo más disparos, y más madres con sus hijos, y aquel tiroteo interminable. Han pasado casi cuarenta años, y no he podido olvidarlo. Oigo sus gritos de odio por la noche, maldiciéndome. La ironía es que ellos no pueden odiarme más de lo que yo me odio.

No tengo perdón, Grace. Nada puede absolverme de mis pecados. Ni tú, ni nuestras hijas, ni siquiera Dios.

Lo siento, pero será mejor para todos que esto acabe ya.

No he escrito a Maryellen ni a Kelly. No podía. Nunca fui el marido que te merecías, y tampoco un padre para ellas. Te quiero. Siempre te he querido.

Dan.

Grace leyó la carta una segunda vez, deteniéndose en cada una de las palabras, mientras intentaba asimilar lo que él le decía. Cuando terminó, las lágrimas le corrían por las mejillas.

—Es Dan —le dijo a Olivia, que se había arrodillado a su lado. Entonces, comenzó a llorar. Los sollozos hicieron que temblara de pies a cabeza.

Ella había querido tener respuestas, pero no aquello. El suicidio de Dan no era nada de lo que hubiera podido esperar. Él había estado solo, atrapado en su infierno privado. Había estado atrapado en el tiempo, atrapado en la culpa y en la vergüenza que había creado una guerra en la que Dan nunca había querido luchar.

Las lágrimas fluyeron hasta que no quedó ninguna dentro de ella.

—Las niñas...

—Troy ha ido a buscarlas —le dijo Olivia, y la abrazó.

—Durante todo este tiempo ha estado muerto.

—Sí.

—Casi desde el principio.

—Eso parece. Troy encontró su cartera y su alianza en la autocaravana.

Grace alzó la cabeza.

—No puede ser. Se dejó la alianza aquí en casa.

Grace la había encontrado una noche, cuando estaba recogiendo todas sus cosas para tirarlas. Encontrar aquel anillo le había causado un gran dolor.

Durante todo aquel tiempo, ella había creído que él quería que lo encontrara para darle a entender que la rechazaba, que tenía una nueva amante. Qué equivocada estaba.

—Por eso compró otro anillo con la tarjeta de crédito —susurró Grace.

No era para dárselo a otra mujer; era porque había olvidado su alianza en el dormitorio, y por alguna razón confusa, quizá por lealtad, por culpabilidad, había querido tener un anillo de boda en el dedo cuando se suicidara.

—¡Mamá!

Kelly entró en la habitación con Paul y el niño. Grace le tendió los brazos. Maryellen llegó un poco después. Juntos, lloraron y se abrazaron. Entonces, Grace los besó uno por uno, y susurró:

—Tenemos que organizar un entierro. Es hora de que tu padre pueda descansar.

18

Daniel Sherman fue enterrado tres días después, en privado. Tan sólo su familia y unos cuantos amigos estuvieron presentes. Bob Beldon, un amigo de la infancia de Dan, fue quien recitó el panegírico. Los dos habían estado juntos en el equipo de fútbol de la escuela, y después de graduarse, se habían alistado en el ejército. Maryellen no sabía que Dan y Bob hubieran sido tan amigos. Después de volver de Vietnam, su padre había abandonado las amistades y se había ido hundiendo en su propio infierno.

Después del funeral, Maryellen fue a dar un paseo. Estaba exhausta. Necesitaba tiempo para pensar en todo lo que había ocurrido el año anterior.

Aparcó cerca de la galería y caminó hasta el muelle.

El paseo, cerca de donde se celebraban los conciertos de verano, estaba vacío. Maryellen se sentó en una grada y miró hacia el mar mientras recordaba lo compleja que había sido siempre su relación con su padre. Él la quería; Maryellen lo sabía. También había querido a su hermana Kelly y a su madre.

Para Grace, la muerte de su marido había sido un duro golpe. Maryellen atribuía la intensa pena de su madre al hecho de que no estaba preparada para algo así. Seguramente, le habría resultado más fácil aceptar que estaba con otra mujer que aceptar su suicidio.

En cuanto a sus propios sentimientos, Maryellen se sentía confusa. Aquel hombre era su padre, y ella lo quería, pero había aprendido, muy pronto en la vida, que debía evitar a Dan cuando se volvía oscuro. Cuando Maryellen tenía cinco años, había acuñado aquel término. La oscuridad. Y todo había cobrado sentido con la noticia de la muerte de su padre. Dan Sherman había cargado con una terrible culpa desde la guerra, una culpa que no podía controlar y que tampoco podía compartir.

A su pesar, a Maryellen se le cayeron las lágrimas. Rápidamente, se las secó de las mejillas. Ella no era una persona emotiva; se negaba a serlo. No podía permitírselo. Había renunciado a las emociones cuando había acabado su matrimonio. Las emociones eran algo muy caro.

El sonido de los pasos de alguien que se acercaba la sobresaltaron. Se irguió y miró hacia atrás. Por algún motivo, no se sorprendió al ver a Jon.

—Me he enterado de lo de tu padre. Lo siento.

Él se mantuvo a distancia de ella y miró hacia el mar. El cielo estaba muy azul y había una brisa tranquila.

—Gracias.

Maryellen se concentró en Jon. Parecía que no iba a irse, y ella quería estar sola. Quizá si se mostrara renuente a mantener una conversación, él se marchara.

—Siento hablarte de esto ahora, pero...

—Entonces, no lo hagas —le rogó ella.

—No me dejas otra alternativa. Si me hubieras hablado del bebé, podríamos haber...

—¿Qué? ¿Habernos librado de él?

Aquel estallido de ira asombró a Jon. Él se puso tenso y caminó hasta que estuvo directamente frente a ella.

—No, Maryellen, podríamos haber hablado de

esto como personas civilizadas. En vez de eso, me engañaste. Dejaste que pensara que todo iba bien, y no era cierto.

—Te equivocas. Todo va bien. Voy a tener a mi hijo.

—Te equivocas, Maryellen. No es tu hijo. Es nuestro hijo.

—No.

—Un padre también tiene derechos.

Maryellen sintió un agudo frío por dentro.

—¿Cuánto va a costarme esto?

—¿Cómo? —preguntó él, desconcertado.

—¿Cuánto dinero me va a costar conseguir que me dejes a mí, y también a mi bebé, en paz?

Él se quedó mirándola fijamente durante un segundo eterno.

—¿Quieres pagarme para que me aleje de mi hijo? ¿Es eso lo que me estás sugiriendo?

Maryellen asintió.

—¡De ningún modo! —gritó él, furioso y herido. Después la dejó totalmente confusa, al preguntarle—: ¿Quién te lo ha dicho?

—¿Qué?

Parecía que se refería a algo que ella podría usar en contra de él.

—Si no lo sabes, no seré yo quien te proporcione otra arma.

Ella pensó rápidamente en todas las cosas que sabía de él. Era poco. Trabajaba de chef, era un magnífico fotógrafo y había heredado un enorme terreno de su abuelo. Eso era todo lo que había averiguado de él. Había otro detalle: era un amante fabuloso. Al recordar aquella noche, se le encogió el estómago.

–¿Cuándo me hiciste aquella fotografía?

Él no respondió.

–La vi en Seattle. Soy yo. ¿Es que pensabas que no me iba a reconocer?

–No creía que la vieras nunca.

–Claro que no. ¿Me has seguido, Jon? ¿Cuándo me hiciste esa foto?

Él se sentó en un banco, a un par de metros de ella.

–Somos adultos. Deberíamos ser capaces de alcanzar un acuerdo para criar al bebé.

–Si no quieres dinero, ¿qué quieres?

–A mi hijo. O a mi hija.

–¿Por qué? ¿Qué significa mi bebé para ti? ¿Es por orgullo masculino? ¿Por venganza? ¿Por qué?

Él negó con la cabeza.

–Un niño es un niño, y eso es mucho más de lo que yo nunca hubiera esperado en la vida. He renunciado a muchas cosas, pero no voy a alejarme de mi propia sangre.

—Está bien —dijo ella de mala gana—. Hablemos de esto. ¿Hasta qué punto querrías estar involucrado?

—Quiero la custodia compartida.

—¡No! Eso no puedo hacerlo.

—¿Por qué no?

—¿Qué sabes tú de cuidar a un bebé?

Él se encogió de hombros.

—Más o menos lo mismo que tú.

—Trabajas por las noches —argumentó ella.

—Y tú durante el día. Es un arreglo perfecto. Nuestro hijo estará con uno de sus padres todo el tiempo.

—Sería demasiado difícil. Tendríamos que cambiar al bebé constantemente de una casa a otra.

—Me has preguntado lo que quería, y te lo diré —continuó Jon—. La custodia compartida es una de las cosas. También quiero estar presente en el hospital cuando nazca el bebé.

—¿Quieres estar allí? ¿Pero por qué?

Él no respondió a sus preguntas.

—¿Has elegido ya quién va a acompañarte durante el parto?

—Mi madre.

—Muy bien, que te acompañe tu madre. Pero después de que nazca el bebé, yo quiero ser el primero que lo tome en brazos.

—No.

Todo aquello era demasiado complicado, nada razonable. Ella quería que él la dejara en paz. Ya había pasado por una experiencia traumática aquel día, y no podía enfrentarse a otra.

—¿Y quieres algo más?

—Sí. Tengo varias cosas apuntadas en mi lista.

—Eso me temía.

—Y tu respuesta será la misma, ¿no?

—¿Por qué no puedes ser como los demás hombres? —murmuró ella airadamente. «Como Clint, por ejemplo».

—¿Yo? ¿Y por qué no puedes tú ser como las otras mujeres? ¿Por qué no puedes tú ser como otras mujeres que usan a sus hijos como un medio para conseguir dinero y manipular a los hombres?

—Tienes una visión muy negativa de las mujeres.

—No más negativa que la que tú tienes de los hombres.

—Tocada.

Él hizo una pausa en la conversación, y después se giró hacia ella.

—¿Podemos llegar a un acuerdo, Maryellen? ¿Me permitirás formar parte de la vida de mi hijo? ¿Me dejarás ser un padre para él?

—¿Tengo que tomar la decisión ahora mismo?

—Eso me temo.
—¿Por qué?
—Porque he ido a ver a un abogado. Si no podemos arreglar esto entre nosotros, te demandaré.

El día en que Grace enterró a su marido, se quedó un rato con sus hijas junto a la tumba, y juntas se despidieron de Dan. La pesadilla había terminado. Tenía las respuestas que necesitaba. Lo que no había previsto era el amargo arrepentimiento que iba a sentir.

Pese a que había sabido que ella no tenía la culpa de la tristeza de Dan, ni de su muerte, lo que él le había escrito en su carta explicaba aquella tristeza y su suicidio. Sin embargo, no le ofrecía la expiación que ella buscaba. No le explicaba por qué su marido no se había apoyado en ella. Ella le había fallado, había fracasado en su matrimonio. Dan nunca había vuelto a ser el mismo después de Vietnam; ella lo sabía, y debería haber buscado ayuda.

Aquellos días había tenido la compañía de su familia y de sus amigos, y había sido fácil apartarse todas aquellas preguntas de la cabeza. Sin embargo, en aquel momento estaba sola.

Puso agua al fuego para prepararse un té mientras se cambiaba de ropa. Tenía los ojos doloridos de tanto llorar, pero en aquel momento estaban secos. En cuanto se hubo servido el té, alguien llamó al timbre. Era Cliff Harding, estaba en su puerta con un ramo de rosas en la mano.

Ella parpadeó, asombrada de verlo, y al instante, para su vergüenza, se echó a llorar. Se cubrió la mano con ambas manos y comenzó a sollozar sin poder controlarse. Cliff abrió la puerta mosquitera y entró, e inmediatamente la abrazó.

Grace se aferró a él. Sintió que las espinas de las rosas se le clavaban en la espalda, pero de todas maneras siguió agarrada a Cliff mientras los sollozos la hacían temblar.

Cliff la llevó hasta el sofá y allí continuó abrazándola hasta que, poco a poco, el llanto cesó.

Grace no supo cuánto tiempo había pasado, pero cuando terminó de llorar, alzó la cabeza y, con la respiración entrecortada, se disculpó.

—No quería... hacer algo así.

—Me alegro de que lo hayas hecho —le dijo él en voz baja.

Grace no entendió el comentario.

—A veces sienta bien que lo necesiten a uno. Hacía mucho tiempo que nadie me necesitaba.

Grace posó la cabeza en el hombro de Cliff y exhaló un suspiro. Se apoyó en su calor y en su fuerza.

—Lo siento, Grace, lo siento muchísimo.

—Él me escribió una carta... me explicó lo que sucedía... durante todos estos años yo creía... creía que había otra persona, otra mujer que le hacía feliz.

Él le acarició el pelo. Poco a poco, Grace fue explicándole detalles de su vida que habían cobrado sentido al saber lo que Dan tenía en la cabeza y en el alma. Los regalos de Navidad destrozados y guardados en cajas del garaje, sus súbitos cambios de humor, sus depresiones... El hecho de que, durante años, hubiera estado ahorrando para comprar una autocaravana en la que quitarse la vida hablaba bien claro de que Dan llevaba mucho tiempo preparando su suicidio.

—¿Puedo hacer algo por ti? —le preguntó Cliff, cuando ella terminó de contárselo.

Grace hizo un ademán negativo con la cabeza.

—No. Estoy muy cansada. No he dormido más que dos o tres horas desde que encontraron el cuerpo de Dan.

Él le besó la sien.

—Duerme ahora —le dijo él.

—No. No quiero que te marches.

—No lo haré. Estaré aquí cuando te despiertes.

—¿Me lo prometes?

—Sí.

Cliff la acompañó a su habitación y la cubrió con una manta. Después salió y apagó la luz.

Grace cerró los ojos cuando oyó que la puerta del dormitorio se cerraba con un suave clic. Cerró los ojos y se quedó dormida. Tres horas después, cuando se despertó, había anochecido.

Mientras esperaba un momento para orientarse, oyó a alguien en la cocina. Apartó la manta, se levantó y salió al pasillo.

—¿Cliff?

—Estoy aquí —dijo él—. He hecho la cena para los dos.

—¿Sabes cocinar?

Él se encogió de hombros.

—Un poco, pero no esperes nada fuera de lo común.

La mesa estaba puesta, y del horno emanaba un rico aroma. Él había colocado las rosas en un jarrón y había puesto un mantel. Aquella consideración le provocó un sentimiento cálido a Grace.

—Ha telefoneado Olivia. Y Maryellen también. Quizá quieras llamarla.

—¿Y Olivia? ¿Te dijo que le devolviera la llamada?

—Sólo si tú querías. Estaba más preocupada por que no te quedaras sola, pero yo le dije que iba a quedarme contigo. No voy a marcharme, Grace.

Aquellas palabras la reconfortaron.

—Espero que te guste el pastel de carne.

Grace asintió, aunque no tuviera ganas de comer nada. O eso creía hasta que probó el primer bocado. Entonces se dio cuenta de que estaba hambrienta.

—Cocinas muy bien —le dijo a Cliff.

—Gracias —dijo él con una sonrisa—. Aunque mi repertorio es limitado.

Cuando terminaron de cenar, tomaron un café y recogieron los platos.

—Lo que le dije a Olivia iba en serio —comentó Cliff mientras metía un plato en el lavavajillas.

—¿A qué te refieres?

—No me voy a marchar. No te preocupes, no quiero decir que me vaya a establecer en tu salón, pero quiero que sepas que estoy aquí para largo —se apoyó en la encimera y suspiró—. Probablemente hoy, el día en que has enterrado a tu marido, no sea el mejor día para decírtelo, pero me importas mucho, Grace.

Aquellas palabras quedaron suspendidas en el aire, entre los dos.

—A mí también me importas mucho tú —dijo ella. Sabía que Cliff iba a formar parte de su vida. Lo sabía con toda seguridad.

—¿Sientes lo mismo que yo?

—No te sorprendas.

—Es sólo que... vaya, no puedes decirle eso a un hombre cuando tiene un trapo en las manos.

—Claro que sí. ¿Y sabes por qué? Porque yo tampoco tengo pensado dejarte a ti en mucho tiempo.

Entonces se abrazaron. No se besaron, sin embargo. El día del funeral de Dan era demasiado pronto como para hacerlo. Sin embargo, la oportunidad idónea se presentaría de nuevo, y los dos sabrían reconocerla perfectamente.

—¿Estás segura de que a tu novio no le importará que te robe un viernes por la noche? —le preguntó Olivia a Stan mientras hacían cola para sacar las entradas del cine.

—Jack está ocupado hoy.

Él la había telefoneado y la había invitado a ir a la reunión de la junta de la escuela, pero ella había rehusado la invitación. Y como Jack estaba tan paranoico con respecto a Stan, no le había dicho que iba al cine a ver una película en sesión vespertina con su ex marido. Se lo diría más adelante. No quería tener una discusión con él por el momento.

Después de la película, Stan y ella fueron a tomar un café. Olivia sabía que su ex marido quería hablarle de su situación con Marge, y cuando estuvieron sentados en una de las mesas del Palacio de las Crepes, le preguntó:

—¿Qué tal estáis Marge y tú? ¿Habéis conseguido arreglarlo?

—No. Ella quiere separarse.

—¿Por qué?

—Dice que ya no me quiere. Según ella, antes teníamos algo especial, pero lo hemos perdido. Me ha pedido el divorcio.

—¿Y cómo te sientes?

—Es muy doloroso.

Entonces, como su propia experiencia le había dado algunos conocimientos, Olivia le preguntó a Stan:

—¿Crees que está saliendo con otra persona?

Stan asintió lentamente.

—Lo llevo pensando un tiempo.

—Lo siento.

Él intentó restarle importancia, pero Olivia lo conocía muy bien y notó que tenía una mirada de dolor. Por primera vez al observarlo, ya no vio al hombre tan atractivo que había sido Stan. Había envejecido y estaba cansado.

Siguieron hablando durante una hora, y ella se quedó sorprendida al darse cuenta de que eran las nueve cuando pagaban la tarta y el café.

—Últimamente no consigo dormir —le confesó él cuando la llevaba a casa—. Este asunto del divorcio me tiene muy alterado.

Ella le dio unos golpecitos en la mano.

—La vida seguirá adelante. No des por perdida todavía a Marge.

—No sé, Olivia. Marge se ha marchado de casa el fin de semana pasado.

Olivia no lo sabía.

—Lo siento muchísimo, Stan.

Él suspiró y apartó la mirada.

—Gracias por no regodearte. Esto es lo que me merecía, ¿no?

—Llevamos muchos años divorciados.

—Sí, lo sé, pero tú siempre te has portado muy bien, Olivia.

Ella no estaba segura de que aquello fuera del todo cierto.

—No creo que pueda ir a casa hoy. Esta noche no —dijo él.

—¿Y qué vas a hacer?

—Iré a dormir a un hotel.

Olivia sabía que aquello podía ser sólo un truco, pero se sentía muy mal por él, y entendía que no quisiera ir a una casa vacía.

—No hay necesidad. Puedes dormir en la antigua habitación de James y volver a Seattle mañana por la mañana.

Algo del estrés que había en su rostro desapareció.

—¿No te importaría?

—No, pero tengo una cita mañana. Me marcharé antes de las nueve.

Jack y ella iban a ir a las fuentes termales de Sol Duc para que él recabara datos para un artículo. Como ella tenía un coche mejor, iba a pasar a recogerlo.

—No hay problema, saldré a las ocho. Más pronto, si quieres.

—Antes de las nueve estará bien.

Stan aparcó en el garaje y, antes de que subiera a su habitación, ella le dio toallas limpias.

Aquélla era la primera vez que dormían en la misma casa desde que se habían divorciado. Mientras ella se ponía el pijama, se preguntó si había hecho bien en invitarlo a quedarse.

Por la mañana, sus dudas desaparecieron. Olivia se despertó a las siete, y mientras preparaba el café, oyó correr el agua de la ducha en el piso de arriba. Estaba canturreando distraídamente cuando oyó el timbre de la puerta y fue a abrir.

—¿Jack?

Al verlo, temió que oyera a Stan y pensara lo peor.

—He venido a traerte regalos —le dijo él. Llevaba dos bolsas de café y una bolsa de papel de la panadería—. Barritas de sirope. Tus favoritas. Pensé que podríamos desayunar juntos antes de salir.

—Yo...

—Olivia —dijo Stan desde el piso de arriba, mientras bajaba las escaleras—. Cuando vio a Jack en la puerta, se quedó helado. Llevaba una bata vieja de Justine y un par de zapatillas de su hija.

—Te acuerdas de Stan, ¿no? —le preguntó Olivia a Jack, aunque se dio cuenta de que posiblemente era la pregunta más tonta que había hecho en su vida.

—Oh, sí, me acuerdo de Stan —dijo Jack con una mirada fría.

Stan hizo lo que pudo por conservar la dignidad, envolviéndose más en la bata de Justine.

—Es evidente que no he podido ser más inoportuno.

—Al contrario. Eres perfectamente oportuno.

—Lo siento —le dijo Stan a Olivia, y subió las escaleras de nuevo.

Jack y Olivia se miraron.

—No creerás que Stan y yo hemos… dormido juntos.

—No importa, Olivia.

Aquélla era una respuesta infantil, ante la cual ella no supo cómo reaccionar.

—Él quiere recuperarte.

Eso ya lo había oído antes. Sin embargo, Jack no sabía lo mal que lo estaba pasando Stan. ¡Aquello no era lo que parecía!

—Puedes creerme o no —continuó Jack—. Es cosa tuya. Pero te diré una cosa: o él o yo. Tú decides.

—¿Quieres que le diga a mi ex marido que no voy a volver a verlo?

Jack tenía que darse cuenta de que él no podía pedirle semejante cosa.

—Eso es exactamente lo que quiero, o hemos terminado.

—Yo no acepto ultimátums —le dijo Olivia.

Jack dejó el café y la bolsa en la mesa del comedor.

—Con eso me has dicho todo lo que necesitaba saber.

Después se dio la vuelta y salió por la puerta.

Olivia se quedó tan asombrada que no supo qué hacer. Después se enfadó. Tardó diez segundos en decidir que quería seguirlo, y lo alcanzó cuando él llegaba a su coche.

—¿Dices que Stan quiere recuperarme?

—Lleva meses dejándolo bien claro.

Jack tenía la mano apoyada en el abridor del coche. ¿Cómo se atrevía a marcharse de aquella manera?

—Jack Griffin, ¿te importo algo? —le preguntó.

—O él, o yo. Tienes que decidirte.

—Te equivocas. Yo no soy la que tiene que tomar una decisión, sino tú. Tú eres el que huye con el rabo entre las piernas. El que me ha lanzado un ultimátum.

—¿Qué quieres que haga?

—Lo que quiero, Jack Grace, es que luches por mí. Demuestra que mereces toda la fe que tengo en ti.

Maryellen se sentía todo lo embarazada que podía estar una mujer. Era difícil creer que faltaran seis semanas más para el parto. No había vuelto a saber nada más de Jon desde mediados de junio, desde la tarde en que había enterrado a su padre. No era tan tonta como para pensar que él se hubiera echado atrás y no hubiera emprendido acciones legales. Durante las tres semanas que habían transcurrido desde entonces, ella había estado constantemente en alerta, esperando a que él cumpliera sus amenazas.

Estaban en pleno verano, y Cedar Cove estaba lleno de turistas. La galería iba muy bien, pero varios de sus clientes se habían quedado decepcionados al saber que Jon ya no vendía allí sus fotografías. Maryellen se había enterado de que su obra se vendía maravillosamente bien en la Galería Bernard. Además, Jon trabajaba cinco días a la semana en El Faro, que rápidamente se estaba ganando la reputación de ser uno de los mejores restaurantes de la zona. Seth y Justine habían montado un negocio próspero con ayuda de Jon.

Maryellen se alegraba mucho del éxito de la pareja, pero lo que le molestaba, lo que le irritaba más, era el toque dorado de Jon. Aquel hombre estaba lleno de talento. No tenía defectos. Si finalmente la demandaba para obtener la custodia de su hijo, con toda probabilidad ganaría el juicio. A menos que ella pudiera averiguar algún secreto feo de su pasado... Sin embargo, aquella idea le resultaba desagradable. No quería verse involucrada en un juicio.

A la hora de cerrar la galería, Maryellen estaba muy cansada. Le dolían los pies y se sentía muy pesada. No le apetecía prepararse la cena, así que se detuvo en una pequeña cafetería cerca de Colchester Park y compró pescado frito y patatas.

Después se sentó en una de las mesas de la terraza, junto al muelle, para observar la vista de Seattle. Elevó los pies a la silla de enfrente, dejó la caja de cartón sobre la mesa y se chupó los dedos para saborear la sal de las patatas calientes. De repente, una furgoneta entró en el aparcamiento y se detuvo. Al instante, Maryellen se quedó helada. No, por favor, no. Jon debería estar trabajando en El Faro; no podía ser cierto que estuviera allí.

Jon también se quedó sorprendido al verla. Salió del vehículo y se quedó inmóvil durante un instante.

—No te he seguido, si es lo que estás pensando —le dijo.

—Lo sé —respondió ella. Se negó a que él le amargara la comida y echó mano del salero.

—Justine está teniendo problemas de retención de líquidos por culpa de la sal —dijo él con el ceño fruncido—. ¿Crees que deberías ponerte más?

—Yo estoy completamente sana —dijo ella.

—¿Y el bebé? —le preguntó Jon.

—La niña también está perfectamente.

—¿Es niña?

Maryellen asintió.

—Sí. Me hacen ecografías bastante a menudo debido a mi edad.

—¿Lo has sabido durante todo el tiempo?

—No. Les pedí que me lo dijeran hace poco.

—Una niña —repitió él con reverencia—. ¿Has elegido ya el nombre?

—Estaba pensando en Catherine Grace.

La expresión de Jon se suavizó.

—Mi madre se llamaba Katie. Se pondría muy contenta si lo supiera.

—Puedes decírselo.

—Mi madre murió hace quince años.

—Lo siento —murmuró Maryellen, que lamentó al instante haber dicho nada.

—Quiero formar parte de la vida de mi hija —le dijo Jon con firmeza.

—Quizá podamos llegar a un acuerdo.

No había sido parte del plan de Maryellen, pero no quería tener un juicio con Jon.

—¿Qué acuerdo?

—¿Los fines de semana? —sugirió ella.

Él se quedó en silencio.

—No quiero mover continuamente de sitio a la niña: durante el día contigo, por la noche conmigo —le explicó nerviosamente—. Quiero que tenga una vida estable y llena de amor. Por favor, entiéndelo.

Él asintió de mala gana.

—Está bien. Pero algunas veces, mis fines de semana no coinciden con los tuyos.

—Eso podemos arreglarlo.

—Entonces, ¿estamos de acuerdo en que podré estar con mi hija? —preguntó él, como si quisiera asegurarse de que no era un malentendido—. Estará conmigo dos noches a la semana.

—Sí.

—Gracias —dijo él. Pareció muy aliviado, incluso conmovido por que ella hubiera cedido—. Seré un buen padre.

Después se volvió hacia su furgoneta; aparentemente, se le había olvidado la razón por la que había parado en aquella cafetería.

—No te pases con la sal, ¿me oyes?

—Sí, señor —respondió ella, y se tocó la frente con un saludo marcial, sonriendo.

Para su asombro, Jon sonrió también. Entró en su coche y se marchó. Mientras observaba alejarse a Jon Bowman, Maryellen se dio cuenta de que se había portado mal con él. Aquel hombre se preocupaba de verdad por su hija y por ella. En todo momento se había portado de una manera honorable, al contrario que ella.

Maryellen perdió el apetito, y apartó la comida con la mano. El bebé comenzó a saltar en su vientre, a dar patadidas, como si quisiera recordarle que cualquier niño se merecía tener a su padre y a su madre.

—Todo a su tiempo, Catherine Grace —murmuró ella, acariciándola—. Todo a su tiempo.

Roy McAfee llevaba cinco meses investigando la muerte y la vida del extraño que había muerto en el hotel de los Beldon. Hasta el momento, había averiguado que el billete de avión que habían encontrado en la habitación venía de un pequeño pueblo del sur de Florida.

El mismo pueblo donde había vivido James Whitcomb, nombre que figuraba en el carné de identidad que también habían encontrado entre sus cosas, pero que había resultado ser falso. Roy había viajado hasta aquel pueblecito, había enseñado la fotografía del hombre a las autoridades y había vuelto a casa con las manos vacías.

El siguiente paso había sido ponerse en contacto con los cirujanos plásticos de Florida, pero ninguno había reconocido el trabajo, ni conocía el caso. Uno de los médicos le sugirió que quizá aquellas operaciones se hubieran practicado veinte o treinta años antes, porque las técnicas habían cambiado mucho con el paso del tiempo. Aunque aquello era interesante, no era especialmente útil.

Seis meses después de su muerte, el extraño aún

no había sido identificado. Y, pese a los días y las noches que él había pasado trabajando en aquel caso, Roy no había conseguido nada. Tampoco el análisis toxicológico les había dado pistas. Y debido a restricciones de presupuesto, Troy Davis no había podido solicitar más análisis.

Roy sabía que el condado no tenía mucho dinero, y la curiosidad no era algo que fueran a sufragar con los presupuestos públicos. No había pruebas claras de delito, así que no había nada que investigar.

Corrie entró en la oficina con una taza de café recién hecho para su marido.

—Estás pensando en el muerto otra vez —le dijo. Como no sabían el nombre del individuo, siempre se referían a él como «el muerto».

Roy murmuró algo entre dientes.

—No voy a dejarlo.

—Troy no tiene dinero para seguir pagando esta investigación.

—No hace falta que me lo recuerdes.

—Nosotros ya hemos gastado en este caso más dinero del que hemos ingresado por él.

—Es cierto, pero es que... estoy seguro de que ese tipo vino a Cedar Cove por un motivo concreto.

Nunca había pensado que aquélla fuera una visita casual. Se preguntaba por qué aquel hombre conocía la existencia del pequeño hotel de los Beldon, si estaba relativamente alejado de la carretera principal.

O aquel hombre se había perdido por completo a causa de la tormenta, o había elegido a propósito el hotel de los Beldon. De ser así, ¿cuál sería aquel motivo?

—Quizá fuera un asesino a sueldo —sugirió Corrie.

Roy también lo había pensado.

—Pero en ese caso, habría llevado una pistola o algún arma. Y no tenía nada parecido.

—A menos que alguien la hubiera dejado preparada en el lugar donde tenía que hacer el encargo para que él la recogiera. Eso sucede en las películas.

—Los asesinos a sueldo llevan sus propias herramientas.

Corrie se apoyó al borde del escritorio.

—¿Cuándo hablaste con Bob Beldon por última vez?

—Creo que hace un par de meses —respondió. Su mujer tenía un talento especial para formular las preguntas correctas—. Dice que no conocía a aquel hombre.

—Sí, pero recuerdo que me contaste que su reacción te había parecido ligeramente rara.

Aquella sensación inquietante volvió a adueñarse de Roy. No sospechaba que Bob hubiera hecho nada ilegal, ni tampoco que estuviera ocultando información, pero a veces, la gente ni siquiera se daba cuenta de las cosas que sabía. Seguramente, Bob tenía la sensación de que aquel tipo le era familiar, pero la sensación podía ser tan vaga que ni siquiera había pensado que mereciera la pena mencionarlo.

—Creo que voy a visitar a Peggy y a Bob Beldon —dijo Roy.

Corrie sonrió.

—Ya me figuraba que te parecería buena idea.

Peggy estaba trabajando en el huerto cuando él llegó a la casa. La vio con un sombrero de paja y una cesta grande, removiendo la tierra y recogiendo verduras.

Roy salió del coche y la saludó. Ella le devolvió el saludo alegremente. Aunque la pareja tenía más o menos la misma edad que Corrie y él, no habían socializado, y Roy no sabía con seguridad por qué.

Roy vio otro coche aparcado frente al hotel, uno que no reconocía. Seguramente, sería el de algún huésped. La puerta principal se abrió antes de que él tuviera ocasión de llamar, y el pastor Dave Flemming salió al porche. Dave era metodista, y era una buena persona. Roy había tratado con él en varias ocasiones. Sabía que Dave había oficiado el funeral por Dan Sherman, y se lo había encontrado con Grace un par de veces. El pastor la estaba ayudando a superar la tragedia.

—Roy, ¿cómo estás? —le preguntó Dave, tendiéndole la mano—. Me alegro de verte.

—Yo también.

—Eres muy célebre hoy, Bob —le dijo Dave al propietario del hotel.

—¿Has venido a verme? —le preguntó Bob a Roy.

—Si, si tienes un minuto.

—Por supuesto —dijo Bob, invitando a pasar a su visitante—. El pastor Dave me ha pedido que entrene al equipo de baloncesto de la iglesia.

—No sabía que te gustaban los deportes.

—Hace años que no juego —le dijo Bob a Roy, mientras lo guiaba hacia la cocina. Allí le ofreció un vaso de té helado. Después se sentaron frente a frente en la mesa.

—Parece que Grace le contó que Dan y yo éramos héroes deportivos locales hace cien años —murmuró Bob.

—¿Dan y tú fuisteis juntos al instituto?

Bob asintió.

—En aquellos tiempos éramos muy amigos. De hecho, nos alistamos juntos al ejército e hicimos juntos la instrucción.

Durante todo el tiempo que Roy llevaba viviendo en Cedar Cove, no recordaba haber visto que los dos hombres se saludaran con algo más que un gesto de la cabeza.

—Pero no creo que hayas venido a preguntarme por Dan, ¿verdad? —le preguntó Bob.

—No. Aún estoy intentando averiguar quién era tu huésped.

—¿Y has conseguido alguna información? —le preguntó Bob, inclinándose ligeramente hacia delante.

—No. Sé que has repetido los detalles de aquella noche muchas veces.

—Sí. Contigo y con Troy.

—Te agradezco tu cooperación.

Bob asintió.

—De nada.

—Cuéntame otra vez tus impresiones.

—Deja que piense un momento —dijo Bob. Se apoyó en el respaldo de la silla y cerró los ojos—. Era tarde. Acababan de terminar las noticias. Vi las luces del coche desde la ventana, y le pregunté a

Peggy si teníamos algún huésped aquella noche. Me dijo que no.

—¿Y cuál fue tu primera reacción cuando lo viste?

—Eh... ¿sabes una cosa? Creo que me resultó familiar, lo cual es extraño, porque no pude verle la cara. Se me había olvidado eso, con todo el lío que hubo a la mañana siguiente.

—¿Familiar? ¿En qué sentido?

Bob frunció el ceño.

—No lo sé. Nada en concreto.

—¿Por su forma de andar?

—Quizá.

—¿Y qué más?

—No sé. Tenía una sensación de inquietud...

—Define inquietud.

Bob pensó durante un momento y se encogió de hombros.

—Fue una reacción instintiva... como si aquel hombre fuera a causar problemas.

—Problemas —repitió Roy.

—Supongo que en parte tenía razón, porque al día siguiente apareció muerto —dijo Bob con un suspiro—. Siento no poder ayudarte más.

—Sí me has ayudado —dijo Roy.

Bob se sorprendió.

—¿Cómo?

—Estoy empezando a pensar que conocías a ese hombre. Quiero que lo consultes con la almohada. Deja que tu mente funcione, y llámame si se te ocurre algo más.

—¿Crees que ese hombre vino aquí por mí? —le preguntó Bob, muy sorprendido.

—Sí, Bob. Eso es lo que creo.

Por fin había llegado el día del juicio. Rosie llevaba casi seis meses esperando. Sharon Castor, su abogada, caminó a su lado mientras recorrían la sala. Ambas ocuparon sus asientos.

—Tenemos a la jueza Lockhart —le susurró Sharon.

Tener una jueza le dio seguridad a Rosie, porque otra mujer entendería su posición mejor que un hombre.

—Eso es bueno, ¿no? —susurró Rosie, inclinándose hacia Sharon.

—Lockhart es justa, pero no muy ortodoxa.

Eso no era lo que Rosie quería oír. Quería que aquel proceso fuera rápido y claro. Después de seis meses de pulir hasta el último detalle, estaba deseando que el divorcio fuera un hecho. Estaba deseando comenzar una vida propia y dejar atrás la amargura que le causaba Zach.

Él se acercó a la mesa junto a su abogado.

Rosie no miró a Zach, pero sintió su mirada en el cuerpo. Ella irguió la espalda y se negó a saludarlo. Le dolían los ojos por la falta de sueño, y tenía un intenso dolor de cabeza. Aquel divorcio la estaba destrozando emocionalmente.

La jueza fue anunciada, y todo el mundo se puso en pie. Después volvieron a sentarse.

—Buenos días, señoría —dijo Sharon Castor, poniéndose en pie una vez más.

—Buenos días —dijo la jueza Lockhart. Abrió el expediente y pasó las horas, observando los detalles—. Veo que han llegado a un acuerdo sobre la manutención.

—Sí, señoría.

—He leído atentamente el plan de custodia.

Rosie contuvo el aliento. Había resistido todo lo posible para no aceptar aquella custodia compartida; al principio había funcionado, pero Rosie estaba segura de que Zach tenía una aventura con Janice Lamond, y no quería que sus hijos se vieran expuestos al trato con la novia de su ex marido. Las peleas entre Rosie y Zach se habían vuelto cada vez más feas. Ellos se habían vuelto cada vez más vengativos. Rosie lamentaba algunas de las cosas que los dos habían dicho y hecho, pero cuando se dejaba dominar por la cólera, el veneno fluía de ella. No sabía que era capaz de comportarse de aquella manera. Y no sabía que Zach era capaz de tratarla con tanto desprecio.

—Parece que se han decidido por la custodia compartida.

—Sí, señoría.

La jueza señaló el documento.

—Aquí dice que los niños, de quince y nueve años, van a vivir con su padre tres días a la semana en la primera y la tercera semanas de cada mes, y cuatro días a la semana en la segunda y cuarta semanas de cada mes. ¿Es correcto?

—Sí, señoría.

—Los niños tendrán que hacer las maletas e ir a su apartamento cada tres o cuatro días. ¿No es eso mucho movimiento para los niños?

El abogado de Zach se puso en pie.

—Señoría, para mi cliente es muy importante compartir la custodia de sus hijos.

—No tengo ningún problema con su motivación ni con el concepto de custodia compartida, abogado —dijo la jueza—, pero en mi opinión, no son los padres quienes necesitan un hogar estable, son los hijos.

—Mi cliente está de acuerdo con usted —dijo Otto Benson, y Zach asintió.

—Señora Castor, ¿su clienta también está de acuerdo?

Sharon miró a Rosie, que se puso en pie. Entonces, habló directamente con la jueza.

—Quiero lo que sea mejor para mis hijos.

La jueza Lockhart observó a Zach y a Rosie.

—La casa familiar está en el trescientos once de Pelican Court. ¿Cuánto tiempo llevan viviendo en esa dirección?

—Trece años, señoría.

—¿Tienen intención de conservar la casa?

—Sí, señoría —dijo Sharon, respondiendo en nombre de Rosie.

La jueza dejó a un lado el expediente y exhaló un suspiro.

—En ese caso, voy a poner a prueba su palabra. Los dos han declarado que su principal preocupación en este divorcio es el bienestar de sus hijos. Eso es lo que quiero oír. Ambos están decididos a formar parte de sus vidas, y los alabo por ello. Espero que lo hayan dicho de verdad. Acepto todas las condiciones y términos que se han traído a este tribunal, salvo una: la custodia compartida.

—¡Señoría! —exclamó Zach.

—Escúcheme, señor Cox —le ordenó la jueza, y Zach volvió a sentarse.

Rosie se cruzó de brazos con una sonrisa petulante, satisfecha por que aquella jueza tan perspicaz hubiera visto cómo era su marido.

—Como he dicho antes, es importante que los niños tengan un hogar estable. Ustedes dos, y no los niños, son quienes han decidido acabar con el matrimonio. Por lo tanto, serán los niños quienes permanecerán en la casa, y los padres quienes se mudarán a ella los días en que les corresponda el cuidado de los hijos.

—Pero... señoría...

—Ésas son mis condiciones. O las aceptan, o retrasarán el divorcio.

Rosie miró con horror a Zach. ¿Cómo iban a arreglárselas así si se habían peleado por todo, hasta el último detalle?

—¿Han tomado una decisión? —preguntó la jueza.

Zach y su abogado estaban cuchicheando. Poco después, Otto se puso en pie.

—Señoría, mi cliente lo acepta.

Sharon miró a Rosie, y ella también asintió.

—Mi cliente también acepta.

—Muy bien —dijo la jueza Lockhart—. El matrimonio está disuelto. Espero que consigan que esto funcione, por el bien de sus hijos.

Rosie tenía la misma esperanza.

−Llámalo −le dijo Charlotte a su hija−. Está muy triste, y tú también.

−No, mamá −respondió Olivia, y dejó la taza de té en la mesa−. Esta vez no.

Aún estaba furiosa con Jack, y no quería ser ella quien intentara el acercamiento. Si podía dejarla con tanta facilidad, entonces Olivia consideraba que estaba mejor sin él. Sin embargo, le preguntó a su madre:

−¿Y cómo sabes que está triste?

−Me pregunta por ti todas las semanas, cuando voy a dejar la columna de la página de mayores al periódico.

Aquello era reconfortante. Sin embargo, Olivia no había tenido ni una sola muestra de su preocupación. Si a Jack le importaba tanto como él decía, entonces debía seguir su consejo y luchar por ella.

El teléfono sonó, y Olivia respondió distraídamente.

−¿Diga?

−Soy Seth −dijo su yerno, en un tono de voz alterado–. Justine acaba de romper aguas. Nos vamos al hospital ahora mismo.

–Pero si es muy pronto –gritó Olivia. Tres semanas y media de antelación. Aquello no podía ser bueno para Justine ni para el bebé.

–Nadie se ha molestado en decírselo al niño.

Lo que Olivia percibía en la voz del muchacho era pánico.

–Voy para el hospital –le dijo ella–. Todo va a salir bien. Nacen muchísimos bebés antes de tiempo todos los días.

–Sí, lo sé. Es sólo que esto me ha pillado por sorpresa. ¿Puedes llamar a Stan para avisarlo?

–Claro. Respira hondo. Nos veremos en el hospital.

En cuanto Seth se marchó, Olivia llamó a su ex marido, le dio la noticia y le dijo que fuera al hospital.

–No hay que darse mucha prisa –dijo Charlotte mientras su hija colgaba el auricular–. Estas cosas llevan su tiempo.

Así hablaba la sabiduría de la edad. Sin embargo, Olivia sabía que estaría muy nerviosa en otro lugar que no fuera el hospital. Iba a nacer otro bebé en la familia, y sentía una alegría muy grande. No podía estarse quieta, y se paseó compulsivamente por toda la casa.

—Vete —le dijo Charlotte unos minutos después—. Yo me ocuparé de todo aquí. Llámame luego.

—Gracias, mamá.

Olivia le dio un beso en la mejilla a su madre, tomó el bolso y las llaves y se marchó.

Durante casi una hora, estuvo sentada sola en la sala de espera. Seth salía a darle información de vez en cuando. Hasta el momento todo iba bien. Stan llegó, reventado, dos horas después. Se sentaron, tomaron café y charlaron.

—¿Te acuerdas de la noche en que nació James?

—No creo que pueda olvidarlo. Casi no llegamos al hospital —dijo ella, fingiendo un escalofrío exagerado.

Pronto se estaban riendo al recordar las anécdotas de sus primeros años de matrimonio. Las horas pasaron sin que se dieran cuenta. Cerca de las nueve apareció Seth con la sonrisa más grande que Olivia hubiera visto nunca. Ella casi había olvidado la razón por la que estaban en el hospital. Se puso en pie de un salto para recibir la noticia.

—Tenemos un hijo —anunció Seth—. Leif Jordan Gunderson. Es un niño bastante grande para haber nacido con antelación. Ha pesado dos kilos, ochocientos gramos. El médico dice que es un poco prematuro, pero parece que los pulmones le funcionan muy bien.

Olivia estalló en lágrimas.

Cuando Olivia llegó a casa, estaba feliz, pero exhausta. Su madre le había dejado una nota en la mesa de la cocina.

Piensa en lo que te he dicho. Jack te echa de menos. Llámalo.
Mamá.

Jack. Olivia no había vuelto a pensar en él desde que se había ido al hospital. De hecho, había pasado un rato estupendo con Stan. De repente, ya no sabía lo que quería. De repente, tenía muchas cosas más que pensar de las que creía. Si su ex marido quería volver a formar parte de su vida, quizá debiera permitírselo... quizá debiera sopesar todas sus posibilidades. Quizá no fuera tan tarde para Stan y para ella...

Mientras se preparaba para acostarse, Olivia pensó en su divorcio, y recordó a la pareja a la que había visto en el juzgado aquella misma mañana. Su decisión de tomarles la palabra y obligarles a poner a los niños por encima de todo había sido atrevida. Los niños permanecerían en su casa, y los padres tendrían que entrar y salir. Todos tendrían que adaptarse a la nueva situación en el número trescientos once de Pelican Court, y Olivia esperaba sinceramente que consiguieran que funcionara.

En cuanto a sí misma... podía esperar a ver qué ocurría. Vería lo que pasaba en Pelican Court, y también lo que ocurría en el doscientos cuatro de Rosewood Lane. Tenía que asegurarse de que Grace recuperara la confianza en sí misma y el equilibrio emocional.

Y, con dos hombres en su vida, ¿quién sabía lo que podía ocurrir en el dieciséis de Lighthouse Road?

Títulos publicados en Top Novel

En mundos distintos – Linda Howard
Por encima de todo – Elaine Coffman
El premio – Brenda Joyce
Esencia de rosas – Kat Martin
Ojos de zafiro – Rosemary Rogers
Luz en la tormenta – Nora Roberts
Ladrón de corazones – Shannon Drake
Nuevas oportunidades – Debbie Macomber
El vals del diablo – Anne Stuart
Secretos – Diana Palmer
Un hombre peligroso – Candace Camp
La rosa de cristal – Rebecca Brandewyne
Volver a ti – Carly Phillips
Amor temerario – Elizabeth Lowell
La farsa – Brenda Joyce
Lejos de todo – Nora Roberts
La isla – Heather Graham
Lacy – Diana Palmer
Mundos opuestos – Nora Roberts
Apuesta de amor – Candace Camp
En sus sueños – Kat Martin
La novia robada – Brenda Joyce
Dos extraños – Sandra Brown
Cautiva del amor – Rosemary Rogers
La dama de la reina – Shannon Drake
Raintree – Howard, Winstead Jones y Barton

www.ingramcontent.com/pod-product-compliance
Lightning Source LLC
LaVergne TN
LVHW030333070526
838199LV00067B/6260